Sten Johansson

El ombro de l' tempo

SERIO ORIGINALA LITERATURO

STEN JOHANSSON

El ombro de l' tempo

Romano

MONDIAL

Mondial
Novjorko

Sten Johansson:
El ombro de l' tempo

Originala romano en Esperanto

Kovrilo: Mondial
Kovrilbildo: Oelanda ponto
(Fonto: Vikipedio)

ISBN 9781595693419
Library of Congress Control Number: 2017902206

www.librejo.com

La personoj, agoj kaj okazaĵoj en ĉi tiu romano estas fikciaj.
La lokoj, medioj kaj vivdefioj estas realaj.

1

Ŝi estas tria en la vico, virino vestita per vasta blugriza anorako. Li apenaŭ rigardas ŝin sed notas larĝan vizaĝon, kiun la hararanĝo eĉ pli larĝigas.

"Ĉu jen la lasta de la serio?" ŝi demandas.

Li ĵetas rigardon al la libro, kiun ŝi tenas. *Memor' mortiga.*

"Jes, vi pravas. Ĉu vi jam legis la pli fruajn?"

"Ne. Ĉu vi bonvolus skribi dediĉon?"

"Nature. Al...?"

"Mi estas Hanna."

Li konstatas, ke ŝi havas relative malaltan voĉon kaj sonas iel tedite, kvazaŭ ŝi farus ĉi tion ĉiutage. Ŝi alrigardas lin rekte per trankvila kaj neŭtrala mieno. Li skribas 'al Hanna' kaj plue la kutimajn vortojn.

"Efektive Johanna", ŝi daŭrigas. "Mia patrino estas Carina Liljeblad."

Lia subskribo ekhavas neplanitan ekstran kurbon, kaj poste li tenas la plumon senmova. Li altigas la rigardon kaj renkontas la ŝian. Ŝi estas bluokula, neŝminkita kaj ŝajnas proksimume kvardekjara. Tio ne eblas, li pensas unue, sed kalkulinte li ekkonscias, ke tio ja povas esti tute vera.

"Johanna? Ĉu vi estas Johanna?"

Ŝi kapjesas.

Tio ŝajnas absurda sed sendube tute ebla. Tamen li pensis nek pri ŝi nek pri Carina, kiam oni invitis lin veni ĉi tien. Iel ĝi ne plu estas la sama urbo. Kaj li tute ne sciis, ĉu ili plu restas ĉi-loke.

Li rigardas ĉirkaŭ si. La aŭskultantoj de la aŭtora vizito jam survojas elen, krom kelkaj, kiuj esploras la librojn surtable, kaj krom la manpleno vicostaranta por dediĉoj. La bibliotekistino postenas apud la elirejo kaj amike kapsalutas kelkajn forirantojn. La virino, kiu estas Johanna, restas antaŭ la tablo rigardante lin senpere. Li redonas al ŝi la libron.

"Do vi scias... kiu mi estas?" li diras renkontante ŝian rigardon.

Ŝi refoje kapjesas. Li vidas neniun similecon kun Carina. Ĉi tiu virino estas malhele blonda kun senbuklaj haroj, sufiĉe alta kaj kun iel fortika korpo. Carina tiam estis eta, svelta kaj rufa.

Kion fari? Similajn situaciojn oni kelkfoje povas spekti televide. Sed tie la scenoj sendube estas zorge planitaj kaj reĝisorataj. Li ne scias kion senti, krom konfuzo kaj konsterno. Eble li devus honti, sed plej embarasas lin tio, ke li atendis nenion similan. Ĉiuokaze li ne ŝatus ke ŝi malaperu same surprize kiel ŝi aperis. Li devas igi ŝin resti. Nu, nenio indikas, ke ŝi survojas ien ajn. Ŝi simple staradas tie ekzamenante lin, sufiĉe kritike, ŝajne.

"Ĉu ni povus iom interparoli?" li demandas.

"Certe."

"Unue mi tamen... bonvolu ne foriri; ĉi tio ne daŭros longe."

Li okulmontras al la kvar sinjorinoj atendantaj kun libroj enmane.

"Ne urĝas", ŝi diras, paŝante flanken.

Li turnas sin al la sekva, kiu transdonas du librojn, *Neĝo kaŝas nur* kaj *Trans maro kaj morto.*

"Unu por Hasse kaj unu por Cissi, mi petas."

"Nature. Ĉu kun du sooj?"

Li alvenis ĉi-urben posttagmeze, veturinte suden per regiona trajno. Ĉi tie apenaŭ restis neĝo surtere, sed malvarma nebulo penetris sub la vestaĵojn. Paŝante laŭ la kajo al sia hotelo, li sentis ventpuŝojn el la markolo kontraŭ la korpo kaj vizaĝo. Samtempaj nebulo kaj vento; ŝajnis kvazaŭ la urbo volus memorigi lin. Vi ja ne forgesis? Ĉu vi memoras vian poŝtistan biciklon, kiun faligis ventpuŝo, tiel ke vi devis ĉasi leterojn laŭlonge de la strato?

Jes, li memoris. Li konservis ĉiujn memorojn, kelkajn eĉ tro bone. Sed nun li devis pensi pri sia tasko, kaj manĝante malfruan lunĉon en havena restoracio li pripensis kion diri. Poste li taksiis ĝis la biblioteko. Ne estis granda distanco, sed li devis kunporti valizon kun libroj.

Antaŭ ol eniri, li ĵetis rigardon foren al la iama ĉefa poŝtoficejo, serĉante la pordon de la leterportista laborejo. Sed ne eblis vidi, por kio ĝi nun estas uzata. La poŝtejo eble translokiĝis en ian industrian kvartalon.

La bibliotekistino, kiu akceptis lin, estis lia samaĝulo kaj aspektis profesie entuziasma. Preskaŭ ŝajnis, kvazaŭ ŝi volus brakumi lin, sed finfine ŝi kontentiĝis manpremi. Ŝi ja ne estis iu, kiun li devus rekoni de antaŭlonge, ĉu? Kredeble ne, ĉar ŝi parolis kun pli norda akĉento, sed laŭdire ŝi loĝas ĉi tie jam de tridek jaroj kaj rekonas ĉiun detalon en liaj libroj. Tion li konsideris pura iluzio, ĉar multaj el ili estis libere elpensitaj, sed pri tio li ne atentigis ŝin.

Por li la biblioteko estis nova, kvankam li supozis, ke ankaŭ ĝi jam aĝas tridek jarojn. La kunvenejo ne estis granda, kaj ĝi preskaŭ pleniĝis. Ŝajne ĉeestis inter trideko kaj kvardeko da homoj. Li antaŭe legis sur la retpaĝo, ke oni havas vidaĵon al kanalo ĉe unu flanko, sed nun ne eblis distingi ion ajn en la karba nigro. Nur kelkaj stratlampoj truis la mallumon kvazaŭ brile akraj pikoj de pingloj.

Li rakontis pri sia intenco, lokante la krimrakontojn en la regionon de Kalmar. Ke li volis ankri ilin en loko, kiun li mem memoris, sed krome enkonduki internaciajn elementojn kaj ligojn al la ĉirkaŭa mondo. Kapti la tutmondecon en la loka medio. Tio komprenebble estis kliŝo, sed li efektive pensis tiel. Li prezentis kelkajn anekdotojn el la solecaj labortagoj de verkisto, ŝajnigante ke li nudigas sian memon. Poste li laŭtlegis pecon el unu libro, dialogon inter la du policistoj Svedberg kaj Jankéus, kie evidentiĝas ilia malsama karaktero. Li sciis, ke multaj el la aŭskultantoj enmense vidas kaj aŭdas la du aktorojn, kiuj plenumis la rolojn en la televida serio.

Sekvis tempo por demandoj, kaj oni scivolis multon, kvankam apenaŭ unu demando rekte tuŝis la librojn. Anstataŭe oni interesiĝis pri la televidaj filmoj. La homoj eble ne legis la librojn, li supozis. Aŭ ĉiuokaze la filmoj faris pli fortan impreson kaj restis pli freŝaj enmemore.

"Ne, mi ne estis vere envolvita en la filma kreado. Mi donis kelkajn konsilojn pri medioj, sed la plimulto estas filmita en la Stokholma regiono kaj en ateliero. Tamen oni ja venis ĉi tien por filmi kelkajn eksterdomajn mediojn."

"Jes, mi scias, ke la malnova policejo ne havas vidaĵon al la kastelo. Se vi legos la librojn, vi vidos, ke mi mencias la fajrobrigadejon. Sed la filmistoj preferis la kastelon. Tiun kaj la Oelandan ponton, kiel fonon de preskaŭ ĉio. Jen sendube la du Kalmar-aj medioj, kiujn la spektantoj eble rekonos."

"Jes, ja sonas iom stulte, kiam ĉiuj parolas stokholman dialekton, sed ne eblas eviti tion. Mi preferas tion ol imiton de smolanda akĉento."

"Ĉu ne plu restas pastro en Resmo? Mi bedaŭras aŭdi tion, sed mi ne havis intencon verki dokumentan raporton."

"Ne, neniu el la policistoj havas realan modelon. Nek iu ajn alia el la romanfiguroj."

Ankaŭ la bibliotekistino faris demandon, ĉu li pensas ke la granda intereso pri krimromanoj estas favora aŭ malfavora por la literatura intereso ĝenerale. Pri tio ankaŭ li mem ofte demandis sin, sen trovi respondon.

"Kredeble neniu povas respondi", li diris. "Sed la legantoj esper-eble iom post iom altigos siajn atendojn kaj postulojn kaj serĉos altan kvaliton. Ĉu en formo de krimromanoj aŭ alio ne tre gravas."

La bibliotekistino dankis lin pro lia kontribuo, kaj sekvis libro-vendado kaj skribado de dediĉoj. Jen kiam surprize aperis Johanna.

Li komencas paki siajn nevenditajn librojn en la valizon, kaj jen ŝi denove alproksimiĝas.

"Do, ĉu vi nur hazarde venis ĉi tien?" li demandas.

"Panjo rakontis, ke vi venos. Mi ne tre atentas tiajn aferojn. Ankaŭ tiujn filmojn mi ne spektis."

"Tamen Carina ne ĉeestas, ĉu?"

"Mi pensas, ke ŝi laboras. Sed mi ne scias, ĉu ŝi volus."

"Bone. Nu, ĉi tio estas ega surprizo. Ĉu ni povus iri ien por manĝi kaj iom interparoli?"

Ŝi mienas hezite sed restas antaŭ li, ŝajne ekzamenante lian viza-ĝon. Ŝi ne ridetas, ne ŝajnas embarasita, nek cedas perokule, kiam li reciprokas ŝian rigardon. Li imagas flari leĝeran odoron de kamforo sed ne povas distingi, ĉu ĝi venas de ŝi aŭ restas post iu el la aliaj aĉetintoj.

"Mi povus preni glason da biero", ŝi poste diras.

Dum li estis en la kunvenejo ekneĝis, ia preskaŭ horizontala neĝblovado, kaj la aŭtospuroj sur la ponto Malmbron jam estas malsekaj. Ili paŝas malrapide kontraŭ la vento kaj pluen laŭ la strato Larmgatan. La valizo en lia mano jam perdis ioman pezon, tamen ĝi igas lin paŝi duonlame.

"Ĉu vi ne pli frue nomiĝis Karlsson?" ŝi diras.

"Prave. Mi ŝanĝis familian nomon, kiam mi transloĝiĝis for de ĉi tie. Sendube Kalmefält konvenas pli bone ankaŭ por la libroj, kvankam tiam mi ne antaŭvidis tion."

"Panjo diris, ke ŝi vidis vian foton en ĵurnalo kaj rekonis vin. Mi pensas ke ŝi poste legis unu-du el la libroj."

"Bone."

"Vi neniam vere estis koramikoj, ĉu?"

Li rigardas ŝin paŝantan kun la manoj en la flankpoŝoj de la anorako. Ŝi iom kiketas la neĝon, kiu jam aspektas flavbrune makulita sub la lumo de stratlampoj. Ŝi havas fortikajn grizajn botojn surpiede.

"Mi ne bone scias", li diras. "Kredeble ne. Ĉio estis iom malklara. Mi estis gimnaziano, kaj ŝi havis diversajn laborojn. Kion vi pensas pri ĉi tiu ejo?"

Ili jam preterpasis la tri konatajn lignajn dometojn Tripp Trapp Trull kaj nun staras antaŭ greka restoracieto, Akropolo. Li memoras, ke li trovis ĝin en Interreto kaj uzis ĝin en unu el la libroj. Tiam li ne antaŭvidis, ke li iam ajn reale vizitos ĝin. Ĝi ŝajnas ne tre plena de gastoj. Kompreneble, ankoraŭ estas fruvespere.

Johanna ĵetas distritan rigardon trafenestre. Poste ŝi malfermas la pordon kaj enpaŝas ne turnante sin.

Ili ricevas tablon apud la necesejo kaj vestejo. Li ne zorgas protesti, ĉar li ne volas iel elstari antaŭ Johanna. Ŝi mendas bieron, kiel ŝi diris, kaj li rostostangetojn kaj glason da ruĝa vino. Atendante, li rigardas ŝin kaj pripensas, kiel komenci. Pli frue, kiam ŝi trairis la pordon, dum momento li imagis rekoni de Carina iom el la maniero moviĝi, sed kredeble tio estis nura fantazio. Kiel li povus memori tion post tiom da tempo? Li scivolas, ĉu aliaj homoj povas vidi ian similecon al li. Ŝia harkoloro povus esti la lia, kaj same iom el la korpa figuro. Ĉu evidentas al la kelnerino, ke ili estas patro kaj filino?

Dum kelka tempo ili sidas tiel, alterne rigardante unu la alian kaj la ĉirkaŭaĵon.

"Ĉu vi estas ĵurnalisto profesie?" ŝi rompas la silenton.

"Estis. Nun mi estas verkisto. Profesie."

Li demandas sin, ĉu tio sonas tro akre. Ŝi ne povas scii, ke tedas lin la supozoj de aliaj homoj, ke li devas havi veran profesion, krom verki.

"Ĉu Carina diris tion?" li provas mildigi.

"Ne. Mi guglis vin antaŭ ol veni ĉi tien."

"Bone. Nu, mi ja laboris kiel ĵurnalisto, sed antaŭ kelkaj jaroj mi estis maldungita, kaj tiam mi decidis plentempe verkadi. Tamen, ĉu ŝi rakontis kiel estis tiufoje, kiam vi estiĝis?"

La biero kaj vino surtabliĝas, kaj ili ambaŭ trinkas. Ĝi estas sufiĉe adstringa vino. Eble li devus prefere mendi bieron. Aŭ blankan rezinvinon.

"Ne multe", ŝi diras demetante la glason. "Ĉefe ke vi ne volis havi infanon kaj malaperis for de la urbo."

"Ne estis precize tiel. Mi restadis ĉi tie kelkajn jarojn post la abituro, kaj komence ni ja renkontiĝis de temp' al tempo. Mi eklaboris kiel poŝtisto. Sed ni ne estis veraj kunuloj, kiel vi mem diris."

"Do estis unufoja nokto, ĉu?"

Li ekridas.

"Ĉu ŝi diris tion?"

"Ne."

"Laŭ mi ne eblas diri tiel. Okazis almenaŭ kelkfoje."

"Nur kelkfoje? Do vi havis malbonŝancon gravedigi ŝin."

Ĉu tio estas ŝerco? Ne estas tre facile travidi ŝin. Ŝiaj mienoj estas minimumaj.

"Ni iom malzorgis tiufoje, oni povus diri."

"Kaj vi volis, ke ŝi abortigu?"

"Ne, ne. Pri tio ne temis. Tiam ne ekzistis rajto je abortigo, kiel nun, sed oni devis peti permeson. Carina volis la infanon, kaj mi ne povas memori, ke ŝi demandis min."

Ŝi iom elstarigas la suban lipon, malrapide balancante la kapon. Ne facilas kompreni, kion tio signifas.

"Sed ĉu vi volis iĝi patro?"

Nun ŝi rigardas lin rekte. La okuloj aspektas pli malhelaj en la dampita lumo ĉi tie.

"Mi supozas ke mi ne precize volis esti patro. Mi eksciis la aferon nelonge antaŭ mia abituro, kaj ni ne havis firman amrilaton. Sed tio ne signifas, ke mi petis ŝin abortigi."

Dum kelka tempo ili ambaŭ silentas. Ĉe fora pli granda tablo daŭras vigla diskuto pri tio, kion iu diris aŭ ne diris. Estas aro da knabinoj, kiuj ŝajne bone konas la restoracion. Li jus aŭdis ilin laŭte mendi diversajn picojn, kaj nun ili atendas sian manĝon.

"Do, kiomfoje okazis?"

"Kiomfoje mi seksumis kun Carina? Eble kvin aŭ ses antaŭ ol vi aperis. Kaj krome kelkfoje poste, kiam vi jam naskiĝis. Mi kelkfoje venis tien por varti vin."

Ŝi iom levas la brovojn dum la buŝo kurbiĝas.

"Por varti vian filinon?"

"Jes. Ekzemple kiam ŝi iris al kurso. Ŝi ekhavis duĉambran loĝejon kiel socialan helpon, mi pensas. Mi mem komence loĝis en luata ĉambro. Ni neniam diskutis, ĉu kunloĝi. Laŭ mia scio ŝi kaj vi daŭre loĝis tie kelkajn jarojn pli malfrue, kiam mi forlasis la urbon."

"Ĉu ĉe Bisterfeldsvägen?"

"Jes ja. Ĉu vi memoras ĝin?"

"Iomete, sed ĉefe ke ŝi parolis pri tiu loĝejo."

"Mi pensas, ke ŝi studis ĉe la lernejo por adoltoj, kiam mi foriris."

La kelnerino alportas liajn rostostangetojn, kaj li ekmanĝas la viandon kun bona apetito.

"Ĉu vi ŝanĝis opinion kaj prenos ion por manĝi?"

Ŝi nur kapneas kaj glutas bieron.

"Vi eble povas rakonti ion pri vi mem", li diras maĉante.

Ŝi rigardas lin kvazaŭ juĝe. Ŝajne ŝi cerbumas, ĉu valoras la penon diri ion.

"Tio estas, se vi volas", li aldonas.

"Mi estas ceramikisto."

Li kapjesas atendante ion pluan, sed nenio sekvas.

"Ĉu familio?"

Ŝi kapneas, kvankam ne same emfaze, kiel ĉe la demando, ĉu ŝi volas manĝi.

"Nur Panjo kaj miaj gefratoj."

Li levas la kapon de la telero sed rezignas demandi pri ili.

"Vi havas ankoraŭ du fratojn", li diras anstataŭe. "Emil loĝas en Stokholmo kaj Daniel en Örebro."

Ŝi ŝajnas modere interesita kaj iom paŭtas, gratante al si la vangon.

"Ĉu vi estas edzo, aŭ kunvivas kun ilia patrino?" ŝi demandas.

"Estis. Ankaŭ tio finiĝis."

Ŝi ne reagas al tio, sed silentas. Ne estas tre facile konversacii kun ŝi. Komprenebe la situacio estas malkonvena. Li mem sentas tion.

Knabino preterpasas la tablon survoje de la necesejo. El la malfermita pordo venas odoro de urino kaj purigilo, kiu miksiĝas kun la aromo de fritita viando kaj origano el la kuirejo.

"Ĉu vi estas... ĉu vi havas propran firmaon, kie vi laboras pri ceramiko?"

"Jes."

"Ĉu enurbe?"

"Ne, en Oelando. Mi loĝas en Algutsrum kaj havas atelieron tie."

Li rigardas ŝian bierglason, kiu estas malpli ol duonplena.

"Ĉu vi povos aŭti hejmen ĉi-vespere?"

"Mi iros per la lasta aŭtobuso."

Dum kelka tempo ili ambaŭ silentas. La knabina bando jam okupiĝas pri dividado de sia kalkulo, kaj la kelnerino forportas iliajn duonmanĝitajn picojn. Ĉe alia tablo kelkaj novaj gastoj profundiĝas en la menuon. Li diskrete rigardas sian horloĝon subtable. Dudek antaŭ la dekunua.

"Vi sendube estas laca", ŝi diras. "Vi vojaĝis, ĉu ne?"

"Ne gravas. La vojaĝo ne estis laciga, sed ĉiam estas certa streĉo, kiam oni renkontas aŭskultantojn. Kaj krome ĉi tiu surprizo. Sed nun ĉio estas en ordo. Tio estas, mi ĝojas ke vi kontaktis min."

"Ĉu vi mem neniam pensis kontakti min?"

Li cerbumas. Ĉu li iam volis?

"Komence mi iom pensis pri vi. Kaj ankaŭ pri ŝi. Tio estas, kiam ni ne plu renkontiĝis tre ofte. Tiam vi estis iom pli ol unujara. Mi memoras, ke vi ĵus lernis paŝi. Sed poste ŝi havis novajn koramikojn, kaj ankaŭ mi havis amrilaton, do ne estis tute konvene. Vi estis apenaŭ dujara, kiam mi vidis vin lastfoje. Kaj post kelka tempo ne plu facilas rehavi kontakton. Plue mi transloĝiĝis al Stokholmo kaj okazis multaj aliaj aferoj, do..."

"Do vi forgesis, ke vi havas filinon."

Li iomete malbonfartas. Ĉu ŝi kontaktis lin nur por akuzi lin?

"Mi ne forgesis. Mi pagis alimenton, krom dum mi studis. Kelkfoje mi sendis donacojn je via naskiĝtago, dum vi restis eta. Sed aperis aliaj aferoj, pli proksimaj. Mi edziĝis, kaj ni ricevis la knabojn. Mi sciis nenion pri la vivo de Carina kaj vi. Eĉ ne kie vi loĝis."

"Ĉu vi ne diris, ke vi sendis alimenton?"

"Mi pagis ĝin al la sociala asekuro. Carina ricevis antaŭpagon de tie."

"Sed kial vi ne volis havi pluan kontakton kun ni?"

"Mi ja volis. Aŭ... Nu, mi volonte renkontus vin ambaŭ pli multe, sed plej ofte Carina ne volis. Ŝi estis tre sendependema. Kaj kiel mi diris, ni ambaŭ havis aliajn koramikojn. Kaj poste... Nu, mi forlasis la urbon."

Li malplenigas sian glason da vino pripensante, ĉu mendi duan. Al Johanna ankoraŭ restas biero. Sed estas pli bone mendi tason da kafo.

"Ĉu vi volas ion alian? Kafon?"

"Ne, dankon. Sufiĉas."

Li mendas sian kafon, kaj ĝi tuj surtabliĝas. Ordinara amara filtrita kafo, sed almenaŭ varmega.

"Do, ĉu vi mem ne havas infanojn?" li diras.

Ŝi mute kapneas.

Li volas diri, ke ankoraŭ ne tro malfruas, sed tio signifus tro altrudi sin. Krome li devas kalkuli. Ŝi iĝis kvardekjara en la pasinta aŭtuno. Do prefere li ne restu ĉe tiu temo. Li trinkas sian kafon dum kelktempa silento. Li scivolas, kiam povos ekiri la lasta aŭtobuso al

Oelando, sed li ne volas demandi. Tio sonus kvazaŭ li volus liberiĝi de ŝi.

En la gimnazio li havis samklasanojn loĝantajn en Oelando, sed li neniam sciis precize kie. Tiam ne ekzistis ponto, sed eble ili veturis buse al kaj de la pramo. Trajnoj sendube jam delonge ne plu restis surinsule.

"Ĉu vi ofte revenadis ĉi tien, post kiam vi transloĝiĝis?" ŝi demandas.

Li rigardas ŝin, provante kompreni ian kaŝitan sencon de la demando. Ŝi aspektas tute neŭtrala. Estas io en ŝia mieno, al kio li ne kutimas. Ŝi ne ridetas parolante. Subite li ekpensas pri samklasano de Emil antaŭ multaj jaroj. Iu knabo kun la sindromo de Asperger. Ankaŭ li ne ridetis parolante, nek faris aliajn mienojn.

"Tute ne ofte", li diras. "Eĉ neniam en la lastaj jaroj. Miaj gepatroj forlasis la urbon, kaj poste Paĉjo mortis. Do pasis pluraj jaroj de kiam mi estis ĉi tie."

Ŝi kapjesas, kvazaŭ li konfirmus ion, kion ŝi atendis. Ĉu Carina havis tiel rigidan mienon? Li memoras ŝin kiel ege vivoplenan. Kredeble Johanna simple estas nervoza. Virinoj ja ne estas aspergeraj, ĉu?

"Vi estos tre bonvena, kiam ajn vi volos viziti min", li diras. "Tio estas, se vi deziras pluan kontakton. Mi loĝas en Norrköping, tion vi eble ne scias?"

Li ne vere pripensis la aferon, sed ĉi tio ŝajnas esti la sola ĝusta diraĵo.

"Mi ne certas. Mi pripensos tion."

Ŝi aspektas proksimume same neŭtrala kiel antaŭe. Eventuale troviĝas grajno da simpatio en ŝia vizaĝo, kvazaŭ ĝi iel heliĝus iomete.

"Aŭ mi povus iam plani libertempan vojaĝon al Oelando", li aldonas.

Li intencas, ke la propono sonu ŝerce. Aŭ ĉiuokaze leĝere. Multaj homoj ja libertempas en Oelando. Nu, kredeble lia diraĵo sonas nur spasme. Sed ŝi ne komentas ĝin. Anstataŭe ŝi stariĝas senurĝe, forŝovante sian glason kun la restanta biero.

"Mi devas iri al mia buso."

"Mi akompanos vin, paginte la kalkulon."

Li glutas la restantan kafon, stariĝas kaj serĉas la karton enpoŝe.

"Ne, tio tute ne necesas. Restu trankvile. Sed vi povas preni mian adreson."

Ŝi elpoŝigas falditan paperon el la brustpoŝo de sia anorako kaj lokas ĝin en lian etenditan manon. Li rapide movas ĝin en la maldekstran kaj kaptas ŝian manon. Estas forta manpremo. Jen vera mano de potisto, li pensas. Kutima je peza tornado. Estas strange ne brakumi ŝin, sed eĉ nur provo ŝajnas fora.

Ŝi jam atingis la eliran pordon. Li mem restas iel nedecideme inter sia tablo kaj la pordo. La valizo kun nevenditaj libroj restas surplanke malantaŭ la tablo.

"Do, ĝis", diras Johanna preme malfermante la pordon.

"Ĝis revido! Do mi kontaktos vin, ĉu ne?"

Li supozas, ke ŝi kaptis liajn vortojn, kvankam ŝi turnas sin al la strato kaj ekpaŝas sur la trotuaron sen diri ion pluan. Li vidas ŝin trankvile promeni foren laŭ la strato.

La gastoj ĉe la aliaj tabloj silentiĝis kaj ŝajnas subrigardi lin, same kiel la kelnerino staranta ĉe la bufeda tablo. Ĉiuokaze li imagas, ke ili atentas lin. Li revenas al sia tablo, sidiĝas kaj vokas, ke li volas pagi. Poste li malfaldas la paperon ricevitan de Johanna. Ĝi estas reklamfolio pri ŝia ateliero kaj butiko, kun simpla skizo kiel trovi ĝin venante de la ponto. Ĝi nomiĝas *Ceramiko Hannarto*. Ankaŭ adreso kaj poŝtelefona numero aperas tie. Li sentas impulson tuj tekstmesaĝi al ŝi por danki pro la vespera kunestado, sed ĝuste tiam la kelnerino alportas la kalkulon kaj la pagterminalon. Li prefere rezignu mesaĝi al Johanna jam antaŭ ol ŝi eĉ atingos sian bushaltejon.

Ŝovante la karton en la terminalon li ekpensas, ke ŝi ne demandis pri lia adreso. Tio ne gravas, sed ĉu ŝi vere deziras pluan rilaton?

Jam delonge ili planis, ke Annika restos dumnokte, kiel ofte okazas antaŭ libera sabato. Ŝi alportis suŝion el la restoracio Sukiyaki, kaj ili spektas televidan kvizon. Ŝi volas, ke ili konkuru kontraŭ la du teamoj, kaj certas ke ili venkus ilin, almenaŭ se Roger iom koncentrus sin. Sed ĉi-semajne la sekretaj vojaĝceloj estas Detrojto, Sundsvall kaj Kuala-Lumpuro, kaj neniu el ili iam vizitis tiujn urbojn.

"Sendube ili jam uzis ĉiujn urbojn de Svedio", li diras. "De kiom da jaroj ĝi daŭras?"

"Silentu, kion li diris? Ĉu koaloj? Do devas esti ie en Aŭstralio?"

"Mi eĉ ne scietas."

"Ŝajne vi ne tre multe vojaĝis", ŝi diras.

"Mi sufiĉe bone konas urbetojn en la Mina lando, post kiam mi laboris en ĵurnalo de Västerås. Kaj poste mi iris kun Sanna al Barcelono kaj Parizo kaj Romo. Kaj al Legoland kun la knaboj."

"Ni devos elpensi iun bonan celon por la somero. Kiel estis en Kalmar? Tie estas bele, ĉu ne? Ni povus kombini tion kun Oelando. Kion vi pensas?"

Jen eble bona momento por mencii Johanna-n, sed ĝuste tiam la prezentisto lanĉas plian nekompreneblan vortludon, kiu kaptas la atenton de Annika. Ĉi-momente ŝajnas tro komplike rakonti, ke li havas filinon krom la du filoj. Li bezonas pli bonan okazon ol televida kvizo por ekparoli pri tio.

"Trankviliĝu", li diras. "Ankoraŭ estas januaro."

En la sekvantaj semajnoj li ne havas multe da tempo por cerbumi pri la renkontiĝo kun Johanna. Li devas zorgi pri sufiĉe da korespondaĵoj, plue doni intervjuon por reta magazino, verki mallongan krimnovelon al alia, kaj poste fari ankoraŭ unu aŭtoran viziton, ĉi-foje en Gotenburgo. Sed la unuan de februaro li intencas komenci novan verkan periodon, dum kiu li laŭeble maksimume ekskludos ĉiujn eksterajn kontaktojn, kiuj ne nepre necesos.

Post la dek krimromanoj nun estas tempo por granda romano kun membiografia fono. Li jam provis skribi epizodojn, sed nun plej gravas krei stabilan framon de la konstruaĵo. Krome devas ekzisti iu neta demando, kiun respondi, kaj imagita demandanto. Mendanto, tutsimple. Kiu do volus ekscii, kiel formiĝis lia vivo? Kies bezonon kontentigu la romano?

Estas neeviteble, ke Johanna aperas en lia konscio, tuj kiam li sidiĝas por pripensi tiujn demandojn. Ŝia glata vizaĝo, la neŭtrala mieno. *Do vi forgesis, ke vi havas filinon.* Ne akuze, ne ironie, tutcerte ne ŝerce. Eble iom malgaje, bedaŭre, forregale, sed precipe aferece kaj senpersone. Io meze inter demando kaj konstato.

Dum momento ideo traflugas lian kapon. Ĉu li povus alparoli ŝin senpere, verki al inkludita vio? Ne, tio estus tro stranga. Li pensas pri la romano *La pugo de Judaso* de António Lobo Antunes, konsistanta el monologo de viro direktita al iu *vio*, al virino hokita en drinkejo. Sed tie la baza kondiĉo estas ĝuste la anonimeco de la virino, tio ke ŝi estas nura senantaŭjuĝa ricevanto, simpla ujo en kiun la viro elverŝas sin, neniu persono mem tuŝata de lia rakonto.

Cetere li jam decidis verki per li-formo. La mi-rakontadon li jam provis antaŭlonge kaj lasis flanken. Rakonto en mi-formo estus ege limigita kaj krome vekus aron da superfluaj demandoj pri la situacio de la rakontado. Ne, li tutcerte restos ĉe la tria persono. Kaj neniu malnatura vi-figuro kiel reprezentanto de la leganto en la rakonto, sed tute normala klasikstila romanformo. Kio konvenis al Tolstoj, tio taŭgos al Roger Kalmefält.

Sed kiu demando do postulas respondon? Kio estas la mendo? Ĉu simple 'kial okazis tio, kio okazis?' Aŭ 'kiel li iĝis tiu, kiu li iĝis?' Sincere tio ne sonas tre ekscite. Kien malaperis ĉiuj revoj? Kiel la senco de l' vivo povas traflui kiel sablo inter la fingroj? Ne, jen stultaĵo. Kia mizera banalaĵo! Kaj tamen – se banale, do jen demandoj, kiujn ĉiuj homoj faras al si. Ĝuste la banalo estas ĝenerale homa kaj rekonebla.

Kredeble tio estas tute erara maniero komenci – eliri de demando, kiu postulas respondon. Verki romanon eble male signifas esplori, kiu demando apartenas al specifa respondo. Kiu seruro konvenas al difinita ŝlosilo. Iel tio estis lia metodo ĉe la krimromanoj. Tie li devis ĉiam komenci per la solvo, kaj poste avanci retroen, vualante ĝin per diversaj implikoj, misteroj kaj enigmoj. Precipe gravis la granda demando *kiu kulpis?* Sed en ĉi tiu kazo tio estas certa jam dekomence. Kulpas li mem. Aŭ ĉiuokaze iu fikcia figuro, lia alia memo. Sed pri kio li do kulpas?

Do vi forgesis, ke vi havas filinon.

Ne, li neniam forgesis tion. Sed kun la paso de tempo li lasis ŝin gliti en ombron. Li sciis, ke ŝi troviĝas tie, sed li faris nenion por konservi ŝin en sia vivo. Li havis aliajn aferojn por pripensi. Li havis siajn du filojn. Li havis fratinon kaj patrinon, kaj fraton, kiu ankaŭ malaperis en ombron. Iam li havis ankaŭ patron. Edzinon. Amikojn. Li forgesis neniun, sed ankaŭ tiuj homoj trafluis inter la fingroj. Ĉu jen la demando, al kiu respondi? Kiel li povis perdi ilin? Eble la mendantoj estas ili. Ĉu vi forgesis, ke vi havas ankaŭ nin?

Li decidas prokrasti ĉiujn strategiajn decidojn koncerne la romanon por anstataŭe okupiĝi pri plua verkado. Dum la krudmaterialo kreskos, sendube evidentiĝos kiel li plej bone kompilos ĝin en tutaĵon. Iam li legis, ke tiel faris Proust dum sia serĉado de la perdita tempo.

Pli frue li ĉiam verkadis hejme. Nek la knaboj, nek Sanna, nek aliaj personoj en lia vivo signifis ion plian ol efemerajn perturbojn. Li povis interrompi la verkadon meze de frazo, foriri por fari repacigon inter Emil kaj Daniel, por poste residiĝi kaj daŭrigi pri la frazo kvazaŭ pasus nenio. Nun jam restas nek infanoj nek edzino por interrompi lian laboron; li mem decidas kiam li volas renkonti Annika-n, tamen ĉio en lia ĉiutaga vivo iĝas grandegaj obstakloj.

Sendube plej bone estus forvojaĝi. Iuloken, kie li konas neniun, kie ekzistas nenio alia por fari, neniuj interesaj aŭ ĝenaj vidindaĵoj. Turista vojaĝo kun ĉio inkludita. Ne kun Annika, sed sola. Sed kien do vojaĝi ĉi-sezone? Ĉu al Tajlando? Tio ŝajnus al li iom troa. Li decidiĝas pri du semajnoj sur Granda Kanario.

La hotelo en Playa del Inglés estas giganta. Li rezignas kamelrajdadon en la dezerto de Maspalomas kaj aliajn organizitajn distraĵojn, sed ĉiutage li promenas laŭ la strando aŭ tra la hotelaro, kiu kovras la deklivojn. Plejparte li sidas en duonombro de palmo ĉe la rando de grandega naĝbaseno rigardanta al Atlantiko, tajpante per sia teko-komputilo. Iom post iom li ŝanĝetas sidlokon dum la ombro migras flanken, kaj je la horo de lunĉo aŭ vespermanĝo tempas reŝargi la komputilan baterion en lia hotelĉambro.

Li tajpas la memorojn laŭvice kiel ili reaperas, sen interna ordo kaj ne tre zorgante pri tio, ĉu ili konvenas en komuna plano, ĉar tiu ankoraŭ mankas al li. Li simple esperas, ke unu memoro vekos la duan, kaj ke iom post iom vidiĝos ia aranĝo. Li konscias, ke mankas garantio de sukceso. Kredeble la ŝlosilo de lia vivo tute ne kuŝas en iu el la frambodeklivoj, kiujn li memoras. Eble tute ne ekzistas ŝlosilo.

En lia dua kanaria semajno du anglaj geedzoj sidiĝas apud li rande de la baseno. Penny brustnaĝas tien-reen kun alte tenata kapo dum Phil trinkadas bieron en la ombro. Post komento pri la plaĉa vetero Phil prezentas sin mem kaj la edzinon kaj parolas leĝere pri ekskurso, kiun ili faris dumtage per luita aŭto.

"Karulo", diras Penny, levinte sin el la akvo kun admirinda elasto. "Ŝajne vi ĝenas la laboron de... ĉu vi diris Roger?"

"Ĝuste", kapjesas Roger. "Sed estas nenia ĝeno. Mi pensas ke paŭzo nur utilas. Se ne, mi riskus..."

Li volis diri 'idladon' sed rimarkas, ke lia angla lingvo ne tute sufiĉas.

"Roger venas el Svedio", diras Phil. "Jen eble venonta nobel-premiito."

"Certe", ridetas Roger.

"Ĉu temas pri 'norda nigro'?" diras Penny. "Io simila al Wallander?"

"Efektive mi verkis krimromanojn pli frue, sed ne plu."

"Ĉu vere? Ĉu ili legeblas angle?"

"Bedaŭrinde ne. Nur germane. Kaj svede, kompreneble."

"Nu, tio ne helpas al ni, mi timas", diras Penny. "Ni ne tre scias lingvojn. Nu, Phil lertas mendi manĝon hispane."

"Jen piko al mi", diras Phil. "Mi faris provon en nia eta ekskurso. Karulino, tio sendube estos via tasko ekde nun."

"Kredeble la angla tute sufiĉas ĉi tie", diras Roger. "Nu, cetere, kiom scias mi? Mi apenaŭ atingis ekster la hotelaron."

"Vi povus akompani nin morgaŭ, se vi volus", diras Phil.

"Dankon, sed..."

Li iom hezitas, sed ne, tio ne estas bona ideo. Antaŭ ol li havas tempon prepari respondon, Penny jam okulfiksas sian edzon.

"Karulo, klopodu kompreni, ke ne ĉiuj homoj ĉi tie ferias. Ni devus ne tro ĝeni la laboron de Roger."

Ŝi stariĝas kaj faras du paŝojn al la basena rando.

"Krome ni mem havas aferojn por priparoli. Vi devus pli multe pripensi, kion vi efektive volas."

"Karulino, vi jam scias, kion mi volas. Mi volas ke ni restu tiel, kiel iam."

"Mi ne pensis pri mi, sed pri ĉio alia ĉirkaŭ vi."

Post tiuj vortoj ŝi sidiĝas surrande kaj reglitas enakven sen eĉ unu plaŭdo kaj sen subakvigi la kapon. Phil mienas embarasite, dum ŝi trankvile naĝas foren.

"Ni intencis solvi kelkajn problemojn ĉi tie", li diras. "Sed ŝi havas la kutimon foriri tuj dirinte, kion ŝi pensas. Vi ne estas edzo, mi supozas?"

"Estis. Sed ĝuste nun mi estas... kiel oni diras? Mi havas rilaton, sed ni ne kunloĝas."

"Mi komprenas. Kaj ĉu ŝi kontentas pri tio?"

Roger pripensas. Fakte Annika ja ne tre kontentas, sed ekloĝi kune ŝajnas tro riske. Kutime ĉio funkcias bone dum li restas kelkajn tagojn ĉe ŝi, sed poste li estas tirata kvazaŭ per kaŭĉuka bendo al la propra apartamento.

"Ni trovas plej oportune ĉi tiel", li diras. "Ni havas vortumon, 'rapidi lante'. Tio eble estas tipe sveda, mi ne scias."

Li cerbumas pri la disviva rilato de Annika kaj li. Ekzistas evidenta risko, ke ankaŭ ŝi pli-malpli frue volos, ke ili funde priparolu la aferon por solvi problemojn. Certe ne en Granda Kanario, sed hejme aŭ dum ia hotela semajnfino pli proksime. Li mem ne trovas, ke ili havas gravajn problemojn, sed se oni komencus fosi, kredeble ekaperus io. Se nenio alia, do sendube la demando pri kunloĝado iam montriĝos en plena lumo. Jen temo, kiun li prefere evitus.

Li rimarkas ke la suno reflektiĝas rande de lia komputila ekrano, do li stariĝas por transloki la seĝon du metrojn en la ombron. Phil restas en la suno dum kelka tempo, poste li pardonpetas.

"Mi pensas, ke mi iros aĉeti bieron. Ĉu ankaŭ vi volas ion?"
"Dankon, sed mi preferas prokrasti ĝis vespere."

Li neniam ekskursas kun Phil kaj Penny. Dum la restantaj tagoj ili renkontiĝas ĉe la baseno kelkan tempon ĉiutage. Ili interŝanĝas ordinarajn komentojn pri la vetero, la ĉirkaŭa medio, la manĝo, la klimatoj de la hejmaj landoj, kaj li aŭskultas kelkajn epizodojn el la aŭto-ekskursoj. Se Phil kaj Penny atingas ian solvon de siaj problemoj, ĉiuokaze la solvado apenaŭ okazas apud la naĝbaseno.

Roger plu verkadas memorojn el la junaĝo kaj infanaĝo, sed li ne sentas, ke ili vere ekvivas. Bone, la memoroj ja fluas kaj fiksiĝas surpapere, aŭ pli ĝuste sur la disko kaj poŝmemorilo. Tamen mankas al li sento de kohero kaj senco. Tio iom similas foliumadon de fotoalbumo. Li rekonas la personojn kaj la situaciojn, sed kreiĝas neniu vera rakonto. Tamen li plu verkas, kolektante epizodojn. Pli-malpli frue montriĝos ia aranĝo. Se ne, li devos trovi alian aliron. Finfine li devos sukcesi, krom se la baza problemo estas lia ideo uzi sian propran vivon kiel krudmaterialon por krei rakonton. Li vidas sin fosi ambaŭmane en kavo kun argila kaĉo, strebante por konstrui ion, krei ion ajn, sed la argilo simple disfalas, trafluante inter la fingroj. Subite li ekmemoras la firman manpremon de Johanna kaj sian propran fantazion pri ŝiaj potistaj manoj formantaj ion. Li forpuŝas la imagon antaŭ ol tiu argilaĵo alprenas netan figuron.

Estas lia lasta tago en Playa del Inglés. Li jam faris ĉion fareblan. Jam kolektiĝis multe da teksto, kaj nun estas tempo paki kaj revojaĝi hejmen. Li adiaŭas la amikojn Phil kaj Penny, al kiuj restas ankoraŭ unu tago ĉi tie.

"Agrable renkonti vin", diras Phil.
"Sukceson pri la romano", diras Penny.
"Nu, dankon, kaj sukceson ankaŭ al vi. Pri ĉio."

Li vidas ilin paŝi direkte al la baseno kaj pensas, ke ili efektive vojaĝis ĉi tien pro motivo simila al la lia. Sed en lia kazo troviĝas neniu, kun kiu paroli. Neniu, kiu helpos lin krei la rakonton pri sia vivo.

Refoje li imagas la manojn de Johanna formi ion sur tornila disko. Sed kion ŝi do povus rakonti pri li? Nenion. Al ŝi li estas nura fantomo. Tamen ŝia reapero en lia vivo sendube revekis en li la tempon pasintan.

2

La propono estis lia, sed ŝi volonte akompanas lin por vidi, kiel estas. Li biciklas al la placo Margaretaplan, kie ŝi loĝas kun samklasanino dum la lernejaj semajntagoj. Poste ili pluiras piede, ĉar ŝi ne havas biciklon enurbe kaj rifuzas sidi sur lia pakaĵportilo. Ŝi venas el la kamparo kaj reiras tien per buso ĉiuvendrede.

La grupo renkontiĝas merkrede vespere en kelo sub kinejo. Li jam unufoje iris tien sed ne aktiviĝis. Nun li esperas, ke ili faros tion kune, kaj ke tio helpos proksimiĝi unu al la alia. Li ankoraŭ ne sentas ke ŝi vere estas lia koramikino, ne nur pro tio ke ŝi ankoraŭ rifuzas seksumi kun li. Ili jam faris pli-malpli ĉion en ŝia lito krom tio; ĉiuokaze ĉion, kion li konas. Tamen ŝajnas al li, ke ŝi tenas distancon, kvazaŭ al ŝi la amo ne estus vera. Komprenble li ne povas demandi ŝin pri tio. Ili neniam diris la vorton 'amas'. Li tuŝis ŝin absolute ĉie permane, sed ne pervorte.

Anki studas en alia studprogramo. Ili komencis interparoli en la paŭza ĉambro de la lernejo, kaj poste ŝi regalis lin per teo kaj keksoj en sia luata ĉambro. Ĝi estas unuĉambra apartamento kun kuirejeto en la subtegmenta tria etaĝo. Unuafoje ankaŭ ŝia amikino Inger ĉeestis, sed poste ŝi kutime restadas en la kuirejeto, kiam li kaj Anki komencas brakumi sin. Komprenble ŝi iom grumblas, kaj eble pro ŝi Anki ne volas fari pli multe.

Ŝi volas helpi homojn en la tria mondo, kaj pli frue ŝi kolektadis brokantajn vestaĵojn por filantropia organizaĵo. Sed ili interkonsentis, ke nun Vjetnamio plej gravas, do ili devus aliĝi al la porvjetnama grupo.

Oni akceptas ilin bone en la grupo. La ejo estas vasta, kaj ĉie kuŝas stakoj da flugfolioj, afiŝoj, informkajeroj. Li flaras odoron de presinko kaj ekvidas multobligilon sur tableto en angulo de la ĉambro. Ĉeestas nur naŭ personoj, sed ekzistas multe pli da aktivuloj, diras knabino nomata Anna-Lena. Ŝi alportis dikan stakon da gazetoj. Dum la plej granda parto de la kunveno estas diskuto, kiun kompreni malfacilas. Unu junulo parolas flue kaj ŝajnas tre konvinkita, do neniu kontraŭdiras al li. Temas plej multe pri iuj, kiujn li nomas provokistoj. Ili provis konkeri la porvjetnamajn grupojn kaj fari skismon en la unueca fronto, sed oni senvualigis ilian planon.

Dume oni rondirigas liston, kie eblas noti sin por kolekti monon aŭ vendi 'bulojn'. Tiel oni ŝerce nomas la Vjetnamian Bultenon, kiu publikigas novaĵojn el la flanko de la Nacia Liberiga Fronto kaj Norda Vjetnamio. Roger enskribiĝas por deĵori sabate, sed tiam Anki ne estos enurbe, do ŝi rezignas.

"Vi povus provi vendi en la lernejo", flustras Roger.

"Mi vidos. Eble pli poste."

Ŝi tamen aĉetas bultenon por si kaj Inger, kaj oni finas per kunvena kritiko. Kelkaj el la aliaj gejunuloj diras, ke ĝi estis bona kunveno.

"Kion pensas vi novuloj?" diras Anna-Lena rigardante al Roger kaj Anki.

"Nu, mi trovis ĝin bona", li diras. "Sed mi ne komprenis ĉion."

"Mi ne scias", diras Anki. "Sed mi legos la gazeton."

Ili piediras kune trans la fervojon kaj pluen.

"Ili ŝajnas ege severaj", diras Anki. "Kaj teoriemaj."

"Jes, sed sendube estos pli bone, se ni aktivos praktike. Estos amuze vendi gazetojn."

"Bulojn, ĉu ne?"

Ili kune ridas pri la 'buloj', kaj li jam sentas pli bonan etoson inter ili.

En la ĉambro Inger estas hejme, kaj ili trinkas teon kaj palpadas sin, foliumante la bultenon. Kompreneble ĝi temas pri la bombadoj kaj kruelaĵoj de Usono. Oni priskribas, kiel funkcias napalmo, kaj montras bildojn pri vjetnamaj rizkultivistoj kaj soldatoj de la liberiga fronto, kiuj trenas peze ŝarĝitajn biciklojn. Estas aferoj, kiujn la ĵurnaloj ne presas, do sendube utilas disvastigi ĉi tiujn informojn. Sed laŭ Anki la titoloj estas ege tro militemaj.

"Jen rigardu", ŝi diras. "'Morton al la usonaj imperiistoj!' Sed ankaŭ ili ja estas ordinaraj soldatoj. Laŭ mi oni devus aktivi por paco en Vjetnamio."

"Tion ili ja faras. Unue necesas elpeli la usonanojn por ke estu paco."

"Sed ili devus ne glori la perforton."

"Tio estas nura titolo. Plej gravas ke homoj ekkomprenas, kiel agas Usono, kaj ke ni subtenu la vjetnamojn."

Apud la skribtablo Inger aŭdeble suspiras.

"Bonvolu paroli pli mallaŭte. Mi devas enkapigi ĉi tiujn anglajn glosojn."

Roger kaj Anki duonkuŝas sur ŝia lito. Li flankenmetas la Vjetnamian Bultenon kaj ŝovas la manojn sub ŝian sveteron. Post kelka tempo li glitigas la maldekstran en ŝian pantalonon, sed kiam ŝi komencas anheli, Inger denove aŭdigas sin.

"Ĉesu do! Pripensu, ke ankaŭ mi loĝas ĉi tie."

Ankaŭ ŝi ĉiuvendrede hejmeniras al siaj gepatroj. Se li sukcesus konvinki Anki-n resti ĝis sabate, ili povus kune vendi 'bulojn' kaj kolekti monon. Kaj plue ili havus duopan vendredan vesperon. Eble ŝi finfine akceptus amori kun li.

Li proponas tion en la sekva tago, kiam ili renkontiĝas en la lernejo.

"Ne, mi ne povas. Mi promesis veni hejmen en ĉiu semajnfino. Ili volis, ke mi iru buse ĉiutage tien-reen, sed tio estus tro laciga."

"Vi ja venos hejmen, nur sabate anstataŭ vendrede. Sendube iras buso ankaŭ tiam?"

"Sed mi ne povas vendi la gazeton antaŭ ol zorge legi ĝin. Mi ne sentus tion bona."

"Do vi prenu la ujon por kolekti monon, kaj mi prenos la bulojn."

Ankaŭ nun ŝi subridas pri la buloj sed ne lasas sin persvadi. Evidente li elektis malbonan taktikon. Ĉu estus pli bone diri, ke ili havos senĝenan vendredan vesperon kune? Nun jam estas tro malfrue por provi tion. Ŝi tutsimple trovus lin tede obstina.

Li rigardas ŝin starantan antaŭ li sur la lerneja korto. Ŝi havas beletan vizaĝon, kvankam la hararo estas iom malinteresa, senbukla kaj blonda, kvazaŭ en bildo de la reĝo Gustavo Vasa. Ŝi estas modere rondeta, kaj en sia malnova verda militista jako, kiun ŝi uzadis dum la tuta vintro, ŝi aspektas iomete kiel ŝtopita kolbaso. Oni ne rimarkas iajn mamojn sub ĝi, sed ŝi ja havas. Hieraŭ vespere li manpremis ilin. Kaj ne nur la mamojn. Dum la lastaj monatoj li lernis ĉion scieblan pri la korpo de virino, li supozas. Nu, li provu denove en la venonta vendredo.

Se oni prezentus ion bonan en kinejo, li povus proponi tion por iu vendredo, sed ŝi ne tre ŝatas filmojn. En la fino de marto la kinejo Palladium prezentas *Punkto 22*.

"Ne, mi ne ŝatas militfilmojn", ŝi diras.

"Sed ĉi tiu laŭdire estas tute alia. Temas pri la frenezo de militado."

Li ne sukcesas persvadi ŝin. Ŝajne ŝiaj gepatroj estas religiemaj, kaj eble ankaŭ ŝi mem estas iom kristema. Nu, tio ne ĝenas lin. Ŝi estas sincera kaj honesta, jen kion li plej ŝatas. Tute ne bigota. Plej ofte serioza, kvankam ŝi subridas pri la buloj. Ne knabineca en afekta maniero, kiel multaj aliaj. Estas grandega bonŝanco, ke li ekkonis ŝin. Li devos elteni ankoraŭ iom, kvankam li antaŭvidas ke li restos dumviva virgulo.

Li postenas ekster la magazeno Domus inter la dekunua kaj la unua horoj kun junulo nomita Magnus, kiu ne ĉeestis en la merkreda kunveno. Ili alternas pri la buloj kaj la monkolektujo. Magnus havas fortan kaj penetran voĉon, per kiu li atakas la preterpasantojn. "Subtenu la vjetnaman popolon! Aĉetu la Vjetnamian Bultenon!" La plej multaj homoj eviteme retiriĝas, kaj kelkaj iras etan kromvojon por ne konfrontiĝi kun la du aktivuloj. Kelkaj el la pasantoj elĵetas komentojn, plej ofte negativajn sed fojfoje kuraĝigajn, kvankam ne ĉiam eblas distingi, kion ili diras. Jen kaj jen tamen kelkaj kronoj falas en la monujon, sed pasas tri kvaronhoroj ĝis la unua virino venas aĉeti gazeton.

Roger demandas sin, ĉu la iomete agresaj vokoj de Magnus vere efikas, aŭ ĉu ili eĉ fortimigas homojn. Eble ili funkcias tiel, ke li vekas atenton per sia "Aĉetu la Vjetnamian Bultenon!" – kaj poste homoj preferas alproksimiĝi al Roger por meti kelkajn monerojn aŭ eĉ falditan kvinkronon en la ujon.

Iom antaŭ la unua horo ebriulo venas frapi al li la dorson.

"Brave, knaboj! Daŭrigu tion! Vi faras damne bonan lukton. Batu la faŭkon de tiuj diabloj. Sciu, ke mi batalis kontraŭ la nazioj en mia epoko. Tio estis severa tempo, sed mi ĝojas ke ankaŭ vi batalas."

Estas agrable ricevi kuraĝigon, sed la ulo restas, ŝanceliĝante tien-reen. Li plu babilas per laŭta voĉo, kaj do neniu alia kuraĝas alproksimiĝi. Roger provas paŝi flanken, sed ne prosperas al li liberiĝi de tiu sintrudanto. Post iom da tempo Magnus alpaŝas.

"Aŭskultu, Sture", li diras. "Aĉetu Vjetnamian Bultenon kaj poste iru for de ĉi tie. Vi baras la vojon de la popolo."

Ŝajne la viro sentas respekton al Magnus, do li iras flanken ne aĉetinte gazeton, tiel ke Roger denove povas moviĝi libere tintigante la monkolektujon. Post la unua horo ili prenas siajn aferojn kaj kune paŝas ĝis la kunvenejo ĉe Smålandsgatan, kie ili renkontiĝas kun Anna-Lena kaj Björn-Ove, malplenigas la monujon kaj raportas pri la malmultaj venditaj gazetoj.

"Bona laboro! Do ni renkontiĝos merkrede vespere, kaj deĵoros denove venontan sabaton", diras Anna-Lena, kiam ili disiĝas.

Anki akompanas lin al unu sekva merkreda kunveno, sed ŝi neniam venas al la dejŝorado en la urbocentro. Ŝi ne tre ŝatas la societon.

"Mi ne povas defendi tion, kion ili skribas, do mi havus malbonan senton, se mi vendus ĝin", ŝi diras, kiam Roger admonas ŝin.

"Ne necesas scii bone argumenti. Oni aŭdas iom da 'Iru al Rusio', sed malofte iu interesiĝas pri vera diskuto."

"Tamen mi pensas ke ne estus ĝuste. Kaj sabate mi neniam estas en la urbo."

"Vi povas vendi ĉe vi en Bergkvara."

Ŝi nur ridas pri tio.

En la fino de aprilo Inger estas malsana kaj restas kelkajn tagojn hejme ĉe siaj gepatroj en Torsås. Vespere Roger kaj Anki estas solaj en ŝia ĉambro, kaj li eĉ fajfas pri la merkreda kunveno de la porvjetnamaj aktivuloj.

"Mi devas studi iom da matematiko", diras Anki.

"Mi povas helpi vin."

Li ne estas granda lertulo pri kalkulado, sed ŝia matematika kurso en la socia programo estas konsiderinde pli facila ol lia kurso en la natursciencia, do li tamen povas iom helpi. Poste ili kuŝas surlite karesante sin.

"Ni senvestiĝu kaj kuŝu subkovrile", li diras.

Anki estingas la lampon kaj ili senvestiĝas, kvankam ŝi konservas la kalsoneton. Post iom da tempo subkovrile li sukcesas formanovri ĝin.

"Atendu", ŝi diras. "Ĉu vi kunportas la kondomojn?"

"Certe."

De du monatoj li ĉiam havas ilin enpoŝe, kiam li vizitas ŝin, kaj li jam pli frue elpoŝigis kaj montris la paketon. Nun li finfine malfermas unu, kaj ili kune elpensas, kiel surruli ĝin.

"Ni devus submeti mantukon."

Li suspiras kaj atendas, dum ŝi kuras por trovi tukon kaj sterni ĝin surlite sen eklumigi lampon. Sed nun la kondomo jam iĝis tro granda, do ili devas rekomenci de la komenco. Post iom da tempo li denove estas preta.

"Ni povas atendi, ĉu ne?" ŝi tiam diras. "Mi ne sentas min tute preta. Ĉu ni ne provu alifoje anstataŭe?"

"Tiam sendube Inger jam estos sana. Ek, venu do, Anki!"

Li sentas ke ŝi volas. Ŝi estas tiel malseka, kiel li neniam antaŭe palpsentis ŝin. Post iom da karesado ŝi finfine cedas, li devas oferi novan kondomon, kaj fine ili povas fari la aferon. Kaj ĝi funkcias. Ĉio funkcias, laŭ lia opinio.

Kompreneble la afero pasas sufiĉe rapide, kiam ĝi finfine okazas.

"Ĉu vi havis orgasmon?" li demandas kun certa timo.

"Ne, mi ne tute atingis."

"Nu, tamen venontfoje certe estos pli bone, ĉu ne?"

"Mm."

Li volas diri, ke la unua fojo sendube neniam estas perfekta. Li volas demandi, ĉu doloris al ŝi. Sed ĉu vere certas, ke tio estis ŝia unua fojo? Ŝi neniam diris, ke ŝi estas virga. Ankaŭ li ne. Ili ne parolis pri tio. Sed tio devas esti ankaŭ ŝia unua fojo. Se ne, ŝi ja ne submetus tiun mantukon. Li tamen ne vidis, ĉu aperis sango sur ĝi.

En la sekva vespero ŝi tamen ne volas, kaj poste estas semajnfino, kaj lunde Inger jam resaniĝis kaj revenas en la ĉambron. La semajnoj pasas, ili daŭre renkontiĝas en ŝia ĉambro kaj kuŝas sur ŝia lito karesante sin, kvankam li estas pli kaj pli okupata de la porvjetnama agado kaj ŝi ofte volas studi vespere kaj nur iom palpetadi inter la teo kaj la hejmlaboro. Kaj poste estas someraj ferioj.

Anki intencas somere labori en hortikulturejo en sia vilaĝo Bergkvara. Roger rikoltos fragojn en Oelando, sed kiam komenciĝas la ferioj, la fragoj ankoraŭ ne maturas. Restas almenaŭ du semajnoj ĝis oni bezonos lin tie.

"Ni povas renkontiĝi ĉe vi", li proponas. "Mi povus bicikli tien, se mi rajtus dormi ĉe vi."

"Jes, sed mi laboros tutajn tagojn. Kaj troviĝas nenio farebla tie."

Li supozas, ke vespere troviĝas same multe farebla tie, kiel en ŝia ĉambro enurbe.

"Ĉu viaj gepatroj ne permesas al vi viziton de knabo?"

"Ne temas pri tio, sed ni prefere atendu ĝis pli malfrue somere, kiam estos pli trankvile. Kaj ni ne loĝas en la vilaĝo mem."

"Ĉu ne? Do kie vi loĝas?"

"Preskaŭ dek kilometrojn pli sude. En bieno."

"Ĉu en bieno? Do, ĉu vi havas bovinojn?"

"Kompreneble. Ankaŭ porkojn. Oni havas tion en bienoj."

"Kaj ĉu ŝafojn?"

"Ne, sed la najbaroj havas."

Dum momento li suspektas, ke ŝi eble havas alian knabon tie sude. Sed ne, tio ne estas laŭ la stilo de Anki. Ŝi estas ege sincera;

se ŝi renkontus iun alian, ŝi dirus tion. Do li akceptas la prokraston. Kion alian li faru? Ili interkonsentas telefoni, kaj li vokas kelkfoje por interparoli kun ŝi. Sed sekvas neniu perbicikla vizito.

Anstataŭe li tendumas trans la markolo, tuj apud la fragokampoj, por eviti ĉiutage pagi prambileton al kaj de la laboro. Ĉiuokaze li ne tre multe perlaboras per la rikoltado. Li biciklas por butikumi en Färjestaden kaj dum du semajnoj vivas per panbulkoj, sardinoj, kolbasoj el ladskatoloj kaj biero. Kaj krome per fragoj. Poste li hejmeniras por du tagoj kaj satmanĝas frititajn viandbulojn kaj flesojn de Panjo, antaŭ ol reveni al la rikoltado.

Antaŭ la mezo de julio la sezono jam finiĝas. Tiam li faras ferian vojaĝon petveturante al la okcidenta marbordo kun Tony, sia malnova amiko el la elementa lernejo.

Post tri tagoj apud vasta strando ĉe Kategato komenciĝas pluvado, kiu entute ne ĉesas. Post kelka tempo la tendumejo jam estas inundita kaj plena je ŝlimo, kaj montriĝas ke lia tendo likas ĉe la kudroj. Tiam ili petveturas ĝis Gotenburgo kaj trovas lokojn en junulargastejo. Ilia tuta pakaĵo estas malseka, sed ili pendigas ĉion por ke ĝi sekiĝu kie ajn tio eblas. Poste ili sidas kalsone ludante viston por duopo ĝis io estas sufiĉe duonseka por surmeti, kaj tiam ili iras al la urba amuzparko Liseberg.

Nur en la trajno survoje hejmen li rekomencas pensi pri Anki. Reveninte li telefonas, sed ŝia patrino diras, ke ŝi estas en lingvostuda restado en Anglio kun Inger. Ŝi neniam diris eĉ unu vorton al li pri tiu plano, des malpli demandis lin, kion li faros dum la ferioj. Li komprenas, kion tio signifas. Ĉio estas finita inter ili.

En aŭgusto li rekontaktas la porvjetnamajn aktivulojn. En la bulteno li legis, ke la usona pacmovado jam tre viglas, sed ĉi tie la agado nur vegetas. Tamen li staras du sabatojn urbocentre kun gazetoj kaj monkolektujo, unufoje kun Anna-Lena kaj alifoje kun Åke, kiu vintre faris la kunvenan paroladon pri la tielnomataj provokistoj.

Kiam komenciĝas la aŭtuna semestro, li revidas Anki-n en la lernejo. Li decidas iom prokrasti kontakti ŝin. Unue li devas doni al ŝi ŝancon alparoli lin, se ŝi volas tion.

Iom post iom la porvjetnama grupo denove ekhavas elanon. Nova knabino, Carina, aperas kaj iĝas aktivulo. Ŝi estas sufiĉe linda, malgranda kaj svelta kun longaj rufaj haroj kaj granda buŝo, sed preskaŭ sen mamoj. Sed ŝi ŝajne umas kun Stefan, unu el tiuj, kiuj partoprenas en la grupo de temp' al tempo.

Dum la dua jaro de la gimnazio la lernado iĝas pli laboriga. Liaj notoj en la unua jaro estis mezaj, aŭ pli ĝuste malbonaj kompare kun tio, al kio li kutimiĝis en la elementa lernejo. Evidente li devus dediĉi pli da horoj al lernado, por ke la notoj ne malboniĝu eĉ pli. Pri la angla kaj franca li devus atingi ion pli bonan ol la noto du. La nova instruistino pri la franca, Madame Wallin, klopodas por interesi la grupon pri kanzonoj de Brassens kaj poemoj de Prévert, kaj li ja povus hipokriti iom da intereso pri tiuj. Pri la angla li daŭre havas la saman sekan sinjoron Forsberg kiel lastjare, sed se li enkapigus iom da glosoj kaj ĉesus ludi kvin en vico kun la apudulo Gutte, la noto tri devus esti atingebla.

Kredeble li elektis malĝustan studprogramon. La socia pli konvenus al li kaj krome estus pli facila. Sed li ne povas simple ŝanĝi. La lerneja asistanto tute ne estas helpema sed proponas, ke li tutsimple kuraĝiĝu kaj luktu. Dum kelka tempo li pripensas, ĉu tute forlasi la studojn. Sed tiam Panjo kaj Paĉjo malĝojus. Li estas la unua persono en la familio, kiu estas gimnaziano; la fratino neniam provis kaj la frato forlasis la gimnazion preskaŭ tuj. Kaj cetere, kion li faru anstataŭ lerni? Li tute ne scias, do li daŭrigas kiel antaŭe duone senambicie.

Sekvas Kristnasko kaj Novjaro. 1972 komenciĝas kun nebulo, vento kaj malseka neĝo, kiel tiom da aliaj novjaroj ĉe la markolo de Kalmar. La aŭtunaj studnotoj estis pli malbonaj ol iam, sed tio ne vere gravas. Ne eblas esti malaprobita. Cetere li ne estas ĉe la pleja malsupro sed preskaŭ meza kun notoj du kaj tri, kaj unu kvaro kaj unu kvino pri la sveda lingvo. Nur pri historio li ricevis la noton unu, kaj tio ŝuldiĝas al liaj protestoj kontraŭ la okcidentema propagando, kiuj malamikiĝis al li la instruiston.

La gepatroj ne tre zorgas pri liaj studnotoj. Sed ili sendube grave elreviĝus, se li forlasus la lernejon. Paĉjo Torsten plej ofte estas lac-ega venante hejmen de la mekana laborejo, sed li neniam laciĝas admonadi, ke Roger devas kapti la ŝancojn, kiujn li mem neniam ricevis kiel junulo. Panjo Solbritt laboras duontempe en koopera manĝobutiko kaj konsentas pro principo, kvankam ŝi mem kontentas pri sia laboro.

"Plej gravas ekhavi ian firman laboron, sed vi ja estas tre lerta, Roger. Vi devas plu strebadi ĝis la abituro. Se vi sukcesos pri ĝi, poste vi povos fari kion ajn vi volas."

La fratino Gunilla ĵus edziniĝis kaj ekloĝis kun sia Willy, kvankam ŝi plu laboras kiel antaŭe en la sekcio de kuirejaj iloj en la magazeno Domus. Panjo peris al ŝi laboron en koopera butiko, kiam ŝi finis la elementan lernejon antaŭ ses jaroj, kaj de tiam ŝi avancis. Nun ŝi ofte estas for pro kursoj en Stokholmo, kaj en la sindikato kaj en la koopera konzerno. Laŭ Willy estas eĉ tro multe. Sed infanojn ili ankoraŭ ne havas, do sendube Gunilla ankoraŭ longe ne estos hejma dommastrino.

Nu, kaj la frato... Göran komencis la gimnazion sed ĉesis jam en la unua semestro. Poste estis nenia ordo pri li. Dum periodoj li laboris en diversaj fabrikoj, sed li havas problemon konservi la dungojn kaj ofte estas senlabora. Li kutimas fumadi haŝiŝon kun aro da aliaj gejunuloj, kiuj prenas la vivon leĝere, kaj kredeble ili prenas ankaŭ aliajn aferojn. Roger komencas abomeni haŝiŝon, vidante kiel ĝi pasivigas la fraton. Li klopodas logi lin en la porvjetnaman grupon, sed Göran nur ridaĉas kaj moke imitas iun frapfrazon pri la jankioj. Li havas nenian intereson pri vendado, nek eĉ legado de la Vjetnamia Bulteno.

"Ja tio helpas fekneniom, se vi manifestacias en Kalmar, la pugtruo de l' mondo", li diras. "Ili faras kiel plaĉas al ili en Vjetnamio kaj ĉie. Nur atendu, ĝis ili ĵetos H-bombon sur vian kapon."

Göran ankoraŭ loĝas ĉe la gepatroj, sed nun kiam Gunilla jam transloĝiĝis, Roger kaj li ne plu devas kundividi ĉambron. Ofte li tamen forestas dum pluraj tagoj, tranoktante ĉe siaj amikoj. Ŝajne li neniam havis koramikinon, krom eble iuj kunfumantinoj. Kiam li estas hejme regas ĉiama kverelado inter li kaj Paĉjo, kun Panjo kiel sensukcesa paciganto.

Kiam Roger estis infano kaj trafis en ian batalon, li kelkfoje prove minacis per sia granda frato. Sed tio estis nura fantazio, ĉar Göran neniam zorgus helpi lin dum aliuloj tion vidus. Hejme li kelkfoje povis esti amika. Unufoje li volis instrui al Roger pli bone batali, sed la fino de tio estis, ke Paĉjo intervenis kaj premis la brakon de Göran sur lian dorson tiel ke li blekis kiel porko kaj liaj okuloj eklarmis.

"Tio eble instruos al vi ne bati iun pli malgrandan", Paĉjo diris bruske kaj reiris sidiĝi sur la sofon kun ĵurnalo kaj glaso da viskio.

Kiam Göran reakiris sian normalan mienon li kelkfoje forte boksis la suprajn brakojn de Roger kaj mane fermis al li la buŝon.

"Se vi ankoraŭfoje klaĉos, vi havos plian batadon", li mimis.

Roger neniam eĉ pensis, ke li povus klaĉi. Estis nenio priklaĉinda, sed plej sekure estus restadi for de Göran kiel eble plej multe, por eviti pluajn stultajn miskomprenojn.

La porvjetnama grupo aranĝas mitingon por disvastigi informojn kaj allogi pli da homoj. Nun la urbo jam havas siajn unuajn stalinistojn, aŭ provokistojn, kiel Åke nomas ilin. Ili estas du junuloj kutime relative modestaj, kiuj aperas vestite en ĉemizoj el kvadratita flanelo, klopodante vendi sian gazeton *Proleto* ĉe ĉiuj aranĝoj. En la mitingo unu el ili alportas faskon da tajpitaj folioj. Kiam la parolo estas libera, li rapidas kapti la okazon por reciti sian paroladon, kies tezo estas, ke la plej bona maniero subteni la laboristojn de Vjetnamio estas fari revolucion ĉi tie en Svedio, kaj ke oni ne alstrebu kolekti kiel eble plej multe da etburĝoj por la afero de Vjetnamio, sed prefere mobilizi malpli multajn sed pli bonajn. Post kiam li dum kelkaj minutoj laŭtlegadis sufiĉe monotone, Åke kaj alia grupano alpaŝas lin kaj klopodas silentigi lin. Tio tute ne prosperas, do ili komencas elpuŝi lin el la ejo. La rezulto estas, ke la aŭskultantoj mienas embarase kaj pluraj homoj foriras. Roger trovas la tutan aferon ĝena, sed li ne scias, kiel oni anstataŭe faru. Parollibereco estas esenca, sed kiel eviti, ke iu misuzas ĝin?

Ĉiusabate ekster la magazeno Domus kaj la alkoholvendejo nun jam estas konkurado pri la animoj. Krom porvjetnamuloj kun siaj bultenoj kaj monkolektujoj, ofte staras tie unu el la stalinistoj kun sia *Proleto*, dum iu alia vendas la maŭistan *Fajreron*, kaj iom malapude staras la Savarmeo kun sia *Militkrio*, kolektante monon. La klientoj devas kuri kvazaŭ por vergado inter la kolonoj de la diversaj mesaĝoj. Tamen ŝajnas ke almenaŭ la monkolektado por Vjetnamio jam estas iom pli akceptata. Pli da homoj ol antaŭe diskrete enmetas monerojn kaj etajn monbiletojn en la kolektujojn.

Roger ŝatas stari kun Carina, kiu estas ŝercema kaj rapidlanga. Ŝi kutime ne laŭte diskrias la mesaĝon, sed kiam iu ŝajnas ema halti, ŝi rapide ĵetas komenton aŭ demandon. Li mem kompare sentas sin pezpensa kaj pezlanga.

"Hej, io tintas en viaj poŝoj", ŝi diras al iu junulo, kiu ĵetas rigardon al ŝi. "Metu la monerojn ĉi tien en la kolektujon, kaj vi paŝos pli facile."

Alifoje iu pli aĝa viro haltas por insulti ilin.

"Nazmukuloj! Vi damne ne scias, kio estas milito!"

Tio estas kutima komento.

"Do vi rakontu al ni kia estis la unua mondmilito", diras Carina.

Ŝi stariĝas proksime ĉe li kaj etendas la monkolektujon. La viro resaltas malantaŭen kaj malaperas grumblante.

De temp' al tempo okazas festeto en la hejmo de iu el la grupanoj, plej ofte Åke kaj Eva. Unufoje Roger sukcesas persvadi sian fratinon aĉeti por li botelon da ĉipa hispana ruĝa vino, sed post tio ŝajne Panjo riproĉas ŝin, ĉar ŝi rifuzas refari tion. Sed li povas akiri ĝin ankaŭ per la pli aĝaj kamaradoj.

En tiuj festetoj malofte troviĝas io manĝebla, sed oni babilas kaj drinkas. La interparolado ofte temas pri la komuna agado, pri Usono kaj la milito, pri la hipokritado de la sveda registaro, pri ĉiuj stultaj kontraŭuloj ĉi-lande, la stalinistoj, la trockiistoj, kiuj feliĉe ankoraŭ ne atingis la urbon, la kravatuloj de Demokrata Alianco, kiuj staras apud ĉiu porvjetnama manifestacio, flirtigante la flavan flagon kun tri ruĝaj strioj de la Sajgona reĝimo. Kaj plej multe pri la indiferentuloj, kiuj fajfas pri ĉio aŭ pensas ke Usono kaj Nordvjetnamio estas egalaj friponoj.

Pli malfrue homoj ebriiĝas. Iuj vomas, aliaj kantas 'Kanton pri reakcio', kaj fine oni paŝas pli-malpli rekte hejmen. Al la propra hejmo aŭ al tiu de iu alia.

Kelkfoje Roger pensas, ke li devas denove serĉi kontakton kun Anki. Eble ili povus rekomenci. Li vidas ŝin de temp' al tempo sur la lerneja korto, sed ŝi ŝajnas tre rifuza. Eble ŝi pensas la samon pri li. Ĉiel ajn, nenio plu okazas. Li sentas tion iom malreala, memorante ke li seksumis kun ŝi unufoje kaj poste neniam plu. Sendube ŝi trovis tiun sperton ege malkontentiga, kvankam ŝi neniam diris tion. Nu, ĝis la komenco de la someraj ferioj ili daŭrigis palpadon kaj kisadon. Sed poste ŝi evidente ne plu volis.

Li demandas sin ĉu eblus havi rilaton kun Carina. Ŝajne la afero finiĝis inter ŝi kaj Stefan. En iu festeto li vidas ŝin kisi Björn-Ove, sed tio sendube estas nura ebriaĵo. Ĉiuokaze ŝi ŝajnas ege pli sperta ol li. Ili estas preskaŭ samaĝaj, sed ŝi ne frekventas la gimnazion. Ŝi laboris dum kelka tempo en kafejo, sed tio finiĝis ĉar ŝi portadis porvjetnaman insignon kaj estis ĝenerale impertinenta kontraŭ la posedanto. Poste ŝi estis senlabora, sed kiam ŝi iĝis dekokjara ŝi dungiĝis en fabriko kiu produktas elektrajn kondensilojn. Tio estis tedega sklavado, ŝi diris, kaj ĝi daŭris nur tri monatojn. Dum la lasta tempo en tiu fabriko ŝi plej ofte anoncis sin malsana. Ŝi petis kaj ricevis dumsomeran laboron kiel hejma flegisto de maljunuloj, kaj ŝi esperas daŭrigi tion en la venonta aŭtuno. Se ne, sendube iel aperos io alia.

Ĉion ĉi kaj ankoraŭ plion Roger ekscias starante ekster la maga-
zeno en la printempaj sabatoj. Li kaj ŝi nun jam estas inter la plej
diligentaj agantoj de la grupo, kaj ili kutimiĝas noti sin por la sama
deĵoro. Gravas stari tie nun, kiam Usono bombadas Nordan Vjet-
namion. Li havas senton, ke homoj alkutimiĝis al tio ke ili deĵoras tie
kun monkolektujo kaj 'buloj'. Se ili mankus iusabate, ŝajnus kvazaŭ
Usono gajnis ian batalon.

Komprenenble Carina ankoraŭ loĝas kun siaj gepatroj, same kiel li,
sed kiam la vetero varmiĝas en majo, ŝi ekloĝas en la eta somerdomo
de la familio sur insulo iom ekster la urbo, kie ŝi povas zorgi pri si
mem.

"Ĉu vi ŝatus veni tien?" ŝi demandas la lastan sabaton de majo.
"Ni povus rosti kolbasojn kaj ŝaŭmsukeraĵojn kaj trinki iom da biero."

"Jes, volonte. Ĉu ni biciklu tien tuj post la agado?"

"Plej bone, por ke mi montru la vojon. Alie vi certe misvagos. Sed
unue ni butikumos. Ĉu vi havas monon?"

"Iom. Kvindekon, mi pensas."

"Tio sufiĉos. Estos amuze!"

3

Estas dimanĉa tagmanĝo en la hejmo de Annika. Ili ĵus finmanĝis, kaj Felix malaperis al komputila ludado en sia ĉambro. Roger komencas plenigi la telerlavilon sed interrompas tion kaj sidiĝas por rakonti, kiel Johanna kontaktis lin en Kalmar. Annika aŭskultas dum kelka tempo sed poste interrompas.

"Kial vi neniam antaŭe diris, ke vi havas filinon?"

Li atendis, ke ŝi demandos ĝuste tion, sed ŝi ŝajne prenas la aferon pli trankvile ol li antaŭtimis.

"Mi apenaŭ pensis pri tio. Delonge mi ne sciis, kie ŝi troviĝas. Ŝi aĝis apenaŭ du jarojn, kiam mi lastfoje vidis ŝin, kaj kvar aŭ kvin kiam ni havis ian lastan kontakton. Poste restis nur la pagiloj por la alimento, kaj ankaŭ tio ĉesis antaŭ jardekoj. Mi tutsimple ne tre ofte pensas pri ŝi."

"Mi komprenas, sed ĝuste tio estas la strangaĵo. Ĉu vi ne almenaŭ scivolis? Ĉu vi havas ankaŭ genepojn?"

"Ne, ŝi ne havas infanojn. Ŝi ŝajnas iom... aparta."

"Ĉu vere? Mi demandas min de kie ŝi havas tion."

Li cerbumas pri tio. Laŭ li ŝi similas nek al Carina, kiel li memoras ŝin, nek al li. Sed kompreneble li mem ne povus distingi tion.

"Mi devos refoje renkonti ŝin."

"Ĉu devos?"

"Mi celas diri, ke mi tion volas. Vojaĝi al Oelando por renkonti ŝin tie. Iufoje printempe, se mi povos paŭzi de la verkado."

Li demandas sin, ĉu implikiĝos lia serĉado en la memoroj, se li renkontos Johanna-n. Aŭ ĉu male tio aldonos novan dimension?

"Ĉu vi volus akompani min tien en iu libera semajnfino?" li demandas.

Ŝi mienas hezite kaj iomete kompate.

"Mi pensas ke estus pli bone, se vi alfrontus ĉi tion sola. Almenaŭ komence."

Ŝi kompreneble pravas, se rigardi la aferon racie. Tamen li trovus ĝin pli facila kun Annika kiel socia subteno.

"Ĉu ŝi do invitis vin?" scivolas Annika.

"Ne laŭlitere, sed mi ricevis priskribon pri la vojo. Nu, ni vidu. Se ŝi ne volas, ŝi sendube rifuzos akcepti min. Dum la plej proksima tempo mi devos labori pri la romano, do mi iom prokrastos la aferon."

Annika kapjesas kaj komencas liberigi la tablon.
"Krome mi intencas paroli kun la knaboj je okazo. Teorie ili scias, ke ili havas fratinon, sed mi ne certas ĉu ili memoras tion aŭ ne."

Li cerbumas pri tio, kial li neniam antaŭe rakontis al Annika pri Johanna. Pli frue li eĉ ne pensis pri tio. Kiam Annika kaj li ekkonis unu la alian antaŭ jaro, ŝiaj infanoj postulis lian atenton. Ne tro multe Viktoria; ŝi ankoraŭ loĝis ĉe sia patrino, tamen ŝi pli-malpli prizorgis sin mem kaj ne havis ian kritikan opinion pri li. Aŭ se ŝi havis tion, ŝi estis sufiĉe adolta por konservi ĝin ĉe si mem.

Felix estis pli facile ofendata. Tiam li aĝis dek kvin jarojn kaj ne volis ke lia panjo intervenu en lia vivo, sed evidente ŝi devis resti je la samaj kondiĉoj kiel antaŭe kaj ne rajtis komenci ian umadon kun viro kaj konduti kvazaŭ ŝi rejuniĝis. Sed iom post iom li alkutimiĝis, kaj kiam Viktoria forlasis la patrinan hejmon kaj li komencis la gimnazion, li rapide maturiĝis. Roger ne vidas lin tro ofte, sed kiam ili renkontiĝas, li estas sufiĉe normala kaj kelkfoje eĉ ŝajnas aprezi Roger-on kvazaŭ iaspecan part-tempan vicpatron.

Annika jam kelkfoje renkontis la filojn de Roger, interalie kiam ili helpis al Emil transloĝiĝi inter siaj subluaj adresoj. Sed li neniam ekhavis la ideon rakonti al ŝi, ke li krome havas multe pli aĝan filinon, kiun li ne renkontis de eterno. Kompreneble li ne 'forgesis, ke li havas filinon', sed tio ne estas afero pri kiu li pensas ĉiutage, nek ĉiusemajne.

Dum la semajnoj antaŭ la vojaĝo al Granda Kanario, li estis plene okupata. Kiam ili renkontiĝis, li ne ekparolis pri Johanna. Li atendis pli konvenan okazon.

Iam komence, kiam ili nur de kelkaj monatoj estis paro, ŝi akompanis lin al aŭtora vespero en Linköping kaj sidis inter la malmultaj aŭskultantoj. Tio fariĝis unu el liaj plej malsukcesaj aŭtoraj vizitoj. Li sentis sin iel skizofrenia, aŭ kvazaŭ falsludanto. Estis stulte kombini laboron kaj privatan vivon. La verkisto kaj la privatulo ne estas la sama persono, kaj li supozas, ke estos plej bone estonte teni ilin disaj.

Nun li devas koncentriĝi pri la verkado. Post la kanaria vojaĝo necesas pli da disciplino por ke ĉiuj ĉiutagaĝoj ne ŝvelu kaj tute bloku la laboron. Li faris horaron signifantan, ke la tempo antaŭ tagmezo estas rezervita al la romano, kaj tiam telefono kaj Interreto estas malŝaltitaj. La kontaktoj kun la ekstera mondo inkluzive serĉadon de informoj por la romano estas lokitaj en posttagmezoj kaj vesperoj. Kaj li serĉos precipe en sia propra memoro. Krom tio restos pli-malpli nur kontroli, ke diversaj eventoj vere okazis en la momentoj, kiam li memoras ilin.

Li ĉiam volas agi ĝuste pri aferoj. Ne ĝustigi ilin, sed agi ĝuste. Dum sia tuta vivo li havis tiun senton. Ne ĉiam temas pri tio, kion aliaj homoj trovas ĝusta. Ofte li havas sian propran opinion, kiu eble devias pli aŭ malpli de tio, kion pensas aliaj.

Se li ne scias, kio estas ĝusta, li perdas la kapablon agi. Kiam li certas nek kion atendas aliuloj, nek kion li mem volas, li sentas malkomforton. Tio similas palpserĉadon tra mallumo. Li bezonas eksplicitajn celojn kaj kadrojn; se ili estas malklaraj, li sentas ne liberecon sed konfuzon. La parto de la ĵurnalista laboro, kiun li malplej ŝatis, estis ĝuste la malklaraj kadroj kaj atendoj. Al multaj el liaj kolegoj ili male estis unu el la avantaĝoj de la profesio. Kiam li devis ĉesigi sian ĵurnalistan laboron kaj komencis verki beletron plentempe, li sentis kiel liberiĝon decidi celojn kaj etapojn, al kiuj li poste zorge tenis sin. Aŭ almenaŭ tion klopodis.

Ankaŭ nun li funkcias tiel. Eĉ se li ankoraŭ malcertas pri la strukturo kaj intrigo de la romano, lia laboro havas firmajn kadrojn. Lia intenco estas dediĉi la reston de la vintro kaj printempo al verkado, kaj la someron al redaktado kaj polurado. Li jam parolis kun la eldonistoj, kiuj scias, ke temos ne pri nova krimromano. Garantiojn li ne havas, sed li certe ne estos rifuzita, ĉar dum pluraj jaroj li apartenis al la malprestiĝa profitodona parto de la verkistaro. Sendube li povus liveri ajnan verkon postmoderne malkonstruisman, kaj tamen resti bonhava. Sed tion li ne faros. Li havas nek talenton nek intereson por io eksperimenta. Li verkos tute ordinaran psikologie realisman romanon kun membiografia fono en normala proza lingvaĵo. Se la merkatikuloj de la eldonejo volos nomi ĝin 'bazita sur vera rakonto', ili rajtos fari tion. Li scias, ke tio estas nur banala kliŝo sensenca. Kiom da vero estos en la rakonto, dependos ne de tio, kiel fidele ĝi prezentos liajn proprajn travivaĵojn. Ĉio dependos de tio, kiel proksime ĝi venos al la legantoj.

La vintro pasas kaj la printempo komenciĝas per nekutime varma kaj suna periodo de aprilo. La verkado pluas sen gravaj problemoj, kaj li kolektas stakon da tekstoj, el kiuj kelkaj eble neniam estos uzataj.

Li retrospektive atingis sian infanaĝon kaj rimarkas, ke li havas pli da memoroj ol li antaŭe pensis. Eta problemo estas, ke ĉiu epizodo ŝajnas relative mallonga kaj limigita, kaj ili ŝajnas ne tre koheraj inter si. Ĉi tie do estas evidenta tereno por plivastigoj kaj kunligoj. La fikcio devos ŝtopi kaj fliki, kie la memoro ĉifonas. Li trovas ke li sufiĉe facile povas eniĝi en ian etoson de tiu epoko. La plej frapa impreso estas, ke dum li estis infano, ĉio ĉirkaŭ li ŝajnis senvaria kaj eterna. La sola ŝanĝiĝanta afero estis li mem, ĉar li ĉiam konsciis, ke li kreskos kaj pliaĝiĝos. Sed la lokoj, kie li movis sin, la domoj, la stratoj, la naturo, eĉ la homoj ĉirkaŭ li, almenaŭ la plenkreskuloj, ŝajnis iel eternaj. Ili ekzistis de ĉiam kaj ĉiam restos samaj.

Kompreneble li nun konscias, ke tiu sento estis sekvo de la limigita infana kompreno kaj perspektivo. Sed gravas al li la klopodo rekrei kaj respekti tiun senton en la kronikataj memoroj. Hodiaŭ la situacio estas pli-malpli mala, aŭ tiel li perceptas ĝin. Nuntempe li sentas sin mem la sama homo kiel ĉiam, dum la ĉirkaŭa mondo male ŝanĝiĝas laŭ senĉese akcelata ritmo. Li ne scias, kiu el la du manieroj rigardi la mondon estas la plej sensenca. La diferenco inter ili sendube estas simpla sekvo de la senĉese ŝrumpanta estonteco, kiu alfrontas lin.

Iuvespere, iom pli ol semajnon post Pasko, li telefonas al Johanna. Li sidas ĉe la skribtablo kun poŝkalendaro kaj ŝia reklamslipo antaŭ si. La aeruma fenestreto estas malfermita je fendo, kaj ĝi enlasas la kantadon de merlo sidanta sur ekstera arbo. Ĝia flutado eĥiĝas inter la domaj muroj ĉirkaŭ la korto.

"Ceramiko Hannarto", respondas ŝia voĉo kun la mole kartava akĉento, kiun li mem sendube perdis antaŭlonge.

"Saluton, Johanna, parolas Roger. Ĉu vi havas tempon por iom interparoli?"

Sekvas momento da silento. Eble ŝi devas pripensi por identigi lin. Sed kion li do devus diri? Ĉu 'jen via patro'? Tio estus iom tro bombasta.

"Jes ja, en ordo."

"Nu, mi ŝatus diri, ke mi tre ĝojas pro tio ke vi kaptis la okazon kontakti min, dum mi estis tie. Vi faris bone. Kaj kuraĝe."

"Tion mi ne scias, sed jam estis tempo."

"Prave. Mi pensis multe pri tio, kvankam de tiam mi estis tre okupata de verkado kaj alio. Sed nun mi ŝatus scii, ĉu ni ne povus refoje renkontiĝi por babili iom pli senstreĉe kaj neurĝe."

"Nu, se vi tion volas."

"Absolute. Ĉu mi eble venu al vi iufoje ĉi-printempe? Kion vi opinias?"

"Tio ja eblas. Kondiĉe ke mi scios kiam."

"Kion vi pensas pri la festo de Ĉieliro? Tiam ja estos kelkaj liberaj tagoj."

Li atendas, ke ŝi pripensos, eble foliumante kalendaron, sed ŝi tuj ripostas.

"Mi scias, sed tio tute ne konvenos. Ĝi estos la unua okazo de la jaro, kiam ĉi tien venos iom densa aro da klientoj."

Ŝia rapida rifuzo iom malvarmigas lin. Eble ŝi tute ne interesiĝas pri renkontiĝo, kvankam ŝi ne volas diri tion rekte.

"Nu, por mi estus same bone en labortagoj", li diras. "Mi mastras min mem kaj povas liberiĝi iam ajn, pli-malpli. Kion vi pensas pri la semajno post tiu?"

"Pli bone, sed mi preferus la antaŭan semajnon. Do la dek-naŭan kaj tiel plu."

Li rigardas en sian kalendaron.

"Bone. Jes ja, ankaŭ tio eblas. Do, ĉu ni decidu tion?"

"Se vi volas."

"Bone. Johanna, diru al mi, ĉu estus eble, ke mi tranoktu ĉe vi?"

"Jes ja. Ĉi tie estas spaco. Tion vi povos fari."

"Bonege. Nu, do... ĉu ni interkonsentu pri tio? La dek-naŭan de majo?"

"En ordo. Mi notas."

La merlo jam ĉesis kanti, aŭ eble translokiĝis. Li aŭdas nur la leĝeran susuradon de aŭtotrafiko el la proksima avenuo. Li ankoraŭ ne tute certas, kiom bonvena li efektive estos ĉe Johanna. Bone tamen, ke ili decidis daton. Kaj ke ne necesos tranokti en hotelo.

La fino de aprilo estas periodo de intensa laboro. La efektivan verkadon li plenumas plejparte antaŭtagmeze, sed la strebado memori kaj asocii ŝajne daŭras kontinue. Posttagmeze li promenas, dum la cerbo laboras intense. Li evitas homplenajn stratojn, interalie por ne riski karamboli kun telefon-zombioj. Kutime li paŝas laŭ unu sama itinero laŭlonge de la rivero, kaj ofte okazas al li subite trovi sin staranta ie, surkaje en la iama havena kvartalo aŭ antaŭ la pordo de sia apartamenta domo ĉe la strato Plankgatan, sen ia ajn ideo pri tio, kiel li venis tien, nek kie li paŝadis dum la lasta duonhoro. Kaj nokte daŭras la sonĝa deĵoro dum li dormas, kvankam vekiĝante li plej ofte sukcesas kapti nur disajn absurdajn splitojn.

De temp' al tempo li renkontiĝas kun Annika, kaj li klopodas mastri sin por ĉeesti spirite. Printempe ankaŭ ŝi estas tre okupata de sia laboro kaj ŝajnas iom laca, sed ŝi ne multe parolas pri tio. Nur kiam la ministro pri edukado aŭ iu alia senscia eksterulo prezentas ian nekutime sensencan aserton pri la svedaj lernejoj, ŝi okaze iom incitiĝas. Roger neniam diskutas tiajn aferojn kun ŝi, kvankam en la tempo kiam Emil kaj Daniel estis lernejanoj, li ofte miris pri kiel kelkaj aferoj funkcias.

Estis malsame dum la unua tempo, post kiam ili konatiĝis. Tiam Annika kutimis demandi lin pri lia verkado de krimromanoj, kaj li interesiĝis pri ŝia laboro de instruisto. Kompreneble li ne vere scivolis pri ŝia laboro, sed pri ŝi. Estas tute nature, ke tiu scivolo nun jam estas pli-malpli kontentigita. Ilia interrilato trankvile pluas, kaj li trovas ĉion stabila kaj certa. Ili neniam diskutas, ĉu kunloĝi. Unue tio estus ege komplika el pure praktika vidpunkto, kaj due li demandas sin, ĉu ilia rilato efektive eltenus tian ĉiaman proksimecon. Tute certe estas preferinde resti sur la nuna nivelo. Li pensas, ke ankaŭ Annika sendube konsentas pri tio, precipe ĉi-sezone proksime al la fino de la printempa semestro.

Krome li absolute nenial volus forlasi sian apartamenton, kies du ĉambretoj rigardas al la korto, dum la salono kaj kuirejo frontas al la strato kun vidaĵo al la tombejo de Sankta Mateo. Ĝi estas same perfekta kiel loĝejo kaj laborejo, sufiĉe granda por ebligi al Annika kelkfoje tranokti, sed ne sufiĉa por daŭre kunloĝi. Ĉiuokaze ne dum Felix plu loĝas ĉe la patrino kaj ankaŭ Viktoria de temp' al tempo bezonas reveni vizite dum pli aŭ malpli da tempo.

Liaj propraj filoj plu neniam venas hejmen. Male, li devas viziti ilin. Sed se ili iam aperus, la laborĉambro povus funkcii kiel provizora gastoĉambro, almenaŭ dum la gastado ne daŭrus tro longe. Sed tio neniam okazas.

Li aŭtas de hejme je la oka horo por havi tempon halti en Virserum iom antaŭ la lunĉo. Li ne tre ŝatus resti en la kronikulejo, kiam Panjo kaj la aliaj demenculoj manĝos. Post horo da veturado li vidas la sunon aperi, kaj li ĝuas ĉiujn malsamajn verdajn nuancojn de la varia pejzaĝo, veturante plu suden. Kiam li jam lasas la ĉefŝoseon 34 en Målilla, turnante sin okcidenten sur sinua vojo tra arbaro, la ĉielo denove nubiĝas.

Ambaŭ liaj gepatroj originis el ĉi tiu regiono, kaj post la emeritiĝo de Panjo ili retransloĝiĝis ĉi tien. Tio okazis antaŭ pli ol dudek jaroj, kaj nun ŝi delonge estas vidvino. Antaŭ du jaroj ŝi estis akceptita en la demenculejon. Dum la lasta tempo antaŭ tio, Gunilla iradis la okdek kilometrojn de Nässjö preskaŭ ĉiutage por kontroli, ĉu okazis ia grava akcidento. Li ne scias kiel ofte ŝi venadas nuntempe, sed eble ankoraŭ ĉiusemajne. Li mem venas malofte. Li ne sentas ke liaj vizitoj multe helpas la patrinon, nek malhelpas.

"Saluton, Panjo. Jen mi venas, kiel mi diris."

Ŝi rigardas lin sidante sur rulseĝo. Fakte ŝi paŝas relative bone per helpo de rulapogilo, sed la dungitoj trovas, ke sidante sur rulseĝo ŝi malpli ofte misvagadas. Estas oportune por ili scii kie ŝi estas.

"Jen mi, Panjo. Jen Roger."

"Jes, mi ja vidas. Sed monon mi ne havas."

"Do, kiel vi fartas? Vi ŝajnas vigla kaj sana, Panjo."

Ŝi ne respondas sed palpadas per la dekstra mano, serĉante ion sur la apuda tablo. Mezaĝa virino el la dungitoj aperas en la komuna sidĉambro kaj amike salutas lin.

"Nun vi ja ĝojas, ĉu ne, Solbritt, kiam la filo venas vizite. Ĉu vi ambaŭ deziras tason da kafo?"

Ŝi turnas sin al Roger, montrante ke kafo troviĝas preta en la kutima loko.

"Mia monujo", Panjo diras maltrankvile. "Ili forprenis mian monujon."

Ŝi palpadas sur la tablo kaj tiras la tuketon, tiel ke vazo kun imorteloj renversiĝas, disvastigante pajlerojn kaj polvon. Roger restarigas ĝin. Poste li iras verŝi kafon en du tasojn, unu plenan kaj unu duonan, metas sukerpecon en la duonplenan kaj kirlas.

"Neniu prenis vian monujon, Solbritt", diras la helpflegistino. "Ĝi kuŝas sialoke en via ĉambro. Nun trinku tason da kafo kun via filo."

Panjo avide trinkas la kafon dum li observas ŝin kun buŝtuko enmane. Ĉe alia tablo iu virino sola duonlaŭte ridadas.

"Tiu estas freneza", diras Panjo, ŝajne sobre kaj senemocie. "Fakte la plej multaj estas tiaj."

"Nu, tion mi ne kredas. Nur iom konfuzitaj, eble."

"Kaj Gunilla neniam venas ĉi tien. Mi ne vidas ŝin de jaroj."

"Stultaĵo, Panjo. Ŝi ja venas al vi ĉiusemajne."

"Sed hieraŭ Göran venis vizite. Li estas bona knabo."

Roger perpleksiĝas kaj ekhavas malagrablan senton. Ĉiam la frato.

Li scivolas, kiam la patrino efektive lastfoje vidis la pli aĝan filon. Kredeble dum la entombigo de Paĉjo antaŭ preskaŭ dek ok jaroj. "Mi ĝojas pro tio", li diras kaj trinkas buŝplenon da varmeta kafo.

Li sukcesas foriri tuj antaŭ ol oni prezentos la lunĉon. Post rapida rigardo al la aŭtoatlaso, li veturas suden tra Fagerhult kaj Kråksmåla. Ĉirkaŭas lin arbaro dum dekoj da kilometroj, alterne koniferoj kaj miksitaj foliarboj, kaj inter ili senarbigitaj terenoj kun juna betularo kaj kelkaj paŝtejoj. Li gvatas pri indiko de manĝejo, sed la regiono ŝajnas eĉ apenaŭ loĝata. Li ne povas memori, ke li iam ajn antaŭe laŭiris ĉi tiun vojon.

Finfine li tamen trovas restoracion en Alsterbro, kie li manĝas salmon bakitan en pasta kovrilo kun terpompecoj. Poste li pluiras. La pejzaĝo des pli heliĝas, ju pli li proksimiĝas al la marbordo, kaj post mallonga distanco sur aŭtoŝoseo, li jam veturas sur la ponton al Oelando.

Baldaŭ estos la tria horo, kaj la trafiko en lia direkto jam estas sufiĉe densa. Pasante sur la plej alta loko de la ponto li sentas leĝeran malbonfarton, sed kiam li venas duonvoje trans la markolon, la suno denove trarompas la nubojn kaj lumigas la bordon de Oelando. Li decidas rigardi tion kiel bonan signon.

La domo de Johanna kun la firmao Hannarto situas ne en la vera vilaĝo de Algutsrum sed tuj apud la ĉefŝoseo. Tio devas esti bona situo por enlogi turistojn, almenaŭ tiujn venantajn el nordo survoje hejmen. La duetaĝa domo ŝajnas esti el la kvardekaj jaroj sed havas novan tegmenton kaj alkonstruaĵon, kiu evidente konsistigas la butikon. Li traveturas malfermaĵon en mureto el kalkŝtono kaj parkumas sur gruzo antaŭ la domo. Poste li iras serĉi pli privatan enirejon ol tiun kun indikoj pri artaj metiaĵoj, kiu rigardas al la vojo. Li efektive trovas pordon, sed revenante al la aŭto por preni sian valizon, li ekvidas ŝin. Johanna staras gvatante en la pordo de sia butiko.

"Saluton. Bonvenon! Vi povas eniri ĉi tie."

"Bone. Ĉu la aŭto povas stari tie?"

"En ordo."

Li venas en malgrandan butikon plenan je tasoj, vazoj, bovloj kaj alio. Troviĝas ankaŭ etaj bildoj, akvareloj kaj iaspecaj grafikaj artaĵoj.

"Kiom da belaj aferoj", li diras. "Do, ĉu vi ankaŭ pentras?"

"Ne, tion faras Monique."

Ili pluiras tra pordo kaj supren laŭ kelkaj ŝtupoj. Li atendas ekscii, kiu estas Monique, sed neniu klarigo sekvas.

"Ĉu vi malsatas?" ŝi demandas.

"Tute ne. Mi manĝis antaŭ horo, proksimume."

Ili venas en kuirejon, kiu ŝajnas apenaŭ ŝanĝita post la 1950-aj jaroj. La lavtablo estas malalta kaj havas rustan strion laŭ la muro. La ŝranko-pordetoj estas blugrizaj. La tablon kovras kvadratita vakstolo.

"Ni ne havas kafon ĉe ni, sed ĉu vi ŝatus tason da teo?"

"Jes, volonte. Tio sonas agrable."

La salono estas granda kaj luma. Ĝi estas maldense meblita per diversstilaj malnovaj mebloj. Surmure pendas akvareloj, kiuj prezentas plantojn, arbojn kaj strandojn. Ceramikaĵoj ne videblas. Ekster la fenestroj vidiĝas hela verdaĵo, kaj inter arboj kaj arbustoj li kredas vidi ventmuelilon je ioma distanco dekstre. Rekte antaŭe li videtas foran akvobrilon tra la foliaro. Evidente la domo estas lokita ĝuste super la ĉefa klifo de la insulo.

Roger trovas la ĉambron simpatia. Laŭ sia kutimo li stariĝas ĉe malgranda breto, fluglegante sur la librospinoj. Staras tie relative malmultaj volumoj, kaj la plej multaj estas germanlingvaj. Li ne vidas siajn proprajn krimromanojn, eĉ ne tiun, kiun li dediĉis al Johanna antaŭ kelkaj monatoj.

Ŝi aperas en la pordo.

"Mi devus montri al vi, kie vi dormos. Estos supre. Ankaŭ banĉambro troviĝas tie, kaj vi eble vidis la necesejon ĉi-sube. Ĉu vi preferas buterpanojn aŭ dolĉajn bulkojn?"

"Nu, mi bezonas nenion, sed mi ja povus gluti bulkon."

Li akompanas ŝin en la kuirejon kaj rigardas dum ŝi pretigas pleton. Poste li enportas ĝin. La tetasoj estas glazuritaj en bluo kaj blanko, same kiel la telereto kun kelkaj ĵus malfrostigitaj bulkoj.

"Jen viaj propraj produktoj, mi supozas?" li diras provante kapsigni suben al la pleto, dum li portas ĝin en la salonon.

Johanna postsekvas kun tekruĉo, same blua kaj blanka. Ili sidiĝas sur du foteloj en stilo de la sesdekaj jaroj.

"La teo devas ankoraŭ iom infuziĝi", ŝi diras. "Mi ne scias ĉu vi komprenis, ke ankaŭ Monique loĝas ĉi tie. Vi renkontos ŝin vespere, kiam ni manĝos."

"Bone. Ŝi estas pentristo, ĉu?"

Unue ŝajnas, kvazaŭ ŝi ignoros ankaŭ tiun demandon.

"De temp' al tempo", ŝi poste diras. "Sed cetere ŝi laboras en la Universitato de Lineo."

Sonoras signalo. Ĝi similas kariljonon.

"Ho, jen la butiko", diras Johanna. "Mi devas kuri tien. Mi revenos tuj kiam ili foriros."

Li denove rondiras en la ĉambro. Legas titolojn de libroj. Jenny Erpenbeck, Heimsuchung. Ricarda Junge, Die komische Frau. Sabrina Janesch, Katzenberge. Nenio, kio signifas al li ion ajn. Poste li malfermas la pordon al la teraso kaj restas sursojle. Ankoraŭ la aero ne estas varma, sed odoras printempe. Io bulbeca, ia leĝera padusa parfumo de fore, kaj nova freŝa verdaĵo. Du najtingaloj duelas kante kun vervo en la veproj surrande de la deklivo. Tra la verdaĵo flike videblas la marborda ebenaĵo kaj la markolo. Aliĝas aliaj birdoj, kiujn li ne povas identigi. Maldekstre la suno videtiĝas tra nubostrioj, kaj facila vento trairas la foliarojn de la arboj.

Li ektremas pro malvarmeto kaj refermas la pordon. Rigardas kelkajn akvarelojn. Ili montras plantojn nekonatajn al li, sed kredeble trafe kaptitajn en malfortaj nuancoj.

"Ili volis nur iom rigardi", diras Johanna malantaŭ lia dorso. "Ĉi-sezone apenaŭ indas teni la butikon malfermita en labortagoj, sed mi ĉiuokaze plej ofte estas ĉi tie."

"Vi havas belan salonon", diras Roger, rigardante ĉirkaŭ si. "Kaj belan vidaĵon eksterdome."

"Nu, ĉiuj kreskaĵoj densiĝas en ĝangalon. Ĉu vi hodiaŭ veturis rekte de Norrköping?"

"Tra Virserum. Mi vizitis mian patrinon. Bedaŭrinde ŝi konscias malmulton. Ŝi loĝas en demenculejo."

"Domaĝe. Kiom ŝi aĝas?"

"Okdek naŭ."

"Kaj via patro?"

"Nu, li forpasis antaŭ longe. En la jaro naŭdek ses li mortis."

Ŝi verŝas teon, li prenas bulkon, unuafoje pensante pri tio, ke ili parolas pri ŝiaj geavoj. Li sentas tion stranga. Li apenaŭ sukcesas koncepti tion. Ambaŭ gepatroj kaj la gefratoj sciis, ke li patriĝis jam antaŭ sia deknaŭa naskiĝtago, sed ŝajne ili neniam tre atentis tion. Aŭ ĉu li mem tenis ilin for? Laŭ lia memoro ili neniam renkontis la knabineton. Estis kvazaŭ memkompreneble, ke ŝi estas zorgaĵo de Carina, kaj de ŝiaj gepatroj.

"Mi ne memoras, ĉu mi demandis pri Carina, kiam ni renkontiĝis en Kalmar", li diras. "Tio estas, kiel ŝi fartas kaj tiel plu. Vi diris, ke ŝi laboras, ĉu ne?"

Johanna kapjesas.

"Ŝi ĵus ĉesis labori en la hospitalo kaj komencis en sancentro. Tio ne estas same peza."

"Mi komprenas. Mi memoras, ke ŝi estis talenta pri arto, do mi neniam atendus, ke ŝi estos flegistino. Sed oni ja devas gajni la panon. Sendube via talento venas de ŝi."

"Ne de vi, vi volas diri?"

Plenigas lin rido je tiu penso, kaj ŝi partoprenas en lia amuziĝo. Jen sendube la unua fojo, kiam li vidas ŝin ridi, aŭ eĉ rideti. Tuj la etoso iĝas pli malpeza. Ridante ŝi iomete similas sian patrinon ĉe la okuloj. Aŭ eble li nur imagas tion.

"Mi kredeble ne povus alporti artan talenton, nek per la genoj nek per la edukado. Tio estas, eĉ se mi ĉeestus por vi. Sed vi poste havis vicpatron, ĉu ne?"

"Nu jes, tiel eblas diri."

"Kiun aĝon vi havis tiam?"

"Mi ne scias precize, kiam ili renkontiĝis. Sed ni transloĝiĝis kiam mi estis sepjara kaj komencis la lernejon. Panjo estis graveda, kaj poste mia frateto naskiĝis en novembro, kaj ekde tiam Kent vivis ĉe ni en la nova loĝejo. Poste mi ekhavis ankaŭ fratineton, sed tiam mi jam estis dekjara."

"Ĉu ili restas ĉi-regione, viaj gefratoj?"

"La fratino ne, sed Martin loĝas en Kalmar. Krome mi havas du genevojn. Dujaran knabon kaj apenaŭ dumonatan knabineton."

Dum momento Roger klopodas elcerbumi, kio estas ŝiaj genevoj rilate al li, ĝis li ekkonscias, ke ili komprenelble tute ne estas liaj parencoj. Li rigardas sian filinon kaj refoje serĉas ion konatan, sed ŝi fakte estas propra persono. Nun ŝi impresas tre viva kaj tute ne same rigida kiel antaŭe. Kiel li povis ekpensi pri aspergero? Tio estis stultaĵo. Ŝi estas homo integra, tutsimple.

Li scivolas kian rilaton ŝi havas al tiu Monique, sed sendube li rimarkos tion. Aŭ eble ne.

"Sendube mi devus porti miajn aferojn supren."

"Bone, mi montros. Poste mi devos labori dum horo, pli-malpli. Morgaŭ mi bakos, kaj restas spaco por ankoraŭ iom. Monique venos hejmen je la kvina kaj duono, kaj tiam ni povos kune kuiri vespermanĝon sub ŝia gvidado."

"Ĉu mi rajtus rigardi dum vi tornas, aŭ kion ajn vi faras?"

"Tio kredeble ne estas tre ekscita, sed bone, se plaĉas al vi. Estas plej sube, trans la butiko."

Estas preskaŭ la sesa horo, kiam alta blondulino kun mallongaj haroj, ŝajne en la aĝo de tridek aŭ tridek kvin, elaŭtiĝas el verda Golf. Ŝi portas du sakojn plenajn de manĝaĵoj en la kuirejon, salutas kaj prezentas sin kiel Monique. Poste ŝi laborigas Roger-on kaj Johanna-n pri kuirado. Li devas senŝeligi cepojn, karotojn kaj pastinakon, kiujn Johanna poste kubetigas.

"Tre interesas min finfine renkonti vin", diras Monique mezurante akvon en elektran bolilon kaj rizon en kaserolon. "Mi jam multfoje diris al Hanna, ke ŝi klopodu kontakti sian patron."

Ŝi parolas kun klara germana akĉento, tamen flue. Nun ŝi observas lin dum li plenanime senŝeligadas cepojn ĉe la lavtablo.

"Vi efektive iom similas unu la alian."

Li ĉesas senŝeligi kaj rigardas ŝin. Laŭ la mieno ŝi ŝajnas ne ŝerci, sed ĝuste tiam ŝi turnas sin al ŝranko por serĉi inter aro da spicujetoj. Eble ŝia diro celis rompi la glacion. Johanna diras nenion sed plu tranĉadas legomojn.

"Hanna, ĉu vi serĉos fazeolojn en la frostujo?" diras Monique alŝutante kuleron da ia flava spicpulvoro. "Ni manĝas vegetare. Espereble vi povas akcepti tion?"

Ŝi ĵetas rapidan rigardon al Roger.

"Kompreneble", li diras. "Sendube mi devus manĝi malpli da viando, sed bedaŭrinde kutime regas la rutino."

"Jes. Tiel estas por multaj homoj."

Li ekatakas la lastan karoton.

"De kiel longe vi loĝas en Svedio? Vi parolas bonegan svedan."

Ŝi larĝe ridetas.

"Dankon. Mi alvenis en la jaro du mil kvar por studi la stepan flaŭron de Oelando. Sed poste mi renkontis Hanna-n kaj restis ĉi tie. Vi eble jam aŭdis, ke mi estas botanikisto."

"Jes", Roger mensogas. "Nu, vi evidente havas lingvan talenton. Kaj artan. Mi jam admiris viajn akvarelojn."

Ŝi gaje ridas.

"Hanna klopodas vendi ilin, sed tio ne tre prosperas. Sed atendu, mi forgesis la kaŝtanojn."

Ŝi ŝaltas la bakfornon, plonĝas en duone malpakitan sakon da manĝaĵoj sur la tablo kaj eligas paketon, kiun ŝi transdonas al Johanna.

"Tranĉu krucojn ĉe la pintoj, mi petas."

"Ĉu mi povas fari ankoraŭ ion?" diras Roger. "Cetere, Johanna, ĉu vi preferas ke mi diru Hanna aŭ Johanna?"

"Diru laŭplaĉe. La plej multaj diras Hanna, sed en la pasporto aperas Johanna."

"Bone. Do mi daŭrigos per Johanna."

"Vi povas daŭrigi per salato", diras Monique elfosante ankoraŭ pli da legomoj.

Postmanĝe ili sidas babilante en la salono, dum la okcidenta ĉielo ekstere iĝas pli kaj pli malva kaj turkisa. Monique surtabligas ankoraŭ botelon da vino, kiam elĉerpiĝas tiu, kiun ili trinkis dum la manĝo. Ĝi estas rislingo.

"Ĉu ĝi venas el via hejma regiono, Monique?" diras Roger.

"Ne, tute ne. Mi devenas el norda Germanio. Meklenburgo – tio tute ne estas vinbera distrikto. Ĉi tio estas mozelvino."

Ĉefe Monique zorgas pri la flua konversacio. Johanna plej ofte pli-malpli silentas.

"Vi diris, ke vi bakos ceramikaĵojn morgaŭ, ĉu ne?" Roger memorigas ŝin. "Estus interese rigardi. Mi volonte helpus pri io, se mi povus."

"Nu, tio estos nur la unua bakado. Ne aspektas tre interese antaŭ ol mi surmetos la glazuron. Kaj mi preferas labori sola. Estas varme, mankas spaco, kaj necesas koncentriĝi pri la tempo kaj la temperaturo. Sed se vi restos merkrede, mi povos montri iom da glazurado."

"Jes, volonte."

Ili ankoraŭ ne diskutis, kiel longe li restos. Sed nun do ne necesos decidi tion antaŭ merkrede. Morgaŭ li povos sidi ĉi tie tajpante en la salono, aŭ en la ĝardeno, se estos pli varme. Posttagmeze eblos fari aŭtoekskurson, se ŝi plu estos okupita. Se ne, li povus proponi al ŝi kunan ekskurson, sed ŝi supozeble rifuzus. Tio ne gravas. Estas agrable gasti ĉi tie.

"Carina kaj vi sendube estis tre junaj, kiam naskiĝis Hanna", diris Monique. "Ĉu vi ankoraŭ estis lernejanoj?"

Li kapjesas, turnante sin al ŝi.

"Ni efektive estis junaj. Mi ĵus finis la gimnazion. Carina estis unu jaron pli aĝa ol mi, sed ŝi neniam estis gimnaziano. Tiuepoke multaj homoj ĉesis post la elementa lernejo. Multaj aferoj estis aliaj ol hodiaŭ, se oni pripensas. Ni havis estontecon, en kiu ĉio iĝos pli bona. Pri tio mi certis."

4

Estas preskaŭ la dua horo, kiam ili finfine povas ekiri. Laŭ rekta distanco ne estas malproksime trans la golfo, sed necesas bicikli laŭ longa kromvojo por atingi la pontojn, kiuj kondukas al la insuletoj, kaj ili alvenas tien nur je kvarono antaŭ la tria. La domo situas sur la dua insulo en la vico. Ĝi estas malgranda flave farbita daĉo kun ekstera necesejo, elektro kaj akvokrano sed neniu defluilo, kelkaj blankaj ĝardenaj mebloj kaj propra boatvarfeto kun lika remboato. La domoj ambaŭflanke ŝajnas neloĝataj ĉi-sezone, sed de iom pli fore aŭdiĝas sonoj de radioaparato. Endome estas nur unu ĉambrego kaj la kuirejo.

"Ne estas luksa vilao", diras Carina, "sed mi diable ĝuas eviti Panjon kaj Paĉjon."

"Nu, ankaŭ mi ŝatus transloĝiĝi de ili, sed tio ankoraŭ ne eblas."

"Sidiĝu. Aŭ cetere, eble ni tuj preparu la rostilon, ĉu?"

Ili eliras sur teraseton, ŝi okupiĝas pri fulgoplena ĝardena rostilo kaj enbuŝigas cigaredon.

"Ĉu vi volas?"

"Ne, mi ne fumas."

"Nek mi, ordinare. Sed ĉi-okaze mi ĝuas unu. Nu, ni bezonus ion por manĝi aldone kun la kolbasoj."

Ŝi reiras endomen, kaj li postsekvas kiel hundo.

"Jen, kaptu!"

Ŝi donas al li botelon da biero kaj fosas plu en la eta fridujo.

"Ladskatolo da terpomoj. Ĉu eblas rosti tion laŭ vi?"

"Ni povas provi."

Ili sidas sursofe ripozante post la manĝo. El la jam malvarma rostilo venas odoro iom naŭzeta de karbiĝintaj ŝaŭmsukeraĵoj. Komencas vesperiĝi, kaj la suno kaŝiĝas malantaŭ arboj trans la vojo. La domo situas ĉe la orienta bordo de la insulo, kaj ne estas tre longa distanco trans la akvon ĝis la urbaj rubejo kaj akvopurigejo. Tuj trans ili situas la kvartalo Tegelviken, kie li loĝas.

"Ĉu vi volas bani vin?" ŝi demandas.

"Ĉu la akvo ne estas tro malvarma?"

"Eble. Mi ankoraŭ ne eniris. Sed oni devas komenci iam."

Ŝi tiras lin el la sofo kaj ili iras ĝis la varfo. Ŝi elpaŝas el la lignoŝuoj, demetas la ĝinzon kaj sidiĝas rande de la varfo kun la piedoj enakve.

"Damne, kiel malvarme. Sed ni eniru. Venu!"

Ŝi restariĝas, detiras de si du sveterojn kaj ŝovas la dikfingrojn ene de la kalsoneta rando. Ŝia dorso estas mallarĝa kaj blanka kun vico da elstaraj vertebroj. Mamzonon ŝi kompreneble ne surhavas.

"Ĉu vi venos en la akvon?"

Ŝi turnas sin iomete dorsen al li. La mamoj estas etaj kaj sufiĉe pintaj. Nun ankaŭ li devas senvestiĝi. Li ne scias, kio plej aĉas – ĉu resti sur la varfo aŭ salti en la glacie malvarman akvon – sed jam estas tro malfrue por ekheziti.

"Rapidu! Mi frostas. Ni saltu samtempe."

Li demetas ĉion kaj stariĝas apud ŝi survarfe, dum ŝi demetas la kalsoneton kaj lasas ĝin malantaŭ si sur la vestaron.

"Unu du tri", ŝi diras.

"Kvar kvin ses", li diras.

"Ne, ĉesu. Ni saltu... nun!"

Li lasas la varfon sekundon post ŝi kaj trafas la akvon kun plaŭdego. Kiam li ŝovas la kapon super la surfacon, li aŭdas ŝin plaŭdi kaj anheli tute apude. La akvo estas neimageble malvarma, kaj li tuj turnas sin serĉante ion per kio elakvigi sin.

"Jen la ŝtupetaro", ŝi diras kaptante ion ĉe la rando de la varfo.

Li ĵetas sin tien kaj trudas sin antaŭ ŝi supren laŭ la ŝtupetoj. Ŝi sekvas tuj poste.

"Ni prenu la vestaĵojn kaj kuru al la domo. Troviĝas plejdoj", ŝi diras, klinante sin.

Post du minutoj ili jam sidas sur la sofo envolvitaj ĉiu en sia plejdo.

"Refreŝige, ĉu ne?" ŝi diras.

"Mi ne komprenas, ke la maro povas esti tiel malvarma. Ja baldaŭ estos junio."

"Ĉi tie la vento blovas de la tero. La varma akvo drivas foren."

Iom post iom lia korpo ricevas varmon, kaj li komencas kompreni, ke li sidas duope apud nuda knabino kun nura plejdo ĉirkaŭ si. Sed ŝi stariĝas kaj elsarkas siajn vestaĵojn el la amaseto.

"Ne rigardu", ŝi diras, lasante la plejdon kaj komencante vesti sin.

Kompreneble li rigardas kaj ŝatas ĉion, kion li vidas. Sed ŝi baldaŭ estas vestita. Tiam li mem lasas sian plejdon kaj revestas sin. Ŝi rigardas lin ridetante. Eble ankaŭ ŝi ŝatas, kion ŝi vidas, sed jen ĉio, kio okazas. Li sentas elreviĝon.

"Ĉu vi volas kafon? Aŭ plian bieron?"

"Bieron, mi petas."

Ili sidas babilante ĝis mallumiĝas. Ŝi rakontas epizodojn el siaj diversaj laborejoj kaj demandas lin, kion li faros post la gimnazio, sed tion li tute ne scias. Li diras, ke li ŝatas posteni ekster la magazeno Domus kun ŝi. Ŝi gaje ridas.

"Sed vi malŝatis bani vin kun mi, ĉu ne?"

"Nu, estis amuze. Sed malvarme. Tamen agrable poste."

"Bedaŭrinde ekzistas nur ĉi tiu sofo por dormi, do vi ne povos tranokti."

"Nu..."

"Sed vi povos resti ankoraŭ iom. Se vi rajtas esti for de la hejmo, kiam estas mallume."

Li rigardas ŝin por esplori, kion ŝi celas, sed ne eblas distingi tion. La sola eblo estus, se li mem farus provon.

Ŝi sidas proksimume decimetron for de li, do li movas sin tute apuden kaj metas la manon sur ŝian ĝinzan genuon. Poste li metas la duan brakon ĉirkaŭ ŝiajn ŝultrojn. Ŝi restas tute senmova kaj rigardas lin kvazaŭ atendante lian sekvan movon. Tiam li klinas sin antaŭen, kisas ŝian buŝon kaj ŝovas la manon sub ŝian sveteron. La cicoj estas malmolaj. Ŝi malfermas la buŝon kaj li sentas ŝian langon. Subite li iĝas varmega kaj spirmanka kaj sentas urĝon.

Je la dekdua kaj duono li pedalas hejmen tra la mallumo. Lia biciklo ne havas funkciantan postlampon, sed ĉi-nokte la aŭtoj ne povas malutili al li. Li jam posedis sian duan knabinon, kaj seksumis duafoje. Ĉu tio estas normala? Fekegale. Estis tre malsame ol unuafoje. Dum Anki estis trankvila kaj hezita, Carina kondutis vigle kaj arde. Nun li jam scias, kiel agas kaj sonas knabinoj, kiam ili orgasmas. Ĉiuokaze kiel faras unu el ili. Supozeble ankaŭ li mem agis malsame. Sendube tio sekvas pro la spertoj, li pensas. Li sentis ĉion pli forte.

Subite li ekkonscias, kio eble kaŭzis tion. Ili ne uzis kondomon. Li ankoraŭ konservas la trian el tiuj, kiujn li aĉetis antaŭ pli ol jaro. Tamen ĝi ne plu kuŝas enpoŝe, sed hejme en tirkesto de komodo. Cetere ĝi kredeble jam tro malnoviĝis. Verŝajne kacingoj devas esti freŝaj. Fakte li tute ne certas pri tio, sed li prefere aĉetu novajn, por la okazo ke li vizitos la insulon denove.

Sed en la sekva sabato, kiam ili renkontiĝas apud la magazeno, ŝi tiras lin kelkajn paŝojn flanken, stariĝas proksime apude kaj rigardas en liajn okulojn.

"Espereble vi ne enamiĝis al mi, ĉu?" ŝi diras per mallaŭta voĉo.
Li estas konsternita kaj ne sukcesas eligi ajnan sonon.
"Ĉar mi ne", ŝi daŭrigas. "Vi komprenas tion, ĉu ne?"
"Mi ne scias precize", li diras. "Mi ne vere pensis pri tio. Tio estas, mi ja ŝatas vin treege..."
Ŝi ridetas larĝe kaj mienas kvazaŭ ŝi senŝarĝiĝus.
"Kompreneble. Mi same. Ni ja estas bonaj kamaradoj! Mi nur iom timis, ke vi eble miskomprenis."
Ŝi metas la brakojn ĉirkaŭ lin kun la monkolektujo unumane kaj proksimigas la buŝon al lia orelo.
"Estis bonege kaj tiel plu lastsabate", ŝi diras. "Sed mi ne enamiĝis."
Poste ŝi lasas lin kaj repaŝas al la magazena enirejo kun sia tintanta monkolektujo.

Kiam komenciĝas la fragorikolta sezono meze de junio, li tendumas same kiel lastjare apud la bieno en Björnhovda. Samtempe Carina komencas sian laboron kiel hejma flegisto de maljunuloj. En la lasta sabato ĉe la magazeno ŝi plendas, ke ŝiaj gepatroj invadas la somerdomon dum la semajnfinoj, kaj tiam li proponas, ke ŝi tendumu kun li dum la semajnfino antaŭ Somermezo. Li klarigas al ŝi la vojon de la pramo, kaj sabate ŝi efektive alvenas biciklante de la pramo, ĝuste kiam la rikoltado finiĝas por la tago. Li regalas ŝin per sia simplega lunĉa manĝo, poste ili biciklas al la strando de Talludden por naĝi, kaj vespere ili manĝas ŝtelitajn fragojn kaj seksumas en la tendo. Estas same mirinde kiel la antaŭan fojon, se ne pli bone, malgraŭ la kondomo.
"Mi trovis tion pli bona", ŝi diras. "Estas bone scii, ke ni sentas same. Mi ne volas sperti premon."
"Kian premon?"
"Vi komprenas, ĉu ne? Tion ke necesas tiel diable enamiĝi. Tia premo donas al mi angoron. Sed kun vi ne. Jen la plej bona afero."
Li tute ne divenas, kion ŝi celas, sed ankaŭ kun Anki li nenion komprenis. Kredeble necesas simple akcepti, ke knabinoj havas amason da nekompreneblaj ideoj. Estas malfacila tasko krozi inter ili sen ŝiprompiĝi.
"Ĉu ni povos refari ĉi tion dum Somermezo? Eble bicikli pli norden, al Köpingsvik?"
"Mi laboros dum la festotagoj. La etataj dungitoj volas esti liberaj. Sed eble iam poste. Kiel longe vi restos ĉi tie?"

"Ne mi decidas."

"Do kiu?"

"La fragoj. Mi restos dum restos ili."

Ili ambaŭ ridas pri tio. Li ŝatas ridi kun ŝi. Tio memorigas al li la tempon, kiam li ridis kun Anki pri la 'buloj'. Strange, ke li pensas pri ŝi ĝuste kiam li ĵus seksumis kun alia ino. Li demandas sin, ĉu tio estas iel nenormala. Sed eĉ se jes, li ne povas haltigi siajn pensojn. Li turnas sin flanken, metas la brakon ĉirkaŭ la talion de Carina kaj poste kuŝas aŭskultante ŝian trankvilan spiradon kaj la sonojn de birdoj kaj venta susuro ekstertende.

Fine de julio li ekhavas semajnon da laboro pri pizodraŝado ĉe la nutraĵkompanio Kalmar Läns. Kamparanoj alveturigas traktorojn kun remorkoj plenaj de ĵus rikoltitaj pizoj, kiujn ili elŝutas kiel grandajn fojnamasojn sur balaita asfalta korto apud grandega draŝilo. Ĝi estas infera maŝino, kie la rikoltaĵo estas enigata per forkotraktoro ĉe unu flanko, la pizoj eliĝas ĉe alia flanko kaj erigita piza pajlo aperas ĉe tria flanko. La laboro plejparte signifas ŝoveli pizan pajlon kaj paki ĝin sur ŝarĝaŭton por fortransporto al nekonata celo. La maŝino decidas la laborrapidecon, kaj ĝi neniam paŭzas. Ĉio okazas eksterdome sub bruliganta suno kaj kelkaj fortaj ekpluvegoj. Ĝi estas vera sklavado, kaj li ĝojas eskapi el ĝi sen mem treniĝi en la draŝmaŝinon. Sed dum tiu semajno li perlaboras pluroble tiom da mono, kiom dum la fragrikoltado.

Komenciĝas la lasta jaro de la gimnazio. Usono plu bombadas Vjetnamion kaj Kamboĝon, kaj la laboro de la porvjetnama grupo revigliĝas. En septembro tamen aliaj aferoj ŝokas lin. Unue la ago de palestinanoj dum la olimpikaj ludoj de Munkeno, kiam ili kaptas israelajn sportistojn kiel ostaĝojn kaj mortpafas ilin. Kaj poste la ustaŝoj, kiuj kaperas aviadilon en Malmö.

Sed por multaj loĝantoj de Kalmar la ĉefa evento estas la pretigo de ponto al Oelando. Ne plu necesos atendi en vicoj por la pramoj. La komercistoj timas, ke la plej multaj turistoj tute ne plu haltos en la urbo. Sed ĉu ili pravas, oni konstatos nur la venontan someron.

Carina rakontas, ke ŝia laboro pri flegado de maljunuloj finiĝis jam en aŭgusto, kaj oni ne proponis al ŝi plilongigon.

"La maljunulinoj plendis, ke mi ne scias kuiri griokaĉon kaj sensaligi haringojn. Sed fekegale, tio ĉiuokaze estis laboraĉo. Oni devas purigadi uzante iliajn kadukajn ilojn kaj kuiri manĝojn kiel en la antaŭa jarcento."

"Vi povus demandi ĉe Kalmar Läns, ĉu oni havas ian laboron. Multaj knabinoj laboras pri enpakado, mi pensas."

Ŝi efektive faras tion, kaj oni pli-malpli promesas al ŝi laboron pli malfrue aŭtune. Li plu deĵoradas kun ŝi en la septembraj sabatoj, sed poste ŝi komencas elekti aliajn horojn. Ŝajne ŝi nun preferas deĵori kun Jörgen anstataŭ kun li.

Ĉi-aŭtune li ekhavas novan instruiston pri historio, virinon iom pli ol tridekjaran. Tio signifas ŝancon altigi la noton. Li decidas pli strebi ankaŭ pri la angla lingvo kaj socia scio, kie li sendube povus prosperi per iom da peno. Pri fiziko, kemio kaj biologio estus pli malfacile. Tie li povus alstrebi nur konservi siajn senbrilajn duojn. Li ankoraŭ ne scias kion fari postgimnazie. Pluaj studoj ne logas lin, sed li pensas, ke malbona fina atesto povus malhelpi al li iam en la estonteco.

Lia samklasano Anders havas kromlaboron en la poŝtejo dum kelkaj matenoj antaŭ la lernado. Pere de li ankaŭ Roger sukcesas ekhavi laboron tie. Ili okupiĝas pri 'starigado' de la poŝtaĵoj, kio signifas malfermi poŝtsakojn, elŝuti la enhavon sur grandajn tablojn el rustimuna ŝtalo kun elstarantaj randoj, kaj antaŭ ĉio ordigi la faskojn ĝuste, tiel ke la sekvaj specigantoj ne devas turni la leterojn enmane. La laborhoroj daŭras de la sesa kaj duono ĝis la oka, sed plej ofte li estas preta je kvarono antaŭ la oka kaj povas trankvile manĝi siajn kunportitajn buterpanojn antaŭ ol promeni oblikve tra la placo Sveaplan kaj pluen ducent metrojn al la lernejo.

Unufoje oni telefone alvokas lin por labori ankaŭ en sabata mateno anstataŭ malsaniĝinto. Tiam li malkovras, ke tuta aro da lernejanoj kromlaboras kiel sabataj leterportistoj. Por li tio kompreneble kolizius kun la porvjetnama deĵorado, sed li ne plu trovas tiun same amuza, do li demandas la estron de la leterportistoj. Ĝuste tiam oni ne bezonas plian dungiton, sed la estro notas lian nomon por la okazo, ke estiĝos bezono.

En Usono daŭras la elektokampanjo por prezidento. Ĉiuj pac-amantoj kaj progresemuloj esperas je McGovern de la demokrata partio, kaj ili tre elreviĝas, kiam Nixon estas reelektita. Kaj unu semajnon antaŭ Kristnasko la usonaj B52-aviadiloj komencas amasan bombadon de Hanojo kaj Hajfongo. Ĝi daŭras ĝis la fino de decembro kaj estas la plej ampleksa bombado farita ie ajn post 1945. Iu kalkulas, ke Usono jam ĵetis pli da bomboj sur Hindoĉinion ol kiom falis entute dum la dua mondmilito.

Roger postenas kun monkolektujo kaj flugfolioj meze de la antaŭkristnaska butikumado, kaj nun ŝajnas kvazaŭ la publika opinio jam komencas turniĝi. Rimarkinde pli multaj homoj donas kuraĝigajn komentojn ol riproĉojn, kaj krome alfluas pli da mono. Olof Palme en ĵusa parolado akre kondamnis la bombadon, sed en la porvjetnama grupo oni malkonsentas pri tio, ĉu li estas sincera aŭ nur hipokritas.

Åke kaj Eva invitis la grupanojn festi la Silvestran vesperon en ilia hejmo, kaj tie aŭdiĝas multaj diskutoj ĝuste pri Palme.

"Li estas vera ano de la supera klaso, ĉu ne?" diras Jörgen. "Tio estas tipa por la nuntempaj socialdemokratoj. Ili jam delonge perfidis la laboristan klason."

"Ja ne gravas el kia familio li devenas", diras Eva.

"Mi pensas, ke lia parolado estos tre utila por ni", opinias Anna-Lena. "Ekde nun homoj kuraĝos subteni nin."

Sed Jörgen ne cedas. Li pli kaj pli ekscitiĝas.

"Ni devas teni klaran limon kontraŭ tiaj fekliberaluloj kiel li, kiuj nur kaŭzas skismon en la batalo. Lia parolado estas pura taktiko, kaj estus naivege fidi je li."

"Vi mem sonas kiel skismulo", diras Åke. "Ni ja batalis por ĉi tio, por plivastigi la subtenon al Vjetnamio. Sed vi ŝajne ne volas tion."

Fine Jörgen jam havas tro, do li foriras. La diskutado transiras al malpli akraj temoj. Eva montras la gramofondiskon kun batalkantoj, kiun ĵus eldonis la Tutlanda Unuiĝo por Vjetnamio. Ĝia nomo estas *Vjetnamio proksimas*. Oni ludas kelkajn kantojn kaj laŭdas la prezentadojn, precipe de la ĉefa kanto laŭ melodio de Mikis Theodorakis.

"Ĉu ne ankaŭ ni povus lerni iun el la kantoj kaj prezenti ĝin en la sekva mitingo?" proponas Anna-Lena.

"Mi scivolas, ĉu tio logus homojn aŭ fortimigus ilin", ridas Åke.

"Ni ekzercu nin. Ni povos havi tion kiel temon de la sekva grupa kunveno. Björn-Ove scias ludi gitaron, ĉu ne? Tio krome povos plifortigi la senton de konkordo. Ĉi tiu *Liberiga marŝo* plaĉas al mi. Oni vere aŭdas, ke ĝi estas vjetnama kanto. Same kiel ĉe *Liberigu la sudon*, sed pri tiu ni apenaŭ devos ekzerci nin."

Liberigu la sudon estas la himno de la Nacia Liberiga Fronto, kaj ĝin oni kantas en ĉiu manifestacio.

Roger sidiĝas apud Carina, kaj ŝi proponas al li vinon. Ŝi kunportis du botelojn, kredeble ricevitajn de Jörgen, kiu jam estas dudekjara kaj do rajtas aĉeti. Sed nun li ne plu restas en la Novjara festo.

"Ĉu vi povus kunkanti?" Roger demandas ŝin.

"Kial ne? Se ni estos multaj, ne gravas se mi perdas la fadenon."

"Do faru tion. Ŝajnas amuze. Mi mem tute ne havas kantvoĉon, bedaŭrinde."

La vino de Carina rapide konsumiĝas. Je la dekdua horo ĉiuj eliras sur la korton kun ŝaŭmvino en plastaj glasoj por tosti kaj spekti piroteknikaĵojn. Kelkaj uzas la okazon por interkisi pli aŭ malpli kamaradece. Inter Roger kaj Carina tio evoluas en karesadon.

"Ĉu ni reiru supren?" li diras kun la manoj sub ŝia svetero.

Ŝi kapjesas kun la buŝo kontraŭ lia kolo.

Tiel okazas, ke ili pli frue ol la aliaj supreniras en la apartamenton kaj pluen en la dormoĉambron. Dum raketoj kaj petardoj eksplodas eksterdome, farante stelajn desegnojn en la malluma fenestra kvadrato, ili rapide kaj mallerte seksumas sur la litkovrilo de Eva kaj Åke.

Post kelka tempo ili aŭdas, ke la aliaj iom post iom revenas en la apartamenton je bruo kaj ridoj. Iu zumkantas *Liberigu la sudon*, iu alia *Jingle Bells*. Sed tiam ili jam rapidas kolekti siajn subvestojn de la planko, turni ilin ĝuste kaj revesti sin. Baldaŭ aŭdante la vokon de Eva, ke troviĝas nove kuirita kafo, ili ŝteliras el la ĉambro inter la amikojn. Nun la plej multaj jam aspektas sufiĉe lacaj, kaj neniu demandas, kien ili malaperis.

La festo proksimiĝas al sia fino proksimume same kiel ĉiuj festoj. Iuj kamaradoj ege ebriiĝas, aliaj kondutas kiel kutime. Iu vomas, iu alia endormiĝas, kaj la plej multaj reiras al siaj hejmoj. Sed nun estas 1973.

Tuj post Novjaro viro telefonas de la poŝtejo por sciigi, ke Roger povos eklabori kiel sabata anstataŭanto en unu poŝtodistrikto. Ĉiun duan sabaton li distribuos leterojn. Unue li devos dejori kune kun alia leterportisto por lerni kiel fari. Poste li laboros sola.

Li jam konas la medion, la urĝon, la vokojn kaj ŝercojn inter la specigantoj kaj la ceteraj leterportistoj, sed nun li troviĝas ĉe la transa flanko kaj lernos kiel vicigi la poŝtaĵojn laŭ la preciza ordo, kiel necesos poste distribui ilin. Li surpriziĝas ke Kirre, la etata leterportisto kiu mentoras lin, konas ĉion parkere kaj scias en kiu ordo loĝas Ohlsson, Johansson kaj Nylén ĉe unu sama ŝtuparejo. Li mem devas foliumi du aktujojn, unu kun la nomoj de ĉiuj loĝantoj en ĉiu loĝejo, kaj alian kun indikoj pri plusendado al transloĝiĝintoj, por scii kies poŝtaĵojn oni elsarku kaj plusendu al nova loĝadreso. Kiam li finfine estas preta kaj povas ekiri en sian distrikton per flava poŝtista biciklo, li spertas ian senton de libereco. Nun la tasko estas liveri ĉiujn poŝtaĵojn kiel eble plej rapide, kaj per tio lia labortago jam estos plenumita.

Lia distrikto konsistas el kvartalo kun granda miksaĵo el apartamentaroj novaj kaj malnovaj, kelkaj unufamiliaj domoj kaj aro da lignaj domaĉoj strange konstruitaj, kie li devas serĉi sian vojon tra pasejoj, trans kortojn kaj supren laŭ malvastaj ŝtuparoj malfreŝe odorantaj. La reto de stratoj tie estas mezepoka, sed la domoj plejparte el la deknaŭa jarcento. Unuafoje irante tie sola, li devas kelkloke retrobicikli por demandi pri la vojo por trovi la adresatojn. Li ne volas ke oni akuzu lin pri restantaj poŝtaĵoj, ŝparitaj por venonta labortago, kiam li revenos en la poŝtejon.

En la periferio de lia distrikto situas la placo Margaretaplan kaj la domo, kie dumsemajne loĝas Anki. Sed nek ŝi nek Inger ricevas poŝtaĵojn, kaj sabate ili mem ne estas tie. Li tamen laŭiras la ŝtuparon supren al la subtegmenta etaĝo por kontroli, ĉu la slipo kun iliaj nomoj restas sur la pordo. Poste rapidante pluen, li pensas ke li povintus lasi mesaĝon. Sed li ne scius kion skribi.

Li ankoraŭ povus partopreni en la porvjetnama laboro ĉiun duan sabaton, sed li preferas dum kelka tempo neglekti ĝin tute, ĉar li volas ripozi en siaj liberaj tagoj. Fine de februaro li tamen unufoje deĵoras. Li vendas la Vjetnamian Bultenon kune kun Jörgen, kiu ankoraŭ ne forlasis la grupon, kvankam li kritikemas pri multaj aferoj. Kelkan tempon antaŭ la unua horo Carina preterpasas. Li supozas, ke ŝi daŭre estas koramiko de Jörgen kaj alvenis por renkonti lin. Sed ŝi nur rapide salutas lin kaj anstataŭe stariĝas proksime apud Roger.

"Ĉu ni povos poste kafumi?" ŝi diras.

Li iom surpriziĝas sed klopodas ne montri tion.

"Certe. Ĉu jen en la kafeterio de Domus?"

"Bone."

Ŝi pluiras en la magazenon. Li sentas certagradan embarason antaŭ Jörgen, kiu pli ol kutime tintigas la monkolektujon kaj vokas sian "subtenu la vjetnaman popolon je ĝiaj propraj kondiĉoj!" laŭte kaj instige.

Ŝi jam sidas ĉe tablo kun duonplena kaftaso, kiam li alvenas kun sia kafo kaj avena kuketo.

"Ĉu mi alportu pli da kafo al vi?"

"Ne. Ĝi ne bongustas."

"Kiel vi? Ĉu ankaŭ vi deĵoris ie?"

"Hodiaŭ ne."

"Ankaŭ mi de kelka tempo ne deĵoras, ĝis hodiaŭ. Mi iom laboris. Kiel poŝtisto."

Li supozas, ke ŝi demandos pri tio, sed ŝi ŝajne ne interesiĝas pri lia laboro. Ŝi nervoze turnadas kuleretas en sia malvarma kafo. Estas lunĉa horo kaj en la kafeterio ŝvebas odoro de fritoleo.

"Mi volas nur rakonti ion", ŝi diras.

"Bone do."

Inter ili silentiĝas. Ĉirkaŭe aŭdiĝas klaktintado kaj susurado de aliaj gastoj lunĉantaj aŭ kafumantaj. Je distanco de du tabloj grupo da grekoj laŭte diskutas. Eble ili parolas pri kiel forigi la junton. Aŭ pri la skandalo de la Grekia konsulo en Kalmar, kiu spionis pri grekoj politike aktivaj en la ekzilo.

"Ĉu temas pri Jörgen?" li diras.

Ŝi levas la rigardon de sia taso kun konfuzita mieno.

"Kio do? Jörgen neniel rilatas al ĉi tio."

"Bone. Do kio?"

Ŝi kolektas elanon por paroli.

"Mi estas graveda."

5

Matene li verkas dum horo antaŭ ol doni al si liberon ekiri aŭte norden. Dum kelka tempo li vagas tra la urbeto Borgholm kaj poste rondiras sur Oelandaj vojetoj, dum Johanna okupiĝas pri bakado de siaj ceramikaĵoj. La vetero stabiliĝis, kaj posttagmeze jam estas sufiĉe varme en la sunbrilo. Ili sidas en la ĝardeno trinkante tizanon el mento kaj manĝante vienajn bulkojn, kiujn li aĉetis en Borgholm. Li sopiras je kafo sed neglektis aĉeti ĝin. Ili babilas pri ŝia infanaĝo.

"Mi pensas ke Panjo kaj mi vivis sufiĉe bone, kiam ni estis solaj", ŝi diras. "Kompreneble mi supozas, ke ni havis malmulte da mono, sed pri tio mi ne pensis je la aĝo de ses aŭ sep jaroj. Nek ŝajnis al mi strange, ke Kent vizitas nin de temp' al tempo. Sed poste ni transloĝiĝis al triĉambra apartamento en norda kvartalo, do en tute alia parto de la urbo, kaj mi spertis ke ankaŭ li loĝos tie kun ni. Mi ricevis propran ĉambron, kaj tion mi ŝatis. Sed pro la transloĝiĝo mi devis komenci en la lernejo de Bergavik, kie mi konis neniun. Pli frue mi frekventis infanvartejon kaj sesjarulan antaŭlernejon apud la hospitalo, kaj en tiu ĉirkaŭaĵo mi havis amikojn. Do estis grandega ŝanĝo."

"Kaj krome vi baldaŭ ricevis gefratojn, ĉu ne?"

"Jes, poste alvenis la bebo. Subite ni estis kvaropo, kaj komprenble Panjo okupiĝis plej multe pri Martin kaj Kent. Pli frue mi preskaŭ sola disponis ŝin, sed nun mi devis ekzorgi multege pri mi mem. Kent ne kutimis je infanoj kaj havis nenian paciencon pri mi, nek mi pri li. Kaj mi ne facile trovis novajn amikojn. La plej multaj samklasanoj jam konis unu la alian de pli frue en la antaŭlernejo. Almenaŭ tiel ŝajnis al mi. Mi venis en klason kun pluraj malkvietaj knaboj, kiuj prefere devus atendi ĝis sekva jaro antaŭ ol komenci en la lernejo, kaj ili rabis tempon kaj atenton de la instruistino. Mi pensas ke ĉio ĉi grave influis mian vivon. Mi komencis multe revi kaj fantazii, elpensi rakontojn. Kelkajn mi skribis, aliajn mi nur ludis enkape. Krome mi multe desegnis, specon de bildstriojn."

Roger estas konsternita. Kiam ŝi finfine komencis rakonti, ĉio aperas lavange.

"Do vi verkis rakontojn", li diras. "Ĉu vi daŭre konservas iujn?"

"Ne, mi ne plu havas ilin. Nu, povus esti ke iuj restas ĉe Panjo. Sed ankaŭ ŝi transloĝiĝis kelkfoje, do tre eblas ke ili perdiĝis. Ili ne havis grandan valoron. Kiel adoleskulo mi ĉesis pri tio. Tiam mi havis malfacilan tempon hejme."

Ŝi verŝas pli da tizano. Infanaĝaj memoroj kaj tizana festeto en la ĝardeno, tio estas preskaŭ iom bizara. Mankas nur la magdalenaj kukoj, sed li ne scias, kiel aspektas tiuj.

"Ĉu ankaŭ vi verkis jam kiel infano?" ŝi demandas.

"Ne, tute ne. Mi iom legis, sed verki aŭ elpensi rakontojn, tio simple ne ekzistis en mia mondo. Tio komenciĝis proksimume je dudek jaroj, kiam mi ekverkis pecojn kun politikaj komentoj kaj sendis ilin al la Popola Bildgazeto. Poste mi fariĝis ĵurnalisto, kaj nur post pluraj jaroj mi ekhavis la ideon, ke mi verku beletre. Tio estas speco de metia malsano ĉe ĵurnalistoj."

Sonoras signalo de la butikpordo, kaj ŝi devas foriri. Li restas sidanta, pensante pri kafo. Ĉu li faru ankoraŭ aŭtoekskurson nur pro tiu afero? Li atendas, kaj kiam pasas la tempo kaj Johanna ne revenas, li decidiĝas. Li trairas la domon por averti ŝin, kaj ili karambolas en la ŝtuparo de la butiko.

"Pardonu, mi ege eksopiris je kafo, do mi intencas iri aĉeti."

"Mi komprenas. Ĉiam estas la sama afero, kiam ni havas gastojn. Ni mem neniam pensas pri tio antaŭe, ĉar neniu el ni trinkas kafon."

"Mi bone komprenas. Ĉu vi scias, ĉu mankas io alia?"

"Ne, pri tio zorgos Monique enurbe."

"Bone, do ĝis baldaŭ!"

Kiam li rondiras en la manĝobutiko de Färjestaden serĉante kafon, li memoras ke ili ankoraŭ ne parolis pri kiel longe li povos resti. Li prefere reiru hejmen morgaŭ antaŭtagmeze, antaŭ ol Johanna komencos miri. Ja gasto kiel fiŝo baldaŭ fariĝas malfreŝa. Komprenelble li invitos ŝin veni vizite al li, sed ŝi ŝajnas sufiĉe ligita al sia butiko, ĉiuokaze dum la somero.

Li serĉas ion delican por proponi post la vespermanĝo sed trovas nenion allogan. Fine li metas kelkajn diversspecajn fruktojn en la aĉetkorbon.

Reirante li veturas preter la ventmueliloj de Björnhovda. Kiam li turnas sin norden super la insula klifo, li rigardas malsupren al la bienoj kaj kampoj, kie li rikoltis fragojn dum kelkaj someroj antaŭ kvardek jaroj. Li pensas pri la okazo, kiam Carina venis tien kaj tranoktis en lia lika tendeto. Laŭ rekta linio tio okazis nur tri-kvar kilometrojn for de la domo, kie nun loĝas Johanna. Li eksentas emon demandi ŝin, ĉu Carina iam rakontis tion. Samtempe li konscias, ke Johanna sendube tute ne interesiĝas aŭdi pri la aventuretoj de siaj gepatroj antaŭ sia propra naskiĝo. Eĉ ne se ŝi mem estiĝus je tiu okazo. Kaj tiel ja ne estis.

Finfine trinkinte sian kafon, li decidas fari promenon tra la vilaĝo. Johanna jam reiris al sia ateliero por labori ankoraŭ horon. Nun la vetero estas tute varma, kaj li pensas ke la somero alproksimiĝas, kvankam ankoraŭ estas nur majo.

La vilaĝo Algutsrum konsistas el aro da dense verdaj ĝardenoj, kie li nur videtas la unufamiliajn domojn tra la foliaro. Ĉio ŝajnas bone prizorgata, eĉ ĵus renovigita. En unu loko du infanoj saltadas sur trampolino, sed cetere la vilaĝo ŝajnas senhoma. Estas posttagmezo de labortago. Venas odoro de florantaj siringoj el kelkaj ĝardenoj. Meze de la vilaĝo staras preĝejo, rutine novklasika konstruaĵo el la mezo de la deknaŭa jarcento, kiu tamen estas ŝlosita. Li pluiras laŭ la vilaĝa ĉefstrato kaj post iom da tempo trovas alian vojon por reveni. Tiu iras iom ekster la vilaĝo, parte tra densa foliarbaro kun orkideoj kaj finflorintaj flavaj anemonoj. Li paŝas senurĝe sed baldaŭ revenas al la granda ŝoseo kaj la firmao Hannarto.

Estis neniu problemo renkonti kaj ekkoni Johanna-n, sed li ne kapablas senti veran proksimecon. Hodiaŭ ŝi unuafoje ekparolis pri si mem, sed tion interrompis la klientoj de ŝia butiko. Aŭ ĉu la rakonto elĉerpiĝis pro alia kialo? Li devas bridi sin por ne tro rapidi. Kial do rapidi, post pluraj jardekoj? Cetere li ne scias, kion li volas atingi. Ĉu ili komencu societumi familie, familiare, kiel ordinaraj homoj? Tio ŝajnas ne tre probabla. Ĉu li volas ekhavi iaspecan konfirmon, ke li ne perfidis ŝin? Aŭ ke li ja faris tion? Dum ĉiuj jaroj ŝi prezentis truon en lia vivo, sed li neniam suferis pro tio. Kial ne? Kompreneble Johanna ne povus respondi tion. Li devas mem klarigi ĉiujn dubajn punktojn en sia vivo. Sed eble li povus trovi iajn helpajn indikojn renkontante ŝin.

Sendube li devus renkontiĝi ankaŭ kun Carina. Sed iel li ekhavis la impreson, ke tio ne interesus ŝin. Li devos demandi Johanna-n, ĉu ŝia patrino entute scias, ke li alvenis ĉi tien. Li ne bone komprenas, kian sintenon Carina efektive havas al li. Ĉu ne ŝi sciigis al Johanna, ke li faros aŭtoran viziton en Kalmar? Eble li miskomprenis tion, aŭ eble tio estis nur ia preteksto de Johanna por mem ne ŝajni tro insista pri kontakto. Sed ŝajnas ne laŭ ŝia stilo uzi tian trukon. Cetere tio tute ne gravas. Aŭ li demandu ŝin, aŭ li simple lasu tion.

La triopo sidas babilante en la salono. Li mem trinkas sian kafon, Monique ian tizanon kaj Johanna nenion. Ili ĵus vespermanĝis malfrue, kaj nun la okcidenta ĉielo super la markolo estas malhele violkolora. La legomtorto kaj salato de Monique estas finmanĝitaj same kiel la fruktsalato de Roger.

"Mi preskaŭ hontas", li diras. "Mi ne kutimas tiel manĝegi, sed mi pli malsatis ol mi pensis. Vi povos nenion kunporti morgaŭ por lunĉo, Monique."

"Mi ne kutimas kunporti manĝon. Plej ofte mi prenas buterpanon kaj tason da buljono por lunĉo. Kelkfoje salaton."

Li malplenigas sian kaftason kaj turnas sin al Johanna.

"Sendube mi devus danki vin ĉar vi akceptis min, kaj plani reiron hejmen morgaŭ. Sed vi promesis montri al mi kiel vi glazuras viajn aĵojn. Ĉu vi faros tion morgaŭ matene?"

"Jes, mi unue surmetos la glazuron kaj poste bakos. Tio rabos grandan parton de la tago."

"Bone. Do mi povus resti dum parto de la tago kaj poste reveturi posttagmeze aŭ vespere, ĉu ne?"

"Jes, en ordo."

Li ne atendis ke ŝi petos lin resti pli longe, tamen li sentas etan elreviĝon. Kvazaŭ ŝi fajfus pri tio, ĉu li foriros aŭ restos.

"Mi pensis pri alia afero", li diras. "Ĉu vi pensas, ke Carina ŝatus renkonti min?"

Ŝi rigardas lin kun senkomprena mieno.

"Mi ne scias."

Dum momento ŝajnas, kvazaŭ ŝi volus ion aldoni, sed ŝi plu diras nenion.

"Tio estas, en januaro ŝi notis, ke mi parolos en la biblioteko de Kalmar, ĉu ne? Ĉu vi rakontis al ŝi, ke mi nun estas ĉi tie?"

"Mi menciis ke vi venos, sed mi ne memoras, ĉu mi diris precize kiam."

Subite li ekkonscias, ke li tute ne scias, kiom da kontakto Johanna havas kun sia patrino, nek kiel bonan kontakton ili havas. Eĉ se ili vivas proksime unu de la alia, povas esti ke ili ne societumas tre multe.

"Nu, eble mi prefere donu pli longan antaŭaverton", li diras. "Mi povos kontakti ŝin alifoje, se mi volos. Sed ŝi restas enurbe, ĉu ne?"

"Jes. Ŝi havas apartamenton en Djurängen."

"Bone. Ĉu vi renkontiĝas ofte?"

Johanna ŝajnas pripensi.

"Ne oftege."

"Ŝi kaj Bengt vizitis nin ĉi tie en la pasinta Pasko", diras Monique. "Krome ni renkontis ŝin ĉe Martin. Kiam estis tio? En la Valpurga vespero, mi pensas. La eta Molly ankoraŭ ne estis duonjara. Tio estas la nevino de Hanna."

Johanna kapjesas sed diras nenion plu.

"Kaj Bengt do estas la kunvivanto de Carina, mi supozas?"

"Li estas la nova kunulo de Panjo", diras Johanna. "Sed li loĝas en Växjö, do ŝi sufiĉe ofte iras tien kiam libera."

"Ĉu ne tial ŝi ĉesis labori en la hospitalo?" diras Monique. "Por esti pli ofte libera en semajnfinoj?"

"Interalie."

La interparolo pri Carina kaj aliaj parencoj elsekiĝas jam antaŭ ol vere ekflui. Anstataŭe li parolas dum kelka tempo kun Monique pri svedaj krimromanoj kaj ilia sukceso en Germanio. Ankaŭ liaj libroj estas lanĉitaj tie sed ne apartenas al la plej aĉetataj.

"La sukceso de svedaj krimromanoj ĉe ni sendube ŝuldiĝas sufiĉe multe al la kontrasto kun niaj antaŭjuĝoj pri Svedio", diras Monique. "Ke ĝi estas paca kaj bone organizita idilio."

Li tute ne scias, ĉu ŝi pravas, sed tio tre eblas. Ĝenerale li ne scias, kial la krima ĝenro estas tiel ekstreme aprezata de la publiko. Por li ĝi komence signifis defion krei atentokaptan intrigon kaj poste loki tiun en mediojn, kiujn li konis. Estis iomete kiel konstrui krucvortenigmon, kiun solvi nek tro facilas, nek tro malfacilas. Poste tio simple fariĝis krea laboro per kiu li povis vivteni sin.

Li preparas sin por forlasi Oelandon jam frue en la merkreda post-tagmezo. Matene li rigardas, kiel Johanna surmetas glazuron sur siajn bovlojn kaj vazojn. Ŝi laboras koncentrite, unue trempante ilin en blanka glazuro, poste ŝmirante bluan glazuron per peniko sur par-tojn de ili, kaj dume ŝi ne multe parolas. Ŝi nur klarigas kion ŝi faras, kaj kiajn diversajn substancojn enhavas la glazuro. Hieraŭ la ateliero odoris humide je argilo, sed hodiaŭ la kemiaĵoj de la glazuro disigas ian pikan odoron. Posttagmeze Johanna bakos la glazuritajn aĵojn, kaj tiam ŝi volos esti sola, same kiel pli frue, kiam ŝi bakis la krudajn argilaĵojn.

Por lunĉo ili trinkas teon kaj manĝas buterpanojn, antaŭ ol li ekiros. Poste ili adiaŭas per manpremo.

"Plaĉus al mi, se vi ankaŭ ŝatus viziti min", li diras. "Aŭ sola, aŭ vi ambaŭ. Sed eble malfacilas al vi foresti de la butiko?"

"Somere mi ne multe forestas. Sed eble iam aŭtune."

"Bone do. Sed ni restos en kontakto, ĉu ne? Mi povus veni pli da fojoj."

"Tio estus en ordo."

"Mi pripensos, ĉu mi krome telefonu al Carina."

Li jam ricevis ŝian telefonnumeron sed ne plu certas, ĉu tio estas bona ideo. Efektive restas nenio malklara inter ili. Ili neniam havis firman interrilaton, kaj ŝia tiama gravediĝo estis akcidento. Do pri kio ili nun parolu?

Li veturas senhalte la tutan vojon hejmen. Sur la ŝoseo E22 estas relative kviete, ĝis li proksimiĝas al Söderköping, kaj tiam densiĝas ĉefe la trafiko en la mala direkto. Li parkas la aŭton, duŝas sin kaj poste eliras por manĝi bifstekon en proksima restoracieto. Dum li sidas tie atendante sian pladon, li telefonas al Annika.

"Mi nur volas diri, ke mi revenis hejmen."

"Do, kiel estis tie? Ĉu vi interrilatis bone?"

"Jes ja, ĉio en ordo. Neniu problemo. Sed mi ne sentis, ke mi venas tre proksimen al ŝi."

"Mi ne surpriziĝas."

"Ŝi havas kunvivantinon, germaninon nomatan Monique."

"Ĉu vere? Kiel vi reagis al tio?"

"Tute bone. Ŝi estas simpatia."

"Ĉu vi volas nun veni al mi?"

"Morgaŭ, prefere. Mi estas iom laca. Aŭ pli bone vendrede vespere, por ke mi unue revenu al la rutinoj de la verkado."

"Vendrede estos en ordo."

La unuan de junio Emil denove devas transloĝiĝi. La posedanto de la apartamento revenos el eksterlande kaj mem bezonos ĝin. Provizore li ekloĝos ĉe sia koramikino Vilma kaj ŝiaj gepatroj en ilia familia domo. Ŝi loĝas en keletaĝa eksa vivoĉambro, kaj ekde nun tiu do devos havi spacon ankaŭ por Emil kaj liaj aferoj. Dimanĉe Roger veturas al la ĉefurbo por lui remorkon kaj helpi transporti meblojn kaj skatolojn de Kärrtorp al Stuvsta. Kiam li preterpasas la malnovan preĝejon de

Botkyrka kaj ekvidas la domegojn de Alby sur monteto antaŭ si, li kiel kutime pensas pri Göran, scivolante ĉu li ankoraŭ restas en ĉi tiu antaŭurbo. Sed kiam la trafiko densiĝas post Fittja, la frato denove forvaporiĝas el la pensoj.

"Aliokaze la paĉjo de Vilma volonte veturigus min", diras Emil, ŝarĝante la remorkon.

"Nu, sed kompreneble mi ŝatas helpi. Mi tamen esperas, ke ne estos tro ĝene loĝadi tiel dense kun tiom da homoj. Kiel longe vi devos resti tie, laŭ via opinio?"

"Mi tute ne scias. Oni vidos."

"Espereble vi interkonsentis kun ili pri lupago kaj tiaj aferoj?"

"Certe."

"Ĉu Vilma kaj vi ankaŭ manĝos kun ili?"

"Ne zorgu pri tio, Paĉjo. Ni solvos tion."

Ili devas veturi dufoje, kvankam ili stakas skatolojn ankaŭ sur la posta benko de la aŭto. Survoje kun la dua ŝarĝo Roger rakontas pri sia vizito ĉe Johanna.

"Ĉu mi iam renkontis ŝin?" demandas Emil.

"Ne, neniam. Mi ne vidis ŝin de pli ol tridek jaroj."

"Strange. Do kial vi nun kontaktis ŝin?"

"Ŝi faris. Mi ne scias precize kial. Kredeble ŝi trovis nature havi kontakton kun sia patro."

"Eble ŝi volas heredi."

"Ho, la maljunulo ankoraŭ ne mortis! Sed kompreneble ŝi heredos; kial vi supozas ke ne?"

Antaŭe Roger iom maltrankvilis pri kiel reagos Emil. Sed li ŝajne akceptas ĉion flegme kaj montras nenian grandegan intereson. Roger klopodas interpreti lian mienon, sed ĝi estas neŭtrala.

"Ĉiuokaze vi povos averti min, se vi volos renkonti aŭ kontakti ŝin", li diras al la filo.

"Mi supozas ke ne. Kial mi volus?"

Roger nur unufoje antaŭe renkontis Vilma-n, kaj tio okazis ĉe la antaŭa transloĝiĝo de Emil. Tiam ŝi ŝajnis al li sufiĉe hezitema; li memoras ke ŝi senĉese subridetis nervoze. Nun ŝi estas en sia hejmo kun siaj gepatroj kaj pli junaj gefratoj, kun kiuj ŝi kvereletas. La patrino regalas per kafo, kiam ĉiuj aferoj estas stivitaj, grandparte en aŭtejo kaj provizejo.

"Mi ĝojas renkontiĝi", diras la patro, kiam ili sidiĝas ĉe la kaftablo. "La patrinon de Emil ni renkontis jam antaŭ kelka tempo. Mi forgesis pri kio vi laboras...?"

"Mi estas verkisto."

"Paĉjo, vi nenion memoras", diras Vilma. "Mi jam rakontis tion."

"Nu, pardonu, tio eskapis el la memoro. Krimromanojn, ĉu ne? Mi vidu, ĉu vi estas tiu, kiu verkas pri Gotlando?"

"Ne precize. Pri Kalmar kun ĉirkaŭaĵo, tamen ne *tiel* granda ĉirkaŭaĵo."

"Ĝuste, tiel ja estas. Vi devas pardoni, nuntempe seriaj murdistoj plagas tiom da diversaj lokoj. Oni konfuzas ilin."

"Prave, sed Stokholmo ŝajne iĝis blanka makulo sur la mapo. En la epoko de Harry Friberg estis alie."

La patro de Vilma ne reagas, do li aldonas:

"Tio estas la ĉefrolulo de Stieg Trenter."

"Bedaŭrinde mi ne havas tempon ofte legi. Fojfoje mi spektas iun krimaĵon televide. Sed Rosmarie legas sufiĉe multe."

La edzino tamen estas silentema kaj lasas al la edzo zorgi pri la konversacio. La gejunuloj baldaŭ retiriĝas al sia nesto por malpaki kaj rearanĝi, kaj Roger devas dum kelka tempo aŭskultadi la patron de Vilma gurdi pri problemoj en la vartransporta branĉo. Li ekscias, ke alilandaj transportistoj fajfas pri ĉiuj reguloj kaj pagas nur onon de la svedaj salajroj kaj impostoj, tiel detruante la merkaton. Fine li sukcesas liberigi sin por ekiri hejmen.

Laŭlonge de la ŝoseo E4 la printempo ankoraŭ ne progresis tiel longe kiel ĉe la smolanda marbordo kaj en Oelando. Li vidas kelkajn arbojn ankoraŭ ne plene foliajn, kaj jen kaj jen sur la kampoj la kolzoj ĵus ekfloris.

Li pensas pri sia romano. Okazis tro multaj interrompoj de la laboro. Baldaŭ li devus esti preta pri la unua fazo, en kiu li nur verkadas. Poste li devos puzle kunmetadi epizodojn en koheran rakonton. Li certe devos krome verki ankoraŭ iom en pli malfrua stadio, sed ĝuste nun li ne plene konscias, kio mankas. Li eĉ ne certas, ke li entute sukcesos transformi ĉion en ian integran tutaĵon, sed li devas plu labori, kvazaŭ li estus konvinkita. Li sopiras sidiĝi ĉe sia skribtablo, fermi la ŝutrojn por ekhavi iom da ombro, se la frusomera suno estos tro forta, kaj poste mergiĝi en sian materialon. Li devas iel mastri la pasintaĵojn. La nunon li sufiĉe bone regas, sed restas meti ordon en la junaĝon.

6

Li tute ne estas preparita por la vortoj de Carina. Samtempe li ne bone scias kial, ĉar li devus atendi tion post la Novjara festo, kiam ili ebrie trafis en la liton de Åke kaj Eva. Li klopodas por koncentriĝi kaj elpensi, kion diri nun.

"Ĉu vi certas?"

Tio ne estas tro sagaca diraĵo. Se ŝi ne certus, ili ne sidus ĉi tie. Ŝi nur mute kapjesas.

"Sed ĉu vi certas, ke ĝi estas de mi? Mi volas diri, ĉu ne vi kaj Jörgen estis kunuloj?"

Nun ŝi tute ne plu ŝajnas nervoza. Ŝi gapas rekte en liajn okulojn kun tre decida mieno, tenante la kapon oblikve kun du vertikalaj sulkoj surfrunte.

"Idioto! Komprenenble mi scias, ke ĝi estas de vi. Kion vi do pensas? Sed vi ne devas maltrankvili. Mi helpos min sen vi."

Li pripensas dum kelka tempo.

"Mi ne scias ĉi tion tute certe", li poste diras. "Sed mi pensas, ke jam estas sufiĉe facile ekhavi permeson abortigi. Precipe se oni estas juna kaj senlabora kaj havas nenion pretan, tio estas pri loĝejo kaj tiaj aferoj. Kredeble necesas unue paroli kun psikologo kaj plenumi formularon kaj tiel plu. Antaŭ kelka tempo mi aŭdis interparolon de Eva kaj alia knabino pri tio."

Ŝi denove kapjesas kaj rigardas suben al sia taso kaj siaj manoj.

"Mi scias. Baldaŭ verŝajne estos libera elekto. Sed mi ne certas, ke mi faros tion."

"Bone. Do, vi intencas... konservi ĝin, ĉu?"

"Mi vidos."

Li cerbumas, kion ĉi tio signifas por li. Supozeble li devus esti skuita, sed iel li ne sentas, ke tio vere koncernas lin. Ŝi decidos, kaj poste sendube estos kiel ŝi volas. Aŭ ŝi petos abortigon, aŭ ŝi havos infanon. Li kvazaŭ staros apude rigardante.

"Sed ĉu vi jam pripensis... per kio vi vivtenos vin? Vi nun ne havas laboron, ĉu? Kaj se vi ekhavos laboron, ĉu vi pensas ke eblos akiri lokon en infanvartejo? Ĉu ne necesas longe vicatendi tion?"

"Mi ne scias. Necesos iel solvi tion. Unue mi devas decidiĝi. Cetere vi devos pagi alimenton."

Li kontemplas tion. Fakte tio estas memkomprenebla, sed ĝis tiam la ideo ne trafis lin. Tio signifas, ke li devos labori post la gimnazio. Sed tion li volas ĉiuokaze. Ĉu li povos kunvivi kun Carina? Fondi familion? Fariĝi patro? Tio ŝajnas tute absurda.

"Komprenebla", li diras. "Do vi devas pripensi la aferon kaj poste decidi. Post tio ni povos diskuti kiel fari, ĉu ne? Kiom da tempo restas al vi por peti abortigon?"

"Mi ne scias. Sed mi kredeble ne faros tion."

"En ordo. Do, kiam ĝi alvenos, tiu infano?"

Ŝi iom ridetas.

"Daŭras naŭ monatojn. Eble vi jam aŭdis tion? Do tio estos fine de septembro."

"Ha, jes. Komprenebla. Nu, tio ja konvenos. Tiam mi certe jam havos ian laboron."

Ŝi ekridas. Nun ŝi jam denove aspektas kiel la malnova Carina, ne tiel streĉita kaj solena kiel antaŭe.

"Ĉu vi celas diri, ke vi planis tion bone?" ŝi diras.

Li pensas pri ilia Novjara nokto kaj senvole ridetas.

"Kiel do planis? Ja vi estas tiu, kiu planis la aferon, ĉu ne?"

Ŝi mienas malkomprene.

"Planis? Sincere mi ne bone memoras, kiel tio povis okazi. Sed vi devus esti iomete pli singarda."

"Eble kulpis la piroteknikaĵoj. Kaj la ĉampano."

Ŝi tiras la ŝultrojn.

"Ĉiuokaze vi nun jam scias, kiel statas", ŝi diras.

"Mhm. Carina, ĉu mi povas demandi pri alia afero?"

"Kio do?"

"Ĉu Jörgen estas via koramiko aŭ ne?"

Ŝi paŭte fermas la okulojn. Nun ŝi ja mienas incitite.

"Kiel tio do rilatas al vi?" ŝi diras skuante la kapon. "Damne, mi tiom laciĝas pro ĉiuj teduloj, kiuj volas ĉion kontroli kaj decidi, kion mi faru. Zorgu viajn proprajn aferojn kaj ne ŝovu la nazon en tion, kion mi faras!"

Ŝi stariĝas kaj foriras de tie. Li mem devas iri por raporti pri sia vendado de 'buloj'. Tamen ŝajnas, ke ŝi almenaŭ same incitiĝas pri Jörgen kiel pri li. Aŭ ĉu ŝi eble celis iun tute alian tedulon? Li ne memoras, ke li iam ajn provis decidi, kion ŝi faru.

La semajnoj pasadas en rapida ritmo. Nun li estas plene okupata de la lernejo kaj la sabata laboro. Krome li ankoraŭ apartenas al la 'stariga skipo' de la poŝtejo en lundaj kaj merkredaj matenoj. Li rimarkas, ke multaj homoj malofte aŭ neniam ricevas poŝtaĵojn, almenaŭ sabate. Aliaj ricevadas plurajn leterojn ĉiufoje, kaj iliajn nomojn li rapide parkerigas, kio simpligas kaj rapidigas la laboron. Plej ĝene estas, kiam homoj ricevas 'plumpaĵon', tio estas senforman poŝtaĵon, kiun ne eblas enfaskigi. Tiajn li portas en aparta sako kaj facilege forgesas liveri ĝis post pluraj domoj.

Li demandas pri plua laboro kiel leterportisto aŭ specigisto dum la somero, kaj oni respondas ke li havos ŝancon, se li dume bone plenumos la taskojn.

Iusabate en aprilo li denove deĵoras kun la Vjetnamia Bulteno apud la magazeno. Subite li ekvidas sian instruiston pri historio, Marianne Eriksson, alpaŝi rekte al li. Jam tro malfruas retiriĝi. Ŝi haltas tuj antaŭ li ridetante. Li ne povas distingi, ĉu ĝi estas rideto surprizita aŭ ironia.

"Nu, saluton! Jen vi postenas, ĉu? Do, vi estas vjetnamaktivulo. Eble mi devus jam kompreni tion."

Li ne trovas ian spritan respondon sed simple plu staras muta, tenante la gazeton antaŭ si. Dum kelka tempo ŝi rigardas alterne tiun kaj lin.

"Bone, do mi ja devos aĉeti ĝin, ĉar vi estas tiel persvadema."

Li konsterniĝas kaj ne certas, ĉu ŝi estas serioza, sed li etendas la bultenon kaj ŝi prenas ĝin. Ŝi trovas kvinkronan bileton en sia monujo kaj donas ĝin al li. Li komencas elfosi kronojn en la poŝo.

"Vi povos meti la apunton en la kolektujon" ŝi diras. "Sed ne necesas disvastigi ĉi tion en la lernejo. Cetere, se paroli pri ĝi, mi vidis ke vi lastjare ricevis la noton unu pri historio. Kio kaŭzis tion, se mi rajtas scivoli? Ĉu estis pro vi aŭ pro la instruisto?"

Li jam ofte sakris pri la damnita Ahlgren, kiu instruis lin en la dua jaro, sed nun li embarasiĝas. Kiom li kuraĝas plendi antaŭ alia instruisto?

"Kaj kaj", li diras.

"Ĉu vi malkonsentis kun li pri la politiko?"

"Jes, tre milde dirite."

Ŝi ridas.

"Do estas bonŝanco, ke vi nun havas instruiston absolute senpolitikan, ĉu ne? Bone, ni revidos nin en la venonta semajno!"

Ŝi ŝovas la gazeton en sakon kaj pluiras foren. Kiam ŝi ekiras en la straton Kaggensgatan, ŝi turnas sin kaj iomete levas la liberan maldekstran manon. Ŝi surhavas mallongan flavan mantelon kaj helajn nilonŝtrumpojn. Ŝi ŝajnas al li kiel ordinara etburĝa damo en printempa promeno. Neniu imagus, ke ŝi portas Vjetnamian Bultenon kvazaŭ bombon en la sako.

Carina-n li revidas nur la unuan de majo, kiam ili renkontiĝas en la manifestacio 'Unueco-Solidareco'. Li portas afiŝon kun la teksto 'Vjetnamio venkos', kaj ŝi paŝas kun Jörgen kaj kelkaj aliaj. Ŝi jam havas pufetan ventron. Ĝi ne estas tre granda, tamen ŝi surhavas mantelon nebutonitan.

Li alproksimiĝas al ŝi kaj salutas. Unu el la manifestaciaj gardantoj preterpasas kaj riproĉe skandas al li:

"Paŝu-kvarope-kun-spaco-trimetra!"

Roger fajfas pri la admono, kiu cetere estas ĉefe ŝerca, li supozas.

"Jam delonge ni ne renkontiĝis", li diras al Carina.

"Vi ja neniam ĉeestas en la kunvenoj."

"Nu, mi nuntempe havas iom tro por fari."

"Mi pensis, ke vi volas eviti vidi ĉi tiun", ŝi diras elstarigante la ventron.

"Ne, tute ne."

Li ne scias, kiel konduti al ŝi.

"Ĝi ĵus komencis piedbati", ŝi diras. "Nu, eble ne vere piedbati, sed mi sentas ĝin moviĝi. Tio komenciĝis antaŭhieraŭ."

"Bone. Nu. Tio estas en ordo, mi supozas. Ĉu vi bonfartas?"

"Jes, nun jam komencas esti pli bone. Antaŭe mi fartis fekmizere."

Iuj komencas klame skandi frapfrazon pri tio, ke la sindikatoj devos gvidi la klasbatalon. Ĝi ne havas veran ritmon, kaj li ne sentas sin tre tuŝata de ĝi. Se li pli malfrue ekhavos firman laboron, li komprenable aliĝos al la sindikato, sed tio ankoraŭ ne urĝas.

"Ĉi-vespere mi iros al festo kun la maŭistoj", diras Carina. "Ĉu vi akompanos?"

"Mi ne scias. Mi konas nur tiujn, kiuj aktivas en la porvjetnama grupo."

"Ankaŭ mi, sed ili certe ĉeestos."

"Sed ĉu vi nun rajtas drinki?"

"Mi trinkos limonadon kaj eble glason da vino. Tio ne povas esti danĝera."

"Nu, mi vidos, sed mi pensas ke mi ne venos."

En majo la Popola Bildgazeto prezentas sensacian malkovron. Montriĝas, ke krom la Sekureca Polico ekzistas en Svedio ankaŭ sekreta militista spionservo nomata IB, la Informa Buroo, kiu ŝajnas aparte destinita al kontrolado de maldekstremaj grupoj kaj solidarecmovadoj. Oni lokis enfiltriĝantojn kaj eĉ provokantojn en diversajn maldekstremajn grupojn.

Roger rimarkas, ke por kelkaj el la porvjetnamaj aktivuloj ĉi tio konfirmas kion ili jam delonge suspektis, tio estas ke oni sekrete kontrolas ilin. Iuj jam aŭdis misterajn klaksonojn en la aŭskultilo, kiam ili telefonas unu al la alia. Aliaj vidis nekonatajn virojn en grizflavaj paltoj fotografi homojn en manifestacioj. Multaj koleras, sed samtempe li rimarkas etan nuancon de triumfo. Ni estas gravuloj. Gravas tio, kion ni faras. Oni prenas nin serioze.

Malgraŭ tio neniu montras suspektemon al aliaj kamaradoj en la grupo. De temp' al tempo povas okazi ardaj diskutoj, sed tio ŝuldiĝas al malsamaj opinioj pri iu demando. Neniu estas akuzata kiel agento de tiu IB. Al Roger ĉio ĉi ŝajnas ege fora kaj malreala. Kamarado kiu klaktintigas monkolektilon por Vjetnamio antaŭ la magazeno Domus en la urbeto Kalmar ja ne povas esti sekreta agento, ĉu?

Panjo dum pli ol semajno montras malbonan humoron eksciante, ke li ne intencas surkapigi abituran kaskedon.

"Vi scias, ke vi estas la unua en nia familio, kiu trapasos la abituran ekzamenon. Kaj tamen vi ne volas surmeti la blankan kaskedon. Tio estas hontinda!"

"Oni jam delonge abolis la ekzamenon, Panjo. Ni simple finas la gimnazion. Cetere ne indas pavi pro tio. Tia ĉapo estas nur burĝa sensencaĵo."

"Sed ĉu viaj samklasanoj ne havos kaskedon?"

"La plej multaj ja havos. Mi tamen fajfas pri tio."

Sur la lerneja korto post la modere solena fino, gepatroj kaj amikoj superŝutas ilin per floroj, ĉu ili surhavas kaskedon aŭ ne. Post la forigo de la ekzameno nun tamen neniu devas ŝteliri foren per malantaŭa pordeto pro malsukceso. Neniu povas esti malaprobita.

Surkorte li vidas Anki-n kun abitura kaskedo, ĉirkaŭata de sia familio, li supozas. Ŝi surhavas blankan robon kun nudaj ŝultroj. Dum la lasta jaro ŝi ŝajne trapasis severan dieton, ĉar ŝi ege maldikiĝis. Li apenaŭ plu sentas allogon al ŝi, sed li daŭre ne komprenas kio misiris inter ili. Nun li tamen ne trovas inde altrudi sin al ŝi por saluti. Kompreneble ŝi hejmeniros al Bergkvara kaj li al la kvartalo Tegelviken.

Li malfermis sian ateston jam sur la ŝtuparo malsupren de la lerneja aŭlo. Ĝi ŝajnas definitive pli bona ol tiu de la antaŭa jaro. Hejmenveninte li sumas la notojn kaj ricevas averaĝon de precize tri komo nul. Tio estas maksimumo de normaleco en la normala distribuo de la ŝtata lerneja notsistemo. La sola kvino estas pri la sveda lingvo, sed krome li havas kvar kvarojn, interalie pri historio. Tio estas plaĉa revenĝo.

Li ricevis someran laboron en la poŝtejo, kiel li esperis. Provizore li daŭrigos ĉiun duan sabaton, kaj dum julio li prizorgos la saman distrikton ses tagojn semajne, kiam la ordinara leterportisto havos libertempon.

"Kion vi faros aŭtune?" demandas Panjo post la abitura festeto hejme en la apartamento.

Restas nur Roger, Panjo, Paĉjo kaj Gunilla. Göran partoprenis dum kelka tempo posttagmeze, sed nun li jam malaperis. Ili ĵus trinkis kafon kaj restas ĉirkaŭ la tablo, Panjo kun sia ĉiama trikaĵo kaj Paĉjo kun same ĉiama viskio.

"Mi ne scias, sed estus bone se mi povus daŭrigi en la poŝto. Plentempe, mi celas."

"Sed ĉu tio vere estas io por vi, nun kiam vi estas abituriento?" diras Panjo.

"Vi devus kapti la okazon por plu studi, kiam vi povas", opinias Gunilla.

"Ĝuste nun mi ne emas. Kaj ĉi-aŭtune mi bezonos la monon."

"Kion vi do intencas fari?"

"Nu, estas knabino, kiu... nu, kiu havos infanon."

Absoluta silento kovras la salonon.

"Do, mi estos patro."

"Sed Roger!" anhelas Patrino.

"Vi estas freneza", diras Gunilla. "Ĉu vi neniam aŭdis pri preventiloj? Kaj ke eblas peti abortigon, se iu ne estas sufiĉe matura por prizorgi infanon?"

"Dankon pro la informo, franjo, sed nun estas iom malfrue."

Gunilla faras acidan mienon sed diras nenion plu. Ĉiuj kvar rigardas unu la alian atendante.

"Kiu knabino estas tiu?" scivolas Panjo.

"Ŝi kompreneble estas unu el tiuj komunistaj putinoj", diras Paĉjo. "Ili sendube ne scias, kiu estas patro de iliaj idoj."

"Torsten!" diras Panjo terurite.

"Ŝi nomiĝas Carina."

"Ĉu vere", diras Paĉjo. "Carina kio? Vi kompreneble neniam demandis pri la familia nomo."

"Tio ne koncernas vin, sed krom tio ŝi nomiĝas Liljeblad."

"Pu! Kia belaĵo. Kion do faras ŝia patro?"

"Mi damne ne scias. Li ne estas tiu, kiu havos infanon."

"Karulo Roger, ne sakru", diras Panjo. "Sed kiel vi aranĝos ĉi tion? Kie vi loĝos?"

"Nu, ĉiuokaze ne ĉi tie."

Panjo turnas sian kaftason jam delonge malplenan. Paĉjo mienas kiel ĉi-tion-mi-antaŭdiris. Gunilla ŝajne ne povas decidiĝi, ĉu alpreni mienon superece amuzitan, aŭ ĉu esti insultita ĉar li antaŭis ŝin en la vicordo.

"Ĉu vi intencas kunloĝi kun ŝi?" demandas Gunilla.

"Mi ne scias."

"Ĉu ŝi havas propran loĝejon?"

"Ankoraŭ ne."

"Kiam ŝi do naskos la infanon?" demandas Panjo.

"En septembro."

"Dio mia. Sed vi devas venigi ŝin ĉi tien, por ke ni renkontu ŝin!"

"Mi dubas, ĉu ŝi volos tion."

"Ĉu vi entute estas koramikoj?" diras Gunilla.

Li prokrastas la respondon.

"Sed karulo, kiel estos pri ĉi tio?" diras Panjo.

"Almenaŭ zorgu, ke oni faru sangoteston de la ido", diras Paĉjo kaj etendas sin al la botelo por preni pli. "Ĝi eble tute ne estas la via."

Okaze de la registriĝa kontrolo por soldatservo en la lasta vintro li petis nemilitistan servadon, kaj nun alvenas rifuza decido. Iel la ekzamenanta oficisto sukcesis trovi, ke li estas porvjetnama aktivulo, kaj tial estas evidente, ke li ne suferas pro ia profunda konscienca skrupulo koncerne uzadon de armiloj, kio estas la kriterio por plenumi nemilitistan servadon. Li ne tre elreviĝas. La nemilitista servado estas iom pli longdaŭra ol la ordinara, kaj kion li plej deziras, tio estas prokrasti la tutan aferon.

Oni telefone alvokas lin al la poŝtejo por lerni ankoraŭ unu poŝtodistrikton, en la kvartalo de Oxhagen. Poste li estos anstataŭanto tie dum aŭgusto, post la alia distrikto. Sed antaŭ somermezo li tamen havos du liberajn semajnojn. Li telefonas al la hejmo de Carina por ekscii, ĉu ŝi ankaŭ ĉi-somere loĝas en la somerdomo.

"Ne, ŝi loĝas hejme", diras ŝia patrino. "Sed nun ŝi estas en sia laborejo."

"Aha. Kie ŝi laboras?"

"En Kalmar Läns. Ŝi pakas ŝinkon kaj salamon."

Tio signifas, ke ne eblas renkonti ŝin en la laborejo.

"Bonvolu diri al ŝi, ke mi telefonis. Roger Karlsson. Por la okazo ke ŝi volos kontakti min."

La interparolo finiĝas. Neniu el ili menciis la gravedecon de Carina. Li eĉ ne scias, ĉu ŝia patrino konscias, ke li kulpas pri ĝi.

Sed Carina neniam telefonas. Li parolas kun Tony por diskuti, ĉu ili kune vojaĝu ien, sed li ne povas. Nun, kiam Roger havas monon dank' al la vintra kaj printempa kromlaboro, li ne scias kion fari per la mono. Ŝajnas enue nur ŝpari ĝin. Restas pli ol tri monatoj ĝis li estos patro. Finfine li aĉetas stereoinstalaĵon por preskaŭ mil ducent kronoj, kvankam li fakte ne tro interesiĝas aŭskulti muzikon. Li trairas la gramofondiskan sekcion de librovendejo kaj aĉetas kelkajn diskojn, Machine Head de Deep Purple, Long John Silver de Jefferson Airplane kaj Anstataŭ bildkartoj de Cornelis Vreeswijk. Li ludas Smoke on the Water ĝis li komencas tediĝi. Tiam li prunteprenas de Åke diskon kun muziko de sveda revolucia bando kaj ludas tiun, ĝis Paĉjo minacas ruinigi la apartamenton pro kolero. Li trovas la reagon de Paĉjo pli bona ol la kantoj.

Poste li transformas sin en plentempan laboriston. Jam post du semajnoj li sentas kvazaŭ li pedalus sian poŝtistan biciklon jam de jaregoj, sed la sento ke li gajnas monon por vivteni sin mem estas grandioza. La estro diras, ke li supozeble povos iom labori ankaŭ aŭtune.

"Ĉiam okazos malsanoj kaj alio", li diras.

Fine de julio Roger iras al la perejo de ĉambroj por demandi, ĉu li povos lui ion. Li ricevas proponon kun tuja dispono, iras tien por rigardi la ĉambron kaj tuj akceptas ĝin.

Estas lunĉa restoracieto kaj vespera bierejo ĉe la strato Södra Långgatan, super kiuj en la subtegmenta etaĝo troviĝas du meblitaj ĉambroj kun komuna banĉambro kaj kuirejeto. Li tuj ekloĝas en la ĉambro rigardanta al la korto. En tiu al la strato loĝas Toralf el Finnmark, kiun Paĉjo konas iomete el sia laborejo. Toralf pasigas siajn liberajn horojn hokante moruojn per boato en la markolo. Poste li bolkuiras la moruojn kun pimento en la malgranda kuirejo. Roger sentas leĝeran naŭziĝon pro la odoro sed feliĉe neniam estas invitita por kundividi la moruojn, nek ion ajn alian. Krom tio li neniam rimarkas sian najbaron.

La sonoj el la bierejo de la teretaĝo tamen ĝenas lian noktan dormon en la komenca tempo. Li devas enlitiĝi frue por povi ellitiĝi je la kvina. Sed jam post du semajnoj li povus dormi starante en diskejo.

Nun komenciĝas la sveda parlamenta elektokampanjo, sed li ankoraŭ ne rajtas voĉdoni, ĉar li aĝos dek naŭ jarojn nur pli malfrue ĉi-aŭtune. Cetere li ne bone scias por kio li voĉdonus, se li rajtus. Li kvazaŭ elkreskis kun la socialdemokratoj. Paĉjo kaj Panjo memkompreneble estas anoj, kaj sendube ankaŭ Gunilla. Göran ne intencas voĉdoni; tio estas sensenca, laŭ li. Kaj nun la socialdemokratoj ŝajnas esti en malbona pozicio. La centruloj kaj ilia ĉefo Fälldin grave avancis ĉe la publiko.

Fine de aŭgusto li estas vokita al la dekunua infanteria regimento en Växjö. Antaŭ tio li hazardas fari vojaĝon al Lund, kie li enskribas sin por studoj ĉe la jura fakultato, kio postulas nur gimnazian finateston. Sammomente li tie petas ateston pri la studoj por ekhavi prokraston de la soldatservo. La tuta procedo postulas nur unu tagon, kaj vespere li trajnas hejmen al Kalmar. Kiam venas la respondo, li ĝoje surpriziĝas, ke la truko funkciis. Oni donis al li prokraston – dum du jaroj. Kial ĝuste tiom, ne eblas kompreni. Sendube daŭras pli ol du jarojn por iĝi juristo, li supozas. Sed tion li tute ne intencas esplori.

La dekunuan de septembro la demokrate elektita registaro de Ĉilio estas renversita per militista puĉo, dum kiu mortas prezidento Allende kaj amaso da aliaj homoj. Evidente Usono fone iniciatis la aferon, kiel kutime ĉe militistaj puĉoj en Latinameriko.

Kelkaj el la porvjetnamaj aktivuloj volas, ke la grupo organizu protestojn kontraŭ la puĉo. Ja temas pri la sama malamiko, la usona imperiismo.

"Ne, ni ne faru tion", diras Åke. "Ne kiel porvjetnama grupo. Ni estas unueca fronto kun unusola klara celo – subteni la vjetnaman popolon en la batalo kontraŭ Usono. Mi mem volonte partoprenus en manifestacio por Ĉilio, sed tiuokaze ni fondu apartan komitaton."

Iuj trovas tion nenecese burokrata, ĉar sendube ĉiuokaze estos la samaj homoj en la grupoj.

"Mi pensas male, ke ni montru la kunligon", diras Jörgen. "Vjet-namio kaj Ĉilio, tio estas la sama batalo. Ni fuŝe kaŝas tion, se ni disigas la organizaĵojn."

Finfine oni tamen agas laŭ la propono de Åke, kaj sabate marŝas ducento da manifestaciantoj laŭlonge de la ĉefstrato kun afiŝoj kaj skandado de frapfrazoj kontraŭ Pinochet kaj Usono, gvidataj de ĵus fondita 'Komitato de Allende'. Roger alvenas senpere de sia leterportado kaj povas konstati, ke ĉeestas pli-malpli la samaj homoj kiel kutime. Sed naŭdek naŭ procentoj el la urbanoj faras ion alian. Ili butikumegas, vizitas la ĉevaltrotejon aŭ iras al la somerdomo por fari grandan purigon antaŭ la aŭtuno.

La parlamentaj elektoj finiĝas per vera malklimakso. La socialdemo-kratoj kaj maldekstruloj konkeras precize same multajn seĝojn kiel la tri burĝaj partioj. Olof Palme trovas, ke tio sufiĉas por plu regi, kvankam pri iuj demandoj la parlamento devos fari decidon per loto.

Roger plu laboras en la poŝto. Ekde la mezo de septembro li estas leterportisto de distrikto en la plej norda kvartalo, ses kilometrojn de la urbocentro. Sed li ne scias, kiel estos pli malfrue.

La dudekkvinan de septembro Carina naskas filinon, kvankam li ekscias tion nur post kelkaj tagoj. Jam pasis la unua semajno de oktobro antaŭ ol li renkontas ilin. Ŝi povis lui propran apartamenton per helpo de la sociala servo kaj nun ĵus ekloĝis tie.

"Ŝi dormas, do vi devos iom atendi", ŝi diras, kiam li alvenas.

Ŝiaj gepatroj helpis ŝin akiri meblojn kaj enloĝiĝi, sed nun ŝi estas sola kun la ido en sia duĉambra loĝejo.

"Ĉu vi jam decidis ŝian nomon?"

"Johanna. Johanna Karolina."

Li ne vere atendis, ke ŝi demandos lin pri lia opinio; tamen li trovas iom elrevige ekscii, ke ŝi jam decidis la nomon.

"Tio estas bona. Ĉu mi ne povas simple videti ŝin?"

Ili silente plandas ĝis la dormoĉambra pordo. Carina ŝtelmalfermas ĝin duone. La bebo kuŝas dormante en kradlito. Oni vidas preskaŭ nur buleton sub la kovrilo.

"Ŝi sendube baldaŭ vekiĝos", diras Carina, kiam ili sidas sur la sofo.

"Ĉu ŝi multe krias?"

"Ne. Ŝi plejparte dormas."

La apartamento situas en novkonstruita domo de la komunuma

publikutila kompanio. Ĉio estas nova kaj brila. Ekster la fenestroj vidiĝas tereno de ĝardenetoj, kaj trans tiu altiĝas la konstruaĵoj de la hospitalo.

"Vi devos akompani min al la sociala servo por subskribi, ke vi estas la patro", diras Carina.

"Bone. Kiel ni faros pri mono?"

"Vi devos pagi, sed ne al mi. Mi ricevos alimentan antaŭpagon de la sociala asekuro, kaj poste vi pagos al ĝi."

"Ĉu vi scias kiom?"

"Mi pensas ke mi ricevos ducent kvardek monate, sed kiom vi devos pagi dependas de kiom vi perlaboros."

"Bone."

Post iom da tempo aŭdiĝas ia kvaka sono el la dormoĉambro, kaj Carina salte stariĝas. Ŝi kuras al la knabineto kaj elvenas portante ŝin surŝultre.

"Ŝi malsatas. Ĉu vi povas alporti viŝpaperon el la kuirejo?"

Kiam li revenas, ŝi sidas komforte sur la sofo kun la T-ĉemizo levita kaj la bebo ĉemame. La knabineto estas rozhaŭta kaj apenaŭ havas harojn. Ŝiaj braketoj kaj kruretoj kurbiĝas kvazaŭ por helpi elpremi la lakton.

"Prenu pecon da viŝpapero kaj faldu ĝin. La dua mamo likas."

Ŝi ricevas la paperon kaj ŝovas ĝin en la mamzonon. Li ne povas memori, ke li iam ajn antaŭe vidis ŝin kun mamzono.

"Ĉu vi volas gustumi? Sed mi avertas vin. Ĝi estas sufiĉe naŭza."

Fakte li ne tre emas gustumi ŝian patrinan lakton, sed ŝajnas al li malĝentile rifuzi.

"Bone."

Ŝi levas la mamzonon kaj ellasas la liberan mamon. Ĝi estas konsiderinde pli granda ol antaŭe kaj havas grandan malhelan areolon. Li klinas sin antaŭen kaj suĉetas iom. Li sentas dolĉan guston, sed elvenas malmulte. Ŝi ridas.

"Necesas pli forte."

Nun li suĉegas kaj englutas ion varmetan, densan kaj dolĉan. Ŝi pravas. Ĝi estas sufiĉe naŭza. Li rektiĝas kaj provas reŝovi la mamon kaj viŝpaperon en la mamzonon. Ŝi devas helpi.

"Ne tre refreŝiga, ĉu?"

"Ne tre. Sed ĝi ŝajne plaĉas al ŝi."

"Ĉu vi povas doni al mi glason da akvo?"

Li alportas ĝin kaj plu rigardas Carina-n kaj Johanna-n. Malfacilas kompreni, ke li estas la patro de tiu bebo. Sed Carina ŝajnas tute engaĝi sin en la patrinado. Nu, ŝi jam havis naŭ monatojn por prepariĝi.

Kiam Johanna finmanĝis kaj ricevis puran vindaĵon, li finfine rajtas teni ŝin sidante sursofe. Li sentas nervan premon. Ŝi rigardas lin kaj iom ŝmacas per la buŝo, sed li trovas nenion por diri. Kion do diri al dusemajna bebo? Li neniam havis pli junajn gefratojn kaj ne konas multajn gepatrojn de infanetoj.

Tiam Johanna vometas sur lian ĉemizon. Carina ridas kaj viŝas per papero. Poste ŝi reprenas la knabinon. Tio estas tute en ordo. Tiu vivanta hometo ja estas iom ĉarma, sed li ne scias kion fari kun ŝi.

La lasta parto de la aŭtuno iĝas malluma. Stratetoj kaj biciklaj vojoj ofte estas karbe nigraj en la matenoj, kiam li biciklas en la diversajn distriktojn. Pro la naftokrizo oni estingis ĉiun duan stratlampon, kelkloke eĉ pli multajn. Estus pli bone estingi ĉion, li pensas, ĉar tiam la okuloj povus alkutimiĝi al la mallumo.

Alvenas nova jaro, kaj en januaro la ĵurnalistoj, kiuj skribis pri la agado de la ŝtata spionservo IB, estas kondamnitaj al malliberigo pro spionado. Ĉi tio vere estas putra socio, kie malkaŝanto de spionoj mem estas kondamnita kiel spiono. En la porvjetnama grupo disvastiĝas certa maltrankvilo pri diversaj formoj de kontrolado. Denove oni parolas pri subaŭskultataj telefonoj.

"Mi estas certa, ke oni ankaŭ legas miajn poŝtaĵojn", diras Åke en merkreda kunveno meze de marto. "Mi ricevis plurajn leterojn kiuj ŝajnas malfermitaj kaj regluitaj."

"Sed kiel tio okazus praktike?" scivolas Roger.

"Tio ne malfacilas. Dum la milito oni malfermis amason da poŝtaĵoj, do kial oni ne farus tion nun? Mi pli kaj pli sentas ĉi tion kiel antaŭmilitan tempon."

Roger ne plu kontestas tion, ĉar ĉiuj ŝajne konsentas. Sed li ne komprenas, kiel tia afero povus esti plenumata, sen ke li ion aŭdu pri ĝi. Formeti la poŝtaĵojn al unu specifa adresato eblus nur ĉe la vicigado en la poŝtodistrikto, sed laŭ lia sperto nenio simila okazas, ĉiuokaze ne en la distriktoj kie li laboris. La solaj poŝtaĵoj, kiujn oni formetas, estas tiuj de transloĝiĝintoj, sed ili estas tuj plusendataj al la nova adreso.

Kiam la aktivuloj deĵoras en la urbocentro, okazas ofte ke homoj demandas, kial ili ne ĉesas, ĉar nun Usono jam forlasis Vjetnamion.

Ili devas klarigadi, ke la milito plu daŭras kaj Usono plu bombas per militaviadiloj el bazoj en Tajlando kaj el aviadilportaj ŝipoj ekster la vjetnama marbordo.

Carina ne plu deĵoras urbocentre, sed de temp' al tempo ŝi venas al la merkredaj kunvenoj kun la eta Johanna. La plej multaj en la grupo trovas tion tute en ordo. Iom da beba kriado ne ĝenas ilin. Ŝi rakontas, ke ŝi komencis artan kurson en la ĵaŭdaj vesperoj, kaj tiam ŝia patrino vartas la knabineton. En unu aprila merkredo ŝi tamen demandas, ĉu Roger povos varti Johanna-n en la sekva vespero, ĉar ŝia patrino estos okupita.

"Certe", li diras. "Estos amuze, kondiĉe ke vi antaŭe montros iom. Pri vindaĵoj kaj tiel plu. Kiam mi venu?"

"La kurso ekas je la sesa, do vi eble povus veni iom post la kvina."

Li alvenas je la kvara kaj duono kaj ricevas instrukciojn.

"Jen vindaĵoj kaj ŝortoj. Se ŝi fekos, lavu per varmeta akvo kaj tiu sapo. Se ŝi malsatos, troviĝas suĉbotelo kun preta laktosupo en la fridujo. Varmigu ĝin sub la varma akvokrano, sed kontrolu zorge, ke ĝi absolute ne estas pli ol varmeta. Jen la plej grava afero."

Johanna eĉ ne rimarkas, kiam Carina foriras, sed iom pli malfrue ŝi komencas ploreti. Kiel nun scii kial? Ĉu ŝi malsatas, aŭ ĉu mankas al ŝi la panjo? La vindaĵo ŝajnas seka. Li iom rondiradas en la loĝejo kun la knabineto surbrake. Poste li alportas kelkajn el ŝiaj ludiloj kaj sidiĝas sur la sofon.

"Jen rigardu, Johanna! Jen la urseto!"

Ŝi etendas la brakojn al ĝi sed ne sukcesas bone kapti ĝin. Li provas duafoje, kaj tiam ŝi kaptas ĝin ambaŭmane kaj enŝovas unu ursan orelon en la buŝon. Kiam ŝi jam laciĝis suĉi la ursan orelon, li provas aliajn aferojn. Beban raslilon. Bluan plastan hundon, kiu pepas se oni premas ĝin. Difektitan bildlibron. Denove la urseton. Tio prosperas dum kelka tempo, sed kiam ŝi denove malpacienciĝas, li decidas provi per la laktosupo. Kiel Carina povas scii, kiam la infano malsatas? Ĉu ŝi aŭdas diferencon inter malsamaj specoj de ploro? Li varmigas la botelon dum kelka tempo kaj ŝprucigas iom sur la manon. Apenaŭ varmeta, sed prefere tia ol tro varma, li pensas.

Ŝi manĝas dum sufiĉe longa tempo sed poste ŝajnas laciĝi. Kiam li forprenas la botelon, ŝi tamen denove ekploretas, do li redonas ĝin. Sekvafoje, kiam ŝi ĉesas suĉadi, li portas ŝin al la lito kaj kuŝigas ŝin tie kun la botelo enbuŝe. Post iom ŝi jam dormas, do li povas forigi la botelon, kiu estas duone malplena kaj sufiĉe malvarma.

Ĉu li devintus antaŭe ŝanĝi vindaĵon? Li enŝovas fingron por esplori. Malfacilas diri. Ĝi ne estas malsekega, sed sendube ŝi iom pisetis. Li ne povas memori la precizan instrukcion por tiu kazo. Restas preskaŭ du horoj, ĝis Carina revenos hejmen. Sed li ne povas nun eligi la idon el la lito, kiam ŝi ĵus endormiĝis. Kiel scii, kio estas ĝusta?

Kiam Carina revenas hejmen dudek minutojn pli malfrue ol ŝi antaŭdiris, Johanna jam vekiĝis, kaj li ĵus ŝanĝis ŝian malsekan vindaĵon al seka, kvankam malfacilis aranĝi ĝin kiel ĝi devus sidi. Li timis nodi tro forte ĉe la koksoj. Carina salutas la knabineton tiel ĝoje, kvazaŭ ili estus disaj de monato, kaj Johanna ridas per la tuta vizaĝo kiam ŝia panjo kisas ŝin.

Poste Carina mendas kafon de li kaj sidiĝas por mamnutri Johanna-n. Li sukcesas trovi kafon kaj aranĝas la kafaparaton.

"Ĉu vi volas ion kun la kafo?"

"Unu buterpanon kun fromaĝo kaj unu kun ŝinko, se restas. Prenu ankaŭ vi."

Post kelka tempo la tuta triopo trinkas kaj manĝetas sidante sur la sofo.

"Ĉu ŝi ricevis la laktosupon?"

"Jes. Ŝi trinkis proksimume la duonon."

"Mm. Mi rimarkas tion."

"Ĉu mi faris malĝuste?"

"Ne, ne. Estas bone. Dankon pro via helpo."

Li sentas iom strange ke ŝi dankas, sed evidente ŝi trovas tion natura.

"Ne dankinde. Estis amuze. Sed mi prefere biciklu hejmen."

Ŝi ĵetas al li rigardon. Li ankoraŭ ne stariĝis sed restas sidanta apud ŝi sur la sofo. Li iom sencele turnadas sian malplenan kaftason. Ŝi etendas sian liberan dekstran brakon kaj metas la manon sur lian brakon.

"Vi povus resti dum kelka tempo, ĉu ne", ŝi diras.

"Eble jes."

"Ĉu vi volas vidi miajn krokizojn?"

"Kio estas tio?"

"Alportu mian sakon de la vestiblo."

Li forŝovas la tasojn, metas la desegnoblokon sur la tablon kaj foliumas. Estas krajonaj desegnoj de nuda junulo.

"Ili estas bonaj. Vi talentas pri tio. Ĉu oni ĉiam havas nudmodelon?"

"Ne, hodiaŭ estis la unua fojo."

"Ĉu estis nur ulo?"

"Ha ha, ĉu vi volas vidi nudajn knabinojn?"

"Mi nur scivolis."

"Bedaŭrinde. Eble pli malfrue."

Kiam Johanna ne plu volas manĝi, li ricevas ŝin en siajn brakojn. Carina forportas la tasojn kaj poste ekludas diskon de Leonard Cohen.

"Vi povus iom promeni kun ŝi en la ĉambro, dum mi lavos la tasojn. Ĉi tiu disko plaĉas al ŝi."

Unue li supozas tion ŝerco, sed post iom da tempo li rimarkas, ke la knabineto ja ĝuas ĝin. Li tenas ŝin kontraŭ sia brusto kaj ŝultro, iom snufas ŝian maldensan helan hararon kaj kisas ŝian vangon. Ŝi estas sufiĉe ĉarma, kiam ŝi kontentas kaj ne ploras.

Je kvarono antaŭ la dekunua ŝi jam endormiĝis en liaj brakoj. Carina kuŝigas ŝin en la kradliton kaj sternas la kovrilon sur ŝin. Poste ŝi paŝas ĝis Roger kaj prenas lian manon. Malrapide ŝi tiras lin al sia lito.

"Oni metis al mi uteran spiralon. Estas bonege ne devi maltrankvili."

"Atendu. Mi devas iri en la necesejon. Nur minuton."

Li ne kuraĝis iri tien dum la tuta tempo, kiam li portadis Johanna-n.

Kiam li revenas, Carina jam kuŝas sub sia kovrilo. Li malvestas sin kaj ekkuŝas apud ŝi.

"Dio, tio estis damne bona", ŝi diras poste. "Bonŝance, ke vi estis ĉi tie, ĉar alie mi devus frapi al la pordo de la najbaro."

Li supozas, ke ŝi ŝercas. Ja estis bone, sed ne tute kiel en lia memoro de la antaŭa jaro. Eble ĉar li maltrankvilis, ke vekiĝos la knabineto kuŝanta du metrojn de ili.

Li revenas al sia ĉambro je la unua kaj duono. Post tri horoj kaj duono li devos ellitiĝi por labori.

Li laboras preskaŭ plentempe dum pliparto de la printempo kaj somero, do li sukcesas ŝpari iom da mono, kvankam li ĉiumonate pagas por Johanna. Precipe sabate oni ofte bezonas lin, sekve li ne tre ofte povas partopreni en la porvjetnama laboro urbocentre. Sed laŭeble li vizitadas la merkredajn kunvenojn, plej multe por renkonti la amikojn, kaj kelkajn festetojn pro la sama kialo. Carina kontaktas lin ankoraŭ dufoje petante lin varti la bebon, kiam ŝi iras al sia kurso. Ŝi komencas pentri akrile kaj montras kelkajn pentraĵojn, sed ŝiaj desegnaĵoj pli plaĉas al li. Unufoje ŝi kaj Johanna vizitas lin en lia ĉambro, kaj alifoje komence de la somero ili faras kunan promenon kun la filino en infanĉaro sur la terpinto de Stensö. Li trovas strange promeni kvazaŭ bonkonduta mastro de familio, sed kiam ili revenas al ŝia loĝejo, ŝi ne petas lin resti.

En la porvjetnama grupo komencas aperi nova speco de diskutoj. Kelkaj el la gvidantaj kamaradoj, kiel Åke, Eva kaj Magnus, ekparolas pri batalo kontraŭ la superpotencoj, tio estas Usono kaj Sovetunio, anstataŭ kontraŭ la usona imperiismo, kiel oni diradis ĝis nun. Aliaj, kiel Anna-Lena, tute ne volas konsideri Sovetunion malamiko. Kaj Ĉinio kaj Sovetunio ja subtenas la batalon de Norda Vjetnamio kaj la Nacia Liberiga Fronto.

"Vi pravas, sed tio simple pruvas la imperiismajn ambiciojn de Sovetunio", diras Åke. "Nur Ĉinio donas senkondiĉan subtenon."

"Ĝis nun ni povis kolekti vastan subtenon por la lukto de Vjetnamio, ĉar ni ne enmiksas partian politikon, nek esprimas starpunkton pri aliaj internaciaj konfliktoj", diras Anna-Lena.

"Vi pravas", diras Åke duafoje. "Sed pli-malpli frue oni vidos, kiuj estas la veraj amikoj de la popoloj, kaj kiuj estas iliaj malamikoj, kaj tiam ni devos esti preparitaj."

Estiĝas certa konfuzo en la grupo. La plej multaj ŝajne konsentas kun Anna-Lena, kvankam ili ne volas senkaŝe kontraŭdiri al Åke. Sed unu nova junulino nomata Veronika subtenas lin.

"Mi pensas, ke vi pravas", ŝi diras. "En Sovetunio la popolo ne havas la potencon. La reviziistoj iel similas al Palme, se tiel diri; ili nur volas mastri kaj regi la liberigajn movadojn. Estas tutsame en Afriko, en Angolo kaj Mozambiko."

Roger malofte partoprenas en tiaj diskutoj, sed li ĉiam zorge aŭskultas, kaj li pripensas la diraĵojn poste, reveninte hejmen. Kelkfoje li provas noti iujn aferojn por diri en la sekva kunveno, sed tiam la diskutado temas pri io alia, do li neniam povas utiligi tion, kion li skribis. Li estas iom impresita de Veronika, kiu frekventas la unuan jaron de la gimnazio, ĉar ŝi tiel bone konas la liberigajn batalojn en la portugalaj kolonioj, kiuj nun krome kaŭzis revolucion en Portugalio mem. Post kvardek jaroj da faŝisma diktatoreco ŝajne la popolo nun kaptis la povon. Eble eĉ la reĝimo de Franco en la najbara lando povos fali. Ankaŭ la milito en Hindoĉinio pli kaj pli prosperas, kaj la reĝimoj en Sajgono kaj Pnompeno regas ĉiam pli malgrandajn partojn de la landoj. Oni vere sentas, ke oni vivas en tempo plena je espero.

Li tediĝas de sia luata ĉambro kaj komencas serĉi alian loĝejon. Per amiko de Eva li ekkonas apartamentan domon ĉe la strato Smålandsgatan, tute proksime al la kunvenejo de la porvjetnama grupo. Ĝi estas iom malzorgata konstruaĵo el la jarcentoturno, preskaŭ domaĉo populare nomita 'la Arkeo'. Supozeble tio iam estis moknomo esprimanta malestimon al la loĝantoj, sed hodiaŭ oni jam ne pensas pri tio. Li atingas ekde la komenco de aŭgusto lui duĉambran apartamenton en la teretaĝo por ducent sesdek kronoj monate. Li antaŭvidas, ke li relative certe sukcesos pagi tiom da luo. Se dum iu periodo li havos malpli da laboro, li tamen por marĝeno posedas pli ol du mil kronojn en bankkonto.

Antaŭe li luis ĉambron meblitan, sed nun li devas akiri proprajn meblojn. El ligneraj tabuloj li do kunnajlas liton, tablon, librobreton kaj stablon por la muzikinstalaĵo. Simplajn seĝojn kaj paperglobajn lampojn li aĉetas en la magazeno Domus. La ceteron li akiros iom post iom. Li farbas la meblojn kaj krome la kadrojn de la pordoj kaj fenestroj, por ke la ĉambroj estu iom pli plaĉaj.

Li rigardas ĉirkaŭ si en la apartamento. Jen lia propra duĉambra loĝejo. Tio estas eĉ nekredebla! La tapetoj estas verdaĉaj kaj malbelaj, sed tio ne gravas. Se li tediĝos de ili, li povos rulfarbi ilin blankaj. La varme flavaj fenestrokadroj freŝigas la lokon. Li devus akiri kelkajn tapiŝojn por meti, kie la linoleumo estas difektita. Marherbaj matoj taŭgus. La necesejo estas malvasta ejeto kun duŝilo en angulo. De la kuireja fenestro li vidas la korton, kiu estas nuda kaj ŝajnas neuzata. Ambaŭ ĉambroj rigardas al strateto kaj enirejo de garaĝo. Li vidas kurtenojn kaj florojn en kelkaj fenestroj de la kontraŭa domo. Li mem havas nur verdan vitran vazon en unu el la salonaj fenestroj, memoraĵon de lerneja ekskurso al vitrofarejo farita en la sesa klaso. Panjo volis donaci al li kelkajn el siaj potplantoj, sed li trovas pli bone ĉi tiel.

7

Junion li rezervos por verkado, kaj se eble ankaŭ julion. Li scias, ke Annika plenumos kurson ĝis la mezo de julio, sed post tio ŝi sendube deziros fari ion kune kun li. Ideale estus, se ili povus vojaĝi ien, kie ŝi kaj Felix povus okupiĝi pri siaj aferoj sen envolvi lin en tio. Ia turisma vojaĝo al loko kun multe da organizitaj ekskursoj al antikvaj ruinoj. Aŭ al urbego kun butikumado kaj amuzparko. Parizo kaj ĝia Disneyland. Tiam li povus verki alterne en la hotelĉambro kaj en kafejoj. Bedaŭrinde li scias, ke ŝi ne estas granda amiko de organizitaj vojaĝoj. Ŝi ne aprezas senti sin kiel ŝafo en ŝafaro. Amasa turismo ne estas por ŝi; ŝi preferas pli individuajn spertojn.

"Ni povas lui dometon en la insularo dum semajno, ĉu ne?" ŝi diras. "Kaj poste mi ŝatus fari aŭtovojaĝon en Norvegio."

"Sed vi ja havos Felix-on en via libertempo. Aŭ ĉu mi malbone memoras?"

"Nu, ankaŭ li devas kunesti, kompreneble. Mi pensas, ke li kaj vi povus fiŝkapti, ekzemple. Kaj kanui."

"Mi scias nenion pri fiŝado", li diras.

"Estus bone por vi ambaŭ esceptokaze fari ion kune."

Li pripensas tion dum kelka tempo.

"Kutime vi faras nenion kune", ŝi aldonas.

"Ni ne havas tro da komunaj interesoj."

"Ĉu vi ne povas iom klopodi? Li estas nur deksesjara. Vi ne povas postuli, ke li interesiĝu pri romanverkado."

"Li neniam montris, ke li volas fari ion kun mi. Mi memoras lian 'vi ne estas mia paĉjo', kiun li ripetadis."

"Tio ne estas vera! Komence ja okazis, ke li diris ion tian, sed li jam ege maturiĝis. Tamen kion vi atendas? Vi devus klopodi por gajni lian konfidon. Sed se ni forvojaĝos ien, tio certe funkcios pli bone."

Roger ne povas kompreni, kial tio okazus. Pli kredeble estas risko, ke tio funkcios malpli bone ol ordinare, kiam la knabo malhavos siajn amikojn kaj devos societumi kun Annika kaj li.

"Mi dubas pri tio. Kiel vi scias, mi bezonas kiel eble plej multe da tempo por labori. Aŭtovojaĝo tute ne ŝajnas ideala maniero pasigi nian kunan libertempon. Ĉiuokaze ne por mi, kaj mi pensas ke ankaŭ Felix ne tre ŝatus ĝin. Kion vi opinias pri Parizo?"

"Parizo fine de julio? Vi estas absurda!"

"Aŭ Londono?"

"Fi, aĉ!"

"Do ĉu ni libertempu malkune? Vi povos rondiri tra Norvegio kun Felix, dum mi verkados."

Ŝi suspiras. Ili sidas ĉe ŝia kuireja tablo post vespermanĝo. Felix estas en sia ĉambro kun amiko, ludante komputilan ludon. Ŝi stariĝas kaj verŝas pli da kafo.

"Mi ne scias kion fari, Roger. Ŝajnas al mi ke mi senĉese klopodas, sed tio ne utilas. Vi ne venas pli proksimen. Kelkfoje mi sentas, kvazaŭ mi jam forĵetis plenan jaron."

"Certe ne. Vi scias, ke ne estas tiel. Vi signifas multege al mi, sed ni ja ne estas deksepjaruloj. Ĉiu el ni jam havas sian vivon. Mi ne atendas, ke vi forlasu vian laboron nur pro tio, ke mi emas entrepreni ion. Ankaŭ mi havas mian laboron."

"Nu, vi ne atendas tion, ĉar vi neniam 'emas entrepreni ion'."

Li pripensas. Ŝi mienas rezignacie. Kredeble ŝiaj diraĵoj enhavas iom da vero. Efektive plej ofte ŝi faras proponojn. Sed tio ŝuldiĝas plejparte al iliaj malsamaj temperamentoj. Kaj al tio, ke liascie malfacilas al ŝi akcepti ion, kion li volas.

"Dometo en la insularo estos en ordo", li diras. "Sed li prefere fiŝkaptu sola. Aŭ kial ne kun vi? Fiŝado ne estas rezervita al viroj, ĉu? Kanui mi povus provi. Eĉ pli volonte remi. Tio estus pli bona por mia dorso."

Nun ŝi estas tiu, kiu silentas. El la ĉambro de Felix aŭdiĝas sufokataj eksplodoj. La knaboj kredeble neniigas eksterteranojn.

"Ĉu vi jam trovis insulon?" li demandas.

"Ne, sed mi pensis pri Harstena. Aŭ ĉu ni serĉu ion en la insularo de Stokholmo?"

"Ne gravas. Insulo estas insulo. Harstena estos bona. Tamen sendube jam estas tempo rezervi ion, ĉu ne?"

"Mi prizorgos tion", ŝi diras. "Kaj kio pri la dua semajno?"

"Mi ne scias. Ĉu vi jam demandis al Felix, kion li volas?"

"Resti hejme kun amikoj. Kaj krome la amuzparko de Gotenburgo. Sed tiun mi jam kelkfoje vizitis kun li kaj Viktoria."

"Ĉu gravas? Du tagoj en Gotenburgo kaj poste vojaĝeto per trajno al Norvegio. Kion vi pensas pri tio?"

Ŝi denove suspiras.

"La ĉefa ideo de aŭtovojaĝo estas la libereco, la eblo vojaĝi kien ajn oni volas, kiam ajn oni volas. Veturi laŭlonge de fjordoj kaj trans montarajn vastojn. Deflankiĝi, kie videblas signo pri dometoj lueblaj. Ne trajni de unu urbo al alia."

Li ekkonscias, ke li havas nenian ŝancon. Ial ĉiuj bonaj argumentoj ĉiam estas ĉe ŝia flanko. Kaj kiam li montras pretecon kompromisi, tio konfirmas al ŝi, ke ŝi pravas kaj povas resti ĉe sia propono. Diskuti kun Annika similas provon marĉandi pri la prezoj en ŝtata alkoholvendejo. Aliflanke, ĉu gravas venki? La grava afero estas solvi la problemojn. Se necesas ke li retroiru dum ŝi restas, por ke ili renkontiĝu, do estu tiel. Cetere tio estas tute erara bildo. Se unu retroiras ja ne eblas renkontiĝi? Nu, al kukolo, ĉiuokaze nun ili havos komunan libertempon pli-malpli kiel ŝi deziras ĝin. Kaj eta interrompo de la laboro ne faligos lian romanon.

Li malfruas. Laŭplane la plej baza verkado devus esti pli-malpli finita ĉi-momente, por ke li komencu pri kompilado, aranĝado kaj redaktado. Sed li ne atingis tiel foren. Junio finiĝis, kaj ankoraŭ restas al li longe ĝis tiu stadio. Li verkas alterne hejme kun fermitaj ŝutroj kaj en du apudriveraj ĝardenaj kafejoj. Sidi tie en ombro sub la arboj, dum homoj nelaŭte susuras ĉirkaŭ li, plej ofte inspiras lin. Komprenerble de temp' al tempo estiĝas ia perturba situacio en la proksimaĵo. Iu infano neniam ĉesas kriaĉi. Iu adoleskulino laŭte gurdas poŝtelefone pri siaj knabaj problemoj. Kvar junuloj klopodas konvinki unu la alian per pli kaj pli laŭtaj voĉoj. Sed plej ofte la afero pasas post iom da tempo, kaj se ne, li mem facile povas alilokiĝi.

Jen kaj jen Annika venas tranokti ĉe li. Kaj de temp' al tempo li vespermanĝas ĉe ŝi. Kiam Felix estas ĉe sia patro, Annika ofte parolas pri tio, ke necesus aktivigi la filon, prefere per iaspeca fizika trejnado. Kiam li estis pli juna, li ludis kaj futbalon kaj bandion, sed pasis pluraj jaroj de tiam.

"Plaĉus al mi, se vi povus akompani lin ien", ŝi diras al Roger.

"Komprenerble mi povas veturigi lin, se li volas ion fari. Sed ne eblas devigi lin. Necesas ke li mem havu la intereson."

"Certe, sed li bezonas puŝadon. Arne kutime faradis tion, sed nun li ŝajne ne plu zorgas pri tio."

"Kredeble liaj etuloj plenigas lian vivon."

La patro de Felix fondis novan familion kun virino konsiderinde pli juna, sed Annika ne ŝatas paroli pri la du etaj duongefratoj.

"Vi povus fari ion kune, spekti futbalmatĉon, aŭ mi ne scias kion."

"Eble vi trovas ke li bezonas viran modelon? Iun kiu instruas al li kriaĉi insultojn al la ludantoj de la alia teamo kaj al la juĝisto? Mi pensas ke nek Felix nek mi tre ĝuas tiajn aferojn. Ne maltrankvilu pri via knabo, Annika! Li ja estadas kun siaj amikoj."

"Mi scias nenion pri tio, kion ili faras."

"Kaj ili ne intencas, ke vi sciu. Mi vidas nenian gravan mankon ĉe li."

Ŝi mienas malkontente. Tamen li ne pensas, ke ŝi grave maltrankvilas. Ŝajne estas nur ia fiksa ideo, ke ŝiaj filo kaj parulo devas fari ion kune.

Viktoria denove ekloĝis ĉe sia patrino, tamen nur provizore, kompreneble. La konatino, kun kiu ŝi kundividis apartamenton, transloĝiĝis al sia koramiko en Stokholmo, kaj la lupago estis tro alta por unu persono, ĉiuokaze por studento vivanta per ŝtata monprunto.

Lastjare li surpriziĝis ekscii, ke Viktoria studos sistemsciencon en la najbara Linköping. Li trovis ŝin tute ne tiaspeca, kvankam li ne sciis difini, kiaspeca estas tiu speco, nek kiel ŝi distingiĝas de ĝi. Nun jam pasis unu studjaro, kaj dum tiu tempo ili ne tre multe renkontiĝis. Dumsomere ŝi laboras kiel akceptisto de tendumejo en la periferio de Norrköping. Tio signifas, ke ŝi laboras laŭ relative malregula horaro. Kiam li venas en la hejmon de Annika por vespermanĝi, kelkfoje Viktoria forlasas ĝin por deĵori vespere. Alifoje ŝi revenas hejmen por manĝi kun ili.

Dum tia familia vespermanĝo li hazarde mencias sian viziton ĉe Johanna. Pro la reago de Viktoria li komprenas, ke ŝi jam konas la bazan historion. Evidente Annika jam pli frue rakontis ĝin al ŝi.

"Sed kial via filino neniam antaŭe kontaktis vin?" ŝi scivolas.

"Kiu scias? Tio ŝajnas ne tre grava al ŝi."

"Kiom ŝi aĝas?"

"Kvardek jarojn."

Viktoria nekomprene skuas la kapon.

"Ho. Kiel strange atendi tiel longe. Ĉu vi certas, ke estas ŝi?"

Li ekridas.

"Kion vi volas diri?"

"Nu, vi certe ne rekonis ŝin, ĉu?"

"Kompreneble ne. Sed kiu ŝi estus, se ne ŝi?"

Ŝi tiras la ŝultrojn kaj prenas pli multe el la raguo kuirita de sia patrino.

"Tio sonas kiel unu el viaj konspiraj teorioj", diras al ŝi Annika.

"Mi facile povus kontroli tion", li diras. "Sed mi trovas tion ne tre necesa."

"Estis nura ideo", diras Viktoria. "Ĉu ŝi similas vin?"

"Apenaŭ eblas mem distingi tion. Sed ŝia kunvivantino diris ke jes."

"Ŝi devus damne koleri al vi. Mi ne komprenas kial ne."

Li pripensas. Okaze de ilia unua renkontiĝo, Johanna ŝajnis iomete akuzema. Lastfoje ŝi estis pli neŭtrala, preskaŭ indiferenta. Ĉu tiu indiferento povis kaŝi sentojn pli agresajn?

"Kial ne al sia patrino?"

"Kial do? Ĉu la patrino kulpas, ke ŝi ne renkontis vin dum ĉiuj jaroj?"

"Mi ne scias, kiu kulpas, se estas kulpo. Sed ni estas triopo, kaj sendube ĉiu havas sian parton de la respondeco pri ĉi tio."

"Via filino ja ne povis fari ion pri tio!"

"Kiel infano ne, sed kiel plenkreskulo jes. Kaj nun ŝi finfine faris tion."

"Ĉiuokaze mi diodamne kolerus, se Paĉjo simple forvaporiĝus kaj neniam kontaktus nin."

"Estas eta diferenco", li diras. "Vi kunvivis dum multaj jaroj. Ni neniam faris tion."

En la lasta semajno de julio li ŝipas al Harstena kun Annika kaj Felix. Ili instaliĝas en dometo en la periferio de la vilaĝo. La vetero jam de semajnoj estas varma kaj senventa, kaj ĉe la orienta flanko de la insulo granda amaso da algoj aŭ bakterioj drivis al la insulo pro algoflorado. Ĝi jam etendiĝas kiel fetora flava tavolo sur la akvo laŭ la bordoj. Ne estas alloge eknaĝi de la rokoj. Post iom da tempo ili trovas banvarfon kiun la lokanoj mem uzadas apud kelkaj fiŝistaj budoj ĉe la haveno. Tie la akvo ankoraŭ restas travidebla, kaj ili longe naĝas en la markolo inter la vilaĝo kaj la najbara insulo. Gravas nur eviti bari la vojon de iu akvoskotero aŭ alia freneza rapidanto, kiu fajfas pri la rapideclimigo en la ŝanelo.

Felix efektive alportis fiŝkanon kaj kelkajn trenhokojn. En la unua vespero Roger akompanas lin al terpinto por provi la ŝancon. Sufiĉe rapide ili ambaŭ tediĝas, kaj fiŝon ili entute ne kaptas.

"Kion ni fiŝas?" scivolas Roger.

"Kiu diable scias? Perkojn, ekzemple."

"Bone. Indas scii."

Dum la restanta parto de la semajno Felix precipe dediĉas sin al sia tuŝtelefono. Annika kontentiĝas sunbani sin kaj vagi laŭ la vilaĝa vojeto kaj la plezurboata haveno, do Roger tamen havas sufiĉe bonan verkan semajnon. Li plej ofte sidas tajpante sur eksterdoma seĝo en la ombro ĉe la dometa muro. Necesas nur movi la seĝon kaj tablon ĉirkaŭ la domon laŭ la migrado de la suno. De temp' al tempo li eliĝas el la ombro por longa naĝado. Jen proksimume kiom da korpa aktivado li bezonas.

En du vesperoj ili rezervas tablon en la sola restoracio de la insulo kaj interpuŝiĝas tie kun homoj venintaj per barkoj al natura haveno ĉe la norda parto de la insulo. Cetere ili aĉetas fumaĵitajn fiŝojn kaj varmigas alportitajn ladmanĝaĵojn. Roger atendas, ke Felix estos senpacienca kaj mishumora pro la izoliĝo, sed plej ofte li ŝajnas esti en bona humoro. Li havas sian ĉiaman kontakton kun la reto kaj eble estas la malplej izolita inter ili.

Post la insula semajno en la Balta Maro ili faras mallongan halton hejme por lavi vestaĵojn kaj akvumi potplantojn. En la sekva tago ili pluiras per la Škoda de Annika ĝis Gotenburgo kaj familia ĉambro en la gastejo de Stigbergsliden. Post nepra vizito al la amuzparko Liseberg, kie Roger sukcesas duone droni dum ilia veturo per la onda torento, ili dediĉas tagon al ŝipekskurso en la suda arkipelago de la urbo.

"Ĉi tie mi ĝuos la puran kaj salan akvon post la naŭza algosupo ĉe Harstena", diras Annika, kiu pasigis sian infanaĝon ĉe la okcidenta marbordo kaj neniam alkutimiĝis al la malpli sala akvo de la Balta Maro.

Certe ili ĝuas Kategaton, tio estas nekontestebla. Bedaŭrinde nur, ke ĉe la insulo, kie ili surteriĝas, necesas bani sin alterne, ĉar ĉiam unu persono devas stari gvatante kaj avertante pri brulmeduzoj. Malgraŭ la gardado, doloriga tentaklo trafas la bruston de Felix.

"Verŝu iom da akvo sur la haŭton", diras Annika, kiam li poste viŝadas al si la brulumitan lokon. "Ne salan akvon; jen estas trinkakvo. Prenu el ĝi."

Ŝi donas al li unu el la boteloj, kiujn ili kunportis. Eble tio fakte helpas, aŭ li decidas preni la aferon kiel viro.

Poste do estas tempo por Norvegio kaj la sopirata aŭtovojaĝo de Annika. Post tago en Oslo ili veturas tra la ĉefparto de suda Norvegio ĝis Aurland ĉe Sognefjord. Tio estas, Annika dum okdek procentoj de la tempo stiras, dum Roger studas la mapon kaj Felix de temp' al tempo kontrolas la geografion per helpo de telefona map-apo.

Unu tagon ili pasigas sur la ŝipo M/S Atløy, kiu faras tuttagan turisman ekskurson sur la fjordo. Roger utiligas la tempon tajpante, dum la montaj krutaĵoj ambaŭflanke de la fjordo malrapide preterglitas. Iuloke estas vertikalaj abismoj kun rojetoj el akvo, kiuj ĵetiĝas de la roko por fali ducent metrojn. Aliloke blankaj ŝafoj aŭ kaproj alkroĉas sin sur krutaj montaj paŝtejoj, kvazaŭ muŝoj sur muro. Jen kaj jen la deklivo estas kovrita de arbaro, kie videblas spuroj de lavangoj aŭ terglitoj, kiuj deŝiris arbojn lasante konusajn vakaĵojn post si. Li ŝatas ĵeti rigardon al la drama pejzaĝo kaj poste plutajpi sian tute ne draman verkaĵon. La vidaĵoj ne estas ĝeno, male ili estas stimulaj en la sama maniero kiel la mallaŭtaj interparoloj de aliaj turistoj ĉirkaŭ li.

Ĝuste kiam oni preparas la ŝipon por turniĝi ĉe la interna fino de la fjordo, lia poŝtelefono sonoras. Li rigardas la ekraneton. Ĝi diras 'Johanna'. Antaŭ la vojaĝo al Oelando en majo li inkludis ŝian nomon en sian numerliston, sed poste li ne plu uzis ĝin.

"Saluton, Johanna", li respondas.

"Saluton. Ĉu vi povas paroli?"

"Certe. Sed estu preta, ke la kontakto eble rompiĝos. Mi estas sur norvega fjordo kaj ne scias, kia estas la provizado ĉi tie. Sed bonvolu paroli dum restas kontakto."

"Bone. Do vi libertempas?"

"Ĝuste. En aŭtovojaĝo kun mia dislogantino kaj ŝia filo. Sed ĉi-momente en ŝipvojaĝo."

"Eble mi devus retelefoni pli malfrue, sed mi trafis en malfacilaĵon. Estas iom prema situacio."

"Ĉu vere? Kio do okazis?"

"Mia ceramika bakforno paneis. Necesus iom subite investi en novan. Bedaŭrinde ni ne plu povas pruntepreni kun la domo kiel garantiaĵo. Ni devis retegi la tegmenton lastjare. Kaj Monique ne havas firman dungon. Por ricevi enspezojn, mi nepre bezonas funkciantan bakfornon. Estas paradoksa senelirejo."

"Mi komprenas. Do vi bezonas monon. Pri kiom temas?"

"Nu, kiel prunton, komprenable. Mi jam trovis fornon en Skanio, kiu ŝajnas bona. Oni petas sesdek kvin milojn por ĝi. Krome la transporto kostos kelkajn milojn, do ni diru sepdek. Kaj mi bezonos almenaŭ du jarojn por repagi, eble tri. Mi komprenas, ke tio estas ege multe..."

"Mi aranĝos tion, Johanna. Mi komprenas la situacion perfekte. Ne maltrankvilu, vi povos prunti de mi."

M/S Atløy jam sukcesis pene giri 180 gradojn sur la malvasta fjordo kaj nun disaŭdigas hupsonon, kiu supozeble signifas ekiron reen al la hejma haveno. Annika kaj Felix staras ĉe la prua gardrelo, dum li sidas sur benko proksime al la pobo.

"Tio vere signifus savon", diras Johanna.

"Aŭskultu, jen kiel vi faru. Retmesaĝu vian kontonumeron al mi kaj zorgu, ke ĝi estas la ĝusta. Krome skribu, ke vi volas pruntepreni sepdek mil. Ĉi-vespere, kiam mi revenos al la dometo, kie la konekto estas pli sekura, mi kontaktos mian interretan bankon por transpagi la monon."

"Mi dankegas vin, se vi helpos min pri ĉi tio. Kompreneble ni subskribos veran paperon pri la prunto."

"Tion ni povos fari pli malfrue, sed provizore retmesaĝo sufiĉas. Ĉu vi cetere bonfartas, vi kaj Monique?"

"Ho, jes. Mankas nur tiu damnita bakforno. Cetere ĉio estas en ordo."

"Bone. Do ni faru tiel. Vi devas havi bonajn ilojn por povi labori."

"Prave. Dankon al vi!"

"Mi esperas, ke vi atingos instali ĝin antaŭ ol ĉiuj turistoj malaperos."

"Jen ĝuste kial la afero urĝas."

"Mi komprenas. Do ĝis baldaŭ."

La suno jam subiris malantaŭ montoj trans la fjordo, kiam ili revenas al Aurland. Annika preparas malfruan vespermanĝon, dum li plenumas la transpagon de mono. Li nenion diras al ŝi. Ili ne kundividas ekonomiojn unu kun la alia, sed tio ne estas la kialo. Li suspektas, ke ŝi ĉiuokaze kontraŭdirus aŭ trovus, ke li agis senpripense. Tio tamen ne estus vera. Li ĝojas, ke ĉi tio okazis. Hodiaŭ li solvis la problemon de sia filino, alklakante butonon sur ekrano. Li sentas tion kiel iaspecan rehonorigon, kvankam ne eblas diri pro kio. Li estas kontenta pri si mem kaj jam antaŭĝojas daŭrigi la laboron pri sia romano. Estus bone, se ĉio okazinta junaĝe estus same facile solvebla.

8

La dekan de aŭgusto li aranĝas enloĝiĝan festeton. Kelkaj el liaj konatoj ankoraŭ estas for pro libertempo, sed li ne volas prokrasti la aferon nur pro tio. Li ĉiuokaze povos havi pli da festoj poste, ekzemple post du monatoj, kiam li mem rajtos aĉeti alkoholaĵon.

Dek du aŭ dek tri personoj venas, sed ne Carina.

"Ne indas", ŝi diris, kiam li invitis ŝin. "Estus tro komplike kun Johanna, kaj krome mi prefere ne drinku, ĉar mi daŭre mamnutras ŝin ĉiuvespere."

Göran aĉetis por li kelkajn botelojn da vino. Li ankaŭ partoprenas en la festado dum mallonga tempo sed poste pluiras ien. Same agas Tony, kiu ŝajnas ne bonfarti en la kompanio. Anders, la iama samklasano de Roger en la gimnazio, estas hejme por someraj ferioj de sia studado ĉe la teknika altlernejo de Chalmer en Gotenburgo, kaj li debatas kiom li povas kontraŭ la aliaj gastoj, kiuj estas porvjetnamaj aktivuloj. Komence oni multe parolas pri Nixon, kiu finfine devis demisii pro Watergate. Roger scivolas, ĉu tio signifos ion por Vjetnamio. Li supozas ke ne.

"Oni devos juĝi lin en tribunalo", li diras.

"Tio neniam okazos", diras Eva, kaj la plej multaj konsentas kun ŝi.

Ankaŭ Anders konsentas, kvankam el alia vidpunkto.

"Estas nenio aparta pri Nixon. Ĉiuj agas tiel. La sola aparta pri Usono estas, ke tie ekzistas libereco skribi pri la afero. Ĉu vi pensas, ke iuj gazetoj en Ĉinio aŭ Rusio povus malkaŝi, ke la komunistaj gvidantoj subaŭskultas ĉion kaj ĉiujn?"

La aliaj elektas ignori lian diraĵon, kaj li cetere ne restas tre longe. Post kiam li foriris, Magnus rigardas ĉirkaŭ si en la ĉambro, kie la plej multaj sidas surplanke.

"Espereble vi jam kontrolis, ĉu oni instalis iujn mikrofonojn ĉi tie."

Estiĝas ĝenerala ridado, sed la nova grupano Veronika kaptas la fadenon.

"Tio ne estas ridindaĵo. Sendube oni subaŭskultas multajn. Ĉu vi iam zorge priesploris la grupejon?"

Åke mienas tute serioze, balancante la kapon.

"Ni serĉadis sed trovis nenion."

Roger prezentas kapsiketan hakviandaĵon kun fazeoloj kaj tomatoj sur paperaj teleroj. Vinon la plej multaj mem kunportis. Li ludas siajn diskojn, kaj oni komplimentas lin pro la sono de la laŭtparoliloj. Lia diskaro jam kreskis al dudeko da albumoj, do ne necesas ripeti iun el ili.

Veronika ne alportis vinon, sed li regalas ŝin, kaj poste ili interparolas dum granda parto de la vespero. Ŝi rakontas, ke ŝi frekventas teknikan studprogramon de la gimnazio.

"Do sendube estas plejparte knaboj en via klaso, ĉu ne?"

"Mi estas la sola ino. Tio ne gravas, sed ili estas damne reakciaj kaj nekonsciaj. Eĉ ne unu komprenas ion esencan."

"Kiel okazis, ke vi studas tie?"

"Ĉiam interesis min kiel aferoj funkcias. Kaj se oni pensas pri la estonteco, gravas ke iuj inĝenieroj estos politike konsciaj."

Tio estas maniero rezoni, kiu aperas tute nova kaj neatendita al Roger. Li ne povas rilatigi tion al sia propra vivo. Konsciaj leterportistoj eble neniam estos tre gravaj. Dum kelka tempo ili aŭskultas la diskon *Survoje* de Hoola Bandoola Band.

"Ili ja estas lertaj, sed ofte la tekstoj estas sufiĉe nebulaj", opinias Veronika. "Ekzemple tiu pri Dalai Lama. Kial do glori tian religian reakciulon?"

"Mi ne scias. La plej multaj el iliaj tekstoj plaĉas al mi, sed la muziko ne estas elstara. Iomete kiel la banalaj ŝlagroj ludataj en la radio."

"Sed jen kion homoj ŝatas aŭskulti, do estus bone se la tekstoj povus veki ilin."

Li ekridas iom embarase, ne sciante ĉu ŝi ironias aŭ ne, sed ŝi ŝajnas tute serioza. Post la unua flanko li ŝanĝas diskon al Deep Purple, kaj pri tiu ŝi ne havas komentojn, eble ĉar oni apenaŭ povas distingi la vortojn.

"Ŝajne vi bone konas Afrikon", li diras por vivteni la diskuton. "Mi rimarkis tion jam printempe."

"Nu, ĉiuokaze la portugalajn koloniojn kaj la liberigan lukton tie. Nun ili sendependiĝos. La portugaloj cedas post la revolucio."

"Estas mirinde! Espereble ankaŭ Franco baldaŭ estos maldungita."

"Ĉi-somere mi planis trajni per Interrail al Hispanio kaj Portugalio kun kelkaj konatoj el Lund kiuj parolas hispane, sed mi ne sukcesis akiri sufiĉe da mono. Krome miaj gepatroj malpermesis tion."

"Vi certe havos novan ŝancon venontjare. Estus amuze trajnvagi per Interrail. Mi mem tute ne multe vojaĝis."

Li plu interparolas kun Veronika dum preskaŭ la tuta vespero, kaj ili trinkas sufiĉe multe da vino.

"Verdire oni devus ne trinki tiun *Vino Tinto*", li diras verŝante plion. "Mi celas, ĝi ja estas hispana, do oni pravus bojkoti ĝin."

Veronika ne respondas. Laŭmiene ŝi eble ne bonfartas, li nun rimarkas. Eble ŝi ne kutimas drinki tiom. Li klinas sian kapon al la ŝia.

"Kiel vi?" li mallaŭte demandas. "Ĉu vi malbonfartas?"

"Estas bone", ŝi diras ridante.

Li glutas ankoraŭ buŝplenon. Ŝiaj lipoj estas malhelaj pro la vino, kaj li sentas deziron kisi ŝin.

Komence ŝi reciprokas la kison, sed poste ŝi saltetas kaj provas stariĝi. Li devas helpi ŝin al la necesejo, kie ŝi kaŭras super la necesseĝo. Li tenas ŝiajn ŝultrojn dum ŝi vomas.

"Damne, ĉio senĉese rondiras", ŝi diras, kiam li kondukas ŝin en la dormoĉambron.

Li sidas ĉe ŝi dum kelka tempo.

"Plej bone estas simple kuŝi senmova", li diras. "Atendu ĝis ĉio ĉesos rondiri."

"Oni devus ne trinki tiun fekvinon de Franco", ŝi diras, senforte ridetante. "Ĉu mi povos dormi ĉi tie?"

"Komprenoble."

Post iom li eliras al la ceteraj, kiuj nun jam diskutas pri Sovetunio kaj la socialimperiismo. Li trovas tion ne tre interesa. Li komencas porti malplenajn botelojn kaj malpurajn papertelerojn en la kuirejon. Post iom da tempo Eva alvenas helpi lin.

"Kiel fartas Veronika?" ŝi diras, esplore rigardante lin.

"Nenio tre grava. Ŝi kuŝas ripozante. Ŝajne ŝi drinkis iom tro multe."

"Ŝi estas sufiĉe juna."

"Mi scias."

"Espereble vi ne intencas fari pli da infanoj ĉi-momente?"

Li ridas.

"Ne, mi ne perlaboras sufiĉe por tio."

Ankaŭ ŝi ridas kaj brakumas lin kamaradece. Komprenoble la plej multaj grupanoj scias, ke li estas la patro de la ido de Carina, kaj de temp' al tempo oni iom moketas lin pro tio.

Finfine la restantaj gastoj sukcesas surmeti siajn ŝuojn kaj daŭrigas la diskuton survoje eksteren el la domo. Li ankoraŭ aŭdas ilin tra la fenestroj, dum ili disiĝas en diversajn direktojn surstrate. La fenestroj ŝajnas ne tre bone izolitaj. Dum li estingas la dikajn kandelojn starantajn surplanke, li demandas sin, ĉu vintre estos ĝena trablovo.

Veronika restas kuŝanta sur lia lito plene vestite. Ŝi ne dormas, sed kuŝas senmova rigardante al la plafono. Li demetas la pantalonon kaj T-ĉemizon kaj kaŭras apud ŝi.

"Kiel vi fartas?"

"Estas en ordo, kiam mi ne moviĝas."

"Ĉu vi volas demeti iom da vestaĵoj kaj ekkuŝi sub la kovrilo?"

"Bone. Sed... ne fiki."

"En ordo."

Li malzipas, malbutonas kaj detiras de ŝi la ĝinzon kaj helpas ŝin demeti la bluzon. Poste li mallumigas, kuŝiĝas apud ŝin kaj surmetas la kovrilon sur ilin ambaŭ.

"Ĉu mi rajtas brakumi vin?"

"Mm."

Li kisas ŝian ŝultron kaj karesas ŝiajn mamojn.

"Vi estas tre bela, Veronika."

"Mm."

Li lasas la manon gliti suben, unue super ŝia kalsoneto, poste sub ĝi. Ŝi ne reagas. Li iom palpas, kie liajuĝe devas esti la klitoro. Ŝi murmuras ion, kion li ne kaptas. Li kisas ŝian orelon.

"Ĉu estas en ordo, se mi iomete karesos vin?" li diras.

Ŝi suspiras aŭ profunde spiras, ne eblas certi kio.

"Mi ne fortas", ŝi diras.

"En ordo."

Li palpas perfingre laŭ ŝia vulvo. Ŝi estas tute ne malseka. Li eligas la manon el la kalsoneto kaj metas ĝin inter ŝiajn femurojn.

"Do, bonan nokton", li diras.

"Mm."

Li vekiĝas iomete antaŭ la kvina, kiel ĉiam nuntempe. La dormo-ĉambra fenestro rigardas norden, kaj strio el suno lumas sur la muro ĉe la piedparto de la lito. Veronika dormas apude, sed nun ŝi kuŝas flanke kun la dorso al li. Li singarde levas la kovrilon por rigardi la knabinan korpon en la lito. Sub la malhelbruna paĝia hararo vidiĝas ŝiaj ŝultroj kaj dorso. Ŝi estas sufiĉe sunbrunigita kaj havas lentugojn sur la skapoloj. La korpo impresas stabile. Ŝi ne estas magra, kiel iuj adoleskuloj. La blanka kalsoneto kun ruĝaj strioj apenaŭ kovras konvene rondetan postaĵon. Li remetas la kovrilon kaj ŝovas la nazon al ŝia nuko. Ŝi ne havas fortan parfumodoron, kredeble li flaras nur sapon kaj ŝampuon. La hararo ne odoras tro intense je fumo, kvankam iuj gastoj fumadis sufiĉe multe dum la vespero, sed ŝi ja plejparte sidis apud li.

Dum kelka tempo li provas reendormiĝi, sed tio tute ne prosperas. Prefere li ellitiĝu. Li plu ordigas post hieraŭ, klopodante eviti kaŭzi klaktintadon. Teleroj kaj plastaj glasoj baldaŭ plenigas du rubsakojn. Li forskrapas restojn de la kapsiketa hakviandaĵo kaj enverŝas akvon en la grandan kaserolon, kiun li prunteprenis de Panjo. Poste li duŝas sin, kuiras teon kaj sidiĝas ĉe sia propramane kunnajlita kuireja tablo por unua matenmanĝo. Veronika plu dormas, do li supozas ke pli malfrue estos dua.

Nur je la oka kaj duono ŝi levas la palpebrojn. Tiam li kuŝas apud ŝi legante Ĝis revido en Song My de P. C. Jersild.

"Damne", ŝi diras. "Mia panjo mortigos min."

Li rigardas en ŝiajn malhelbrunajn okulojn.

"Do restu ĉi tie."

Ŝia buŝo larĝiĝas en rideton, dum ŝi samtempe metas ambaŭ manojn al la tempioj.

"Aj! Ĉu mi povas demandi vin pri io?"

"Simple demandu."

"Tio estas... ni ja ne fikis, ĉu?"

Li ridetas.

"Ĉu vi memoras nenion ajn?"

"Mi memoras, sed ne tute precize."

Li kapneas.

"Ni ne faris tion."

Ŝi mienas iom pli trankvile.

"Ĉiuokaze ankoraŭ ne", li aldonas.

Ŝi ridas grimacante.

"Aj, diable. Bone."

"Ĉu vi volas matenmanĝi?"

"Mi pensas ke ne. Ĉu vi havas lakton?"

"Ne. Mi povas fari teon. Ankaŭ oranĝosukon mi havas."

Ŝi pripensas dum momento.

"Eble mi povos trinki iomete da suko. Kie estas miaj vestaĵoj?"

Li donas ilin al ŝi kaj iras alporti glason da oranĝa suko. Revenante li vidas ŝin pene surmetadi la bluzon subkovrile.

"Mi jam vidis vin hieraŭ vespere", li diras, metante la glason apud la liton.

"Nu, kompreneble. Sed tiam ni ja estis ebriaj."

"Prefere diru, ke vi estis tia."

Ŝi forĵetas de si la kovrilon kaj komencas butoni la bluzon super la mamoj.

"Mi bezonas pisi", ŝi poste diras.

"Ĉu mi helpu vin?"

"Ne, dankon."

Ŝi sukcesas paŝi necesejen kaj poste iras sidiĝi ĉe la kuirejan tablon. Li reportas al ŝi la glason kaj ŝi trinkas sukon.

"Mi devas hejmeniri", ŝi diras, mandorse viŝante al si la buŝon.

"Ĉu vi revenos?"

"Kiam?"

"Kiam ajn."

"Bone do."

Li tute ne certas, ke ŝi revenos. Por ŝi tio kompreneble estis nur afero de ebrio, kaj cetere eĉ ne afero. Ja nenio okazis. Sed jam en la sekva sabato ŝi denove estas ĉe li kaj restas dumnokte – ĉi-foje sen *Vino Tinto*. Kaj ŝi plu venadas. Ŝi fariĝas lia tria ino, kvankam iel ŝi estas lia unua vera koramikino, ĉar post kelka tempo ili jam estas fiksa paro. Fine de septembro li donas al ŝi sian ekstran ŝlosilon, por ke ŝi povu venadi kaj foriradi laŭplaĉe. De temp' al tempo ŝi diras, ke ŝiaj gepatroj furiozas pri ŝi, kiam ŝi ne venas hejmen por la nokto, sed tio ne ĉesigas ŝiajn tranoktadojn ĉe li.

Nun li rimarkas, ke li scias malpli ol li antaŭe pensis pri knabinoj kaj sekso. Kun Carina neniam necesis multe da ceremonioj, sed Veronika deziras longajn antaŭludojn. Temas ne tiom pri karesado kaj kisado, sed ŝi emas kvazaŭ ludi kaj babili en maniero, kiun li trovas iom infaneca. Ŝi aranĝas verajn teatrajn skeĉetojn, kie lia kaj ŝia seksaj partoj ludas la ĉefrolojn. Efektive ŝi estas kelkajn jarojn pli juna ol li, sed koncerne la politikon kaj aliajn aferojn ŝi ŝajnas almenaŭ same sperta kiel li. Sed enlite ŝi iĝas alia persono. Ŝajnas al li, ke ŝi ludas per lia peniso kvazaŭ per pupo. Sed se li lasas ŝin daŭrigi kaj kunludas laŭ kapablo, finfine ĉio ĉiam finiĝas kiel li volas. Kelkfoje ŝi orgasmas antaŭ ol li, sed plej ofte li devas mane karesi ŝin al klimakso post la lia.

Ekde la unua de oktobro li jam estas firme kaj plentempe etate dungita de la Reĝa Poŝto. Li devas komenci per kelktaga kurso pri la respondeco, kiu nun pezas sur liaj ŝultroj, kaj krome li devas aĉeti uniformon. Etata leterportisto ne rajtas distribui fakturojn kaj amleterojn en ĝinzo kaj svetero. Sed la granda avantaĝo estas, ke ekde nun li scios, kiom li perlaboros ĉiumonate.

Li festas la firman dungon irante kun Veronika al la magazeno Domus, kie li prezentas ŝin al Gunilla en la sekcio de kuirejaj iloj, por aĉeti pli da teleroj kaj glasoj, pli bonajn tranĉilojn, diversajn manĝilojn, krome toastilon, ĉar Veronika deziras toaston matenmanĝante ĉe li. Gunilla mienas scivole sed skeptike, ekzamenante ŝin.

"Kiom vi aĝas?" estas ŝia unua diraĵo.

"Dek sep."

"Ĉu vi studas?"

"Jes, komprenebe."

"Veronika frekventas la teknikan gimnazion", diras Roger.

Li esperas, ke tio butonumos la fratinon malvaste. Eble jes, tamen ŝi turnas sin al li kaj tiras lin flanken.

"Espereble vi zorgos ne gravedigi ankaŭ ŝin", ŝi flustras.

"Trankviliĝu. Ni mastras tion."

"Ĉu vi intencas kunloĝi?" ŝi diras laŭte al ili ambaŭ, kiam ili metas la varojn sur la tablon.

"Ne, tion ŝiaj gepatroj ne ŝatus. Sed ŝi ofte estadas ĉe mi, do..."

"Bone, bone. Ĉu vi bezonas ankoraŭ ion?"

Li rigardas ĉirkaŭ si por ekvidi ion, kio mankas al li, kaj poste li turnas sin al Veronika.

"Ĉu vi ekpensas pri io?"

"Gladilon, sed vi kredeble ne uzas tion."

"Gladilon? Por kio mi uzu tian diablaĵon?"

"Por la uniforma ĉemizo, eble."

"Baf!"

Veronika ridas.

"Sed eble polvosuĉilon?"

"Jes, tio sendube estus bona. Sed mi atendos iom pri ĝi. Ili ja kostas centojn. Mi povas tute bone balai ĝis plue."

"Nun mi scias! Bantukojn! Vi havas nur malgrandajn."

Post la bantukoj ili pluiras al la diska sekcio por aĉeti novan diskon de Gotenburga rokgrupo kun la modesta nomo *Nacia Teatro*. Poste ili kafumas en la magazena kafeterio. Kiam ili sidas tie kun siaj aĉetsakoj sur la ĉirkaŭaj seĝoj, preterpasas Magnus de la porvjetnama grupo. Li rigardas ilin kaj la sakojn rikanante.

"Nu, do jen sidas la etburĝaj gesinjoroj tute gemute. Kia bela paro! Jen la diskreta ĉarmo de la burĝaro."

Roger nur ridas, sed Veronika ekkoleras.

"Zorgu vivon vian, damne! Kio estas burĝa pri ĉi tio?"

Ŝi elsakigas pantranĉilon kaj svingas ĝin alte. Roger metas manon sur ŝian brakon. Magnus mienas sarkasme.

"Ĉu vi intencas distranĉi la gorĝon de la kapitalistoj per tiu? Aŭ ĉu estas tempo tranĉi la geedziĝan kukon?"

Li plupaŝas foren el la kafeterio.

"Damna kreteno", murmuras Veronika.

"Ĉu li iam estis via koramiko?"

"Vi estas freneza! Ĉu tiu nulo?"

"Nu, mi ne scias. Li ŝajne ne aprezis vidi nin ĉi tie kune. Kaj vi ŝajnis iomete... kolera. Feliĉe li ne vidis la tortotrulon."

Ŝi diras nenion plu pri la afero, kaj post kelka tempo ili hejmeniras al la apartamento. Veronika malpakas la varojn kaj metas ilin en ŝrankojn kaj kestojn, dum Roger malkorkas unu el la vinboteloj, kiujn li aĉetis la antaŭan tagon. Restas tri tagoj ĝis lia dudeka naskiĝtago, do laŭleĝe li ankoraŭ ne rajtas aĉeti alkoholon, sed li surhavis la leterportistan uniformon, kaj oni ne postulis identigon. Ili trinkas po glason, sed hodiaŭ Veronika ne volas resti longe.

"Mi devas studi antaŭ morgaŭ, kaj kiam mi estas ĉi tie, mi faras nenion. Sed mi venos sabate, kaj tiam mi komprenele restos."

Oni jam instalis telefonon ĉe li, kaj li vizitas aŭtolernejon ĉe la suda ĉefstrato nur unu domblokon for de lia loĝejo por aliĝi al la teoria klaso. Repaŝante hejmen li pensas pri la stranga atako de Magnus antaŭ du tagoj. Ĉu vere estas etburĝe akiri aferojn por la hejmo kaj klopodi vivi kiel la plej multaj aliaj homoj? Aŭ ĉu li simple estis ĵaluza? Eble li iam faris provon pri Veronika kaj estis rifuzita, kvankam ŝi ne volis konfesi tion? Ĉiuokaze ne indas zorgi pri tio. Se bone pripensi, li scias nenion pri la vivo de Magnus ekster la grupo, nek pri kio li laboras, nek kie kaj kiel li loĝas.

Sabate li invitis homojn al naskiĝtaga festo. Unue torton por la familio posttagmeze, kaj poste vinon kaj hejmbakitan picon el pasto farita per skona pretmiksaĵo por la amikoj vespere. Veronika ĉeestas en ambaŭ festoj. Ŝi alvenas kiel la unua kaj donacas al li kurtenojn por lia dormoĉambro.

"Mi ne volas ke ĉiuj homoj vidu kiam ni enlitiĝas", ŝi diras. "Nun la vesperoj jam estas mallumaj, kaj oni vidas ĉion de ekstere."

"Ne preterpasas tre multaj ekster miaj fenestroj, kaj ili sendube jam vidis ĉion vidindan."

"Mi ĉiuokaze ne volas prezenti al ili striptizon. Sufiĉas ke vi vidas min."

"Vi pravas. Tio absolute sufiĉas."

Poste alvenas liaj gepatroj. Ili unuafoje renkontas Veronika-n. Ankaŭ Gunilla kaj ŝia Willy ĉeestas. Göran anoncis ke li venos, sed li neniam aperas.

Panjo kaj Paĉjo salutas Veronika-n kun intereso, sed ili ne havas tre multe por diri al ŝi. Sendube Paĉjo scivolas, pri kio laboras ŝia patro, sed tiuokaze li demandos Roger-on pri tio poste. Gunilla estas tiu, kiu plej multe babilas kun ŝi, dum Willy kaj Paĉjo parolas pri laboro kaj politiko. Ili ambaŭ estas socialdemokratoj kaj trovas la nunan parlamenton vera ludejo pro la lotado. Panjo transprenas la kuiradon de kafo, pri kiu Roger komencis.

"Ĉi tiu estas malĝusta grandeco de filtrosaketo por tiu funelo", ŝi atentigas.

"Ĉu gravas, se ĝi funkcias?"

"Ĝi eble krevos."

"Nu, kaj do? Tiam ja krevos ankaŭ la mondo, ĉu ne?"

"Kaj kial aĉeti torton? Tio ja ne necesus. Mi povus fari al vi torton, por ke vi ne devu aĉeti."

"Mi volis ĉi tian ŝvarcvaldan."

Li prezentas la kafon kaj surtabligas boteleton da konjako, kiun li aĉetis plene laŭleĝe en sia vera naskiĝtago, kiu estis hieraŭ.

"Ĉu mi povas ekzerci min pri stirado kun vi, Paĉjo?"

"Ĉu nun?"

"Ne, ne. Iam."

"Certe."

Paĉjo prenas konjakon, dum Gunilla kaj Veronika diskutas lernejojn. Gunilla intencas aspiri studlokon ĉe la popola altlernejo de Högalid proksime ekster la urbo, por akiri abituran gradon.

"Sed kiel vi faros pri via laboro?" demandas Panjo time. "Espereble vi ne planas eksiĝi?"

"Kompreneble ne. Mi devos peti liberecon por studi, sed mi povos labori sabate kaj dum ferioj. Tamen ĉi tio okazos nur la venontan aŭtunon."

Veronika devas rakonti, kiun programon ŝi frekventas, kaj tio vekas konsterniĝon ĉe la gepatroj.

"Poste ne estos facile al vi kun la viroj", diras Panjo. "Ili ne kutimas je virinoj en tiaj teknikaj laboroj."

"Nu, ni tamen ja ne estas kavernuloj", diras Willy. "Estos bonege, se la inoj penetros en niajn kampojn, tiel ke ni havos iom da ŝanĝo."

"Vi estas edzo, Willy, vi ne rajtas je ŝanĝo", diras Roger kaj gajnas ridojn.

Li surpriziĝas pri tio, kiel facile Veronika estas akceptata de lia familio. Li atendis, ke ili estos pli rifuzemaj, kvankam li ne scias bone kial. Antaŭ ol foriri Panjo refoje venigas lin en la kuirejon.

"Estu singarda pri la knabino, Roger."

"Trankviliĝu. Estas neniu danĝero."

Li ne volas mencii detalojn al Panjo; tio estus embarasa. Sed Veronika iris al sia lerneja kuracisto kaj konvinkis lin preskribi kontraŭkoncipajn pilolojn. Do ne aperos plia infano dum la plej proksima estonteco.

La vespero iĝas ege pli vigla, kvankam ankaŭ tiam ne estas multege da gastoj, sed nur kelkaj el la porvjetnama grupo. Li invitis ankaŭ sian malnovan amikon Tony, sed laŭdire tiu ne havis okazon veni. Ili jam pli-malpli perdis la kontakton inter si. Nek Magnus aperas, sed Carina partoprenas dum kelka tempo kun Johanna, kiu nun aĝas dek tri monatojn. La knabineto trotadas tien-reen inter la plenkreskuloj kun bulko enmane kaj estas la centro de la festo, dum ili restas. Ankaŭ Veronika zorgetas pri ŝi kaj ŝajnas tute ne ĵaluza.

Post kiam Carina kaj Johanna foriris, la festo iĝas tute kutima kun vino kaj diskutoj pri la stato de la mondo.

"La faŝistoj avancas en la tuta Latinameriko", diras Anna-Lena.

"Sed ĉe ni en Eŭropo la socialimperiistoj estas pli grava minaco", diras Veronika. "Ili ja troviĝas tute najbare."

Kune kun aliaj ŝi nuntempe ĉiam mencias Sovetunion kiel la grandan minacon, kaj Åke konsentas kun ŝi. Roger jam iom tediĝas de tiuj diskutoj. Sed kiam ili estas duope, ili malofte parolas pri tiaj aferoj. Tiam la temo kutime estas ĉiutagaj aferoj aŭ ŝiaj lernejo kaj gepatroj. Ankaŭ pri libroj kaj muziko ili interparolas. Ili havas konvene malsamajn gustojn por povi diskuti tion. Ŝi aŭskultadas la kantojn de Violeta Parra kaj ŝatas kelkajn latinamerikajn aŭtorojn, kies nomojn li eĉ ne konas. Kaj krome Jan Myrdal, kiun li trovas seka.

Li aŭskultas iom da sveda progresema muziko kaj legas P. C. Jersild, Lars Gustafsson, Yaşar Kemal kaj Heinrich Böll. Tiun lastan li ĵus malkovris. Sed ĝuste nun li deziras, ke la naskiĝtaga festo finiĝu, tiel ke li estos duope kun ŝi.

Li metas la ĵus aĉetitan *Vivo estas fest'* sur la diskilon.

"Tiu grupo ŝajne tute degeneris", opinias Åke. "Tio ja estas pura propagando por drogoj."

Tamen eĉ li ŝatas alian el la kantoj, tiun pri komunista lavistino.

Fine homoj komencas iom post iom forlasi la apartamenton.

"Ni lasu ĉion surtable ĝis morgaŭ", diras Roger, kiam ĉiuj gastoj jam foriris. "Mi zorgos pri tio morgaŭ matene. Venu enlitiĝi!"

Ankaŭ Veronika volas tion. Ŝi same kiel li deziras veni enliten por ekkaresi kaj ludi. Estas bone, ke ili ne devas pensi pri kondomo aŭ interrompo. Li tamen klopodas ne tro rapidi, por ke ankaŭ ŝi havu sufiĉan tempon. Lastfoje li akcidente elglitis el ŝi, ĝuste kiam li plej ekscitiĝis, kaj nun tio okazas refoje.

"Verŝajne tio okazas, ĉar mi estas retro-piĉa", ŝi diras.

Li ridas laŭte.

"Ĉu vere?"

"Ĉiuokaze mia antaŭa koramiko diradis tiel. Vi povas provi de malantaŭe. Tio estas, ne en la pugon..."

"Mi scias."

Ŝi turnas sin kaj metas kusenon sub la ventron, kaj nun ĉio iras pli glate. Li tamen sentas iom strange ne havi rektan kontakton kun ŝia vizaĝo. Kaj li ne plu povas dumkoite helpi al ŝi ekhavi orgasmon. Tion ili devas prizorgi nur post kiam li mem ejakulis.

"Ni devos elprovi iujn aliajn poziciojn, kiuj funkcios", li diras. "Venontfoje vi kuŝu sur mi. Aŭ sidu rajde."

"Mm."

Li jam preskaŭ endormiĝis, sed subite la rido replenigas lin.

"Do, ĉu vi estas retro-piĉa..."

Ili subridadas kune kaj alterne kaj poste turnas sin ĝis ili ambaŭ trovas komfortan pozicion por dormi.

Nun li povas denove partopreni en la sabata porvjetnama deĵorado, ĉar li laboras nur ĉiun duan sabaton. Tamen malfacilas plani ion, ĉar li ne scias antaŭe, kiun sabaton li estos libera. Li devas alterni en pluraj poŝtodistriktoj, kaj al ĉiu distrikto apartenas unu vespera deĵorado en specifa semajntago, kaj krome la sabato de para aŭ nepara semajno.

La porvjetnama aktivado iom malkreskis, kaj nur malofte aperas novulo por aliĝi al la grupo. Tamen la milito daŭras en la tuta Hindoĉinio. La Nacia Liberiga Fronto kaj la Ruĝaj Kmeroj prosperas. Unuafoje oni povas esperi, ke ambaŭ landoj estos tute liberigitaj en relative proksima estonteco.

Li jam estas grupano de preskaŭ kvar jaroj. Iutage li ekhavas la ideon verki rakonton pri la laboro kaj la agadoj, en kiuj li partoprenis. Krome li priskribas, kiel tiu laboro laŭ li kontribuis turni la publikan opinion. Poste li sendas la tekston al la Popola Bildgazeto. Li mem trovas, ke la tono de la artikolo iĝis iom tro naive optimisma kaj propaganda, sed li pensas, ke kredeble oni aprezos ĝuste ion similan.

Post kelkaj semajnoj li ricevas respondan leteron. Oni skribas, ke oni ja interesiĝas pri ĝi, sed ke li mallongigu la tekston je duono kaj ne priskribu la stratan deĵoradon tiel detale sed koncentriĝu pri la rezultoj. La tonon oni ne komentas, do supozeble ĝi estas bona.

Ege pli malfacilas koncizigi la artikolon ol dekomence verki ĝin, sed fine li povas sendi novan version, kaj en marto ĝi aperas en la gazeto. Estas grandioze vidi ĝin presita kun la subskribo Roger Karlsson. Ĝi estas ilustrita per du fotoj kredeble faritaj en Stokholmo, sed tio ne gravas. Li supozas ke ĉiuj konatoj jam legis ĝin kaj komentos, ĉu kritike, ĉu laŭde, sed eĉ ne unusola persono diras ion proprainiciate. Kiam li montras la artikolon, oni ja admiras ĝin, sed li sentus pli bone se ne necesus almozi pri tio.

Veronika volas ke li verku pri novaj taskoj de la porvjetnamaj aktivuloj, pro la nova monda situacio kun du agresemaj superpotencoj, sed li havas aliajn planojn. Ekologiaj demandoj jam pli kaj pli aktualiĝas, kaj li ŝatus verki ion pri la ĵus konstruita ponto al Oelando kaj la kreskanta trafiko kiel danĝero al la vundebla natura pejzaĝo de la insulo. Fakte li ne havas verajn sciojn pri tiu temo, sed li intencas pridemandi aliulojn kaj poste surpaperigi ion.

La gepatroj de Veronika jam de kelka tempo postulas renkontiĝi kun Roger. Li mem tute ne kontraŭas tion. Li daŭre restas surprizita, ke okazis tiel bone, kiam ŝi renkontis lian familion. Sed ŝi prokrastas la aferon tiel longe kiel ŝi povas.

"Ili devenas el Hungario kaj estas antikomunistoj. Ili tute ne distingas inter reviziistoj kaj marksist-leninistoj; ili tutsimple pensas ke komunismo egalas al Sovetunio. Do klopodu ne paroli pri politiko."

Li havas nenian intencon paroli pri politiko kun la gepatroj de sia

koramikino. Li apenaŭ eĉ faras tion kun siaj propraj. Ŝia panjo kaj
paĉjo fuĝis aŭtune 1956 kaj hazarde venis en Svedion. En la posta jaro
naskiĝis Veronika.

"Mia patro havis pli junan fraton", ŝi daŭrigas. "Li estis mortpafita
surstrate, kiam Sovetunio okupis Hungarion."

Roger jam konas la invadon en Ĉeĥoslovakion en 1968, sed li eĉ ne
scietas, kio okazis en Hungario kiam li estis nur dujara.

Ĉiuokaze nun estos dimanĉa vespermanĝo ĉe la familio Halász.
Kiel kutime Veronika tranoktis ĉe Roger, kaj ili kune biciklas al la
vicodomo ĉe la strato Fjärilsvägen, kie oni fone aŭdas trafiksonojn
de la ŝoseo al la Oelanda ponto. Veronika malfermas per ŝlosilo kaj
ili eniras.

"Ne demetu la ŝuojn", ŝi diras kaj tiras lin en la kuirejon, kie la
patrino staras ĉe la forno.

"Ho, bonvenon Roger", diras la patrino. "Tre plaĉas ke vi venas."

Ŝi parolas kun mola akĉento kun longaj vokaloj kaj tuj transiras al
ia hungarlingva diraĵo direktita al Veronika.

"Li certe ŝatas", ŝi respondas svede. "Vi ŝatas spicitan manĝon, ĉu
ne, Roger?"

"Mi pensas ke jes."

"Bone. Ni eniru al Paĉjo."

La patro sidas en la salono, televidante kun cigaredo enbuŝe. Li
stumpigas ĝin, stariĝas, alpaŝas por malŝalti la televidilon, premas la
manon de Roger kaj kisas la vangon de Veronika.

"Bonan tagon. Vi estas poŝtisto, diras la filino."

"Jes, vi pravas."

"Vi kiom jaroj?"

"Eeh... Ĉu kiom mi aĝas?"

"Ne. Vi laboras kiom jaroj?"

"Aha. Unu kaj duonon. Sed mi kromlaboris tie jam dum la
gimnazia tempo."

"Bone, bone. Devas labori. Perlabori. Sed eduko estas grava
ankaŭ."

Li havas pli fortan akĉenton ol lia edzino sed parolas pli rapide. Li
vokas ion al la edzino, kiu respondas, poste li iras ĝis la ŝtuparo, krias
ion al la supra etaĝo kaj ricevas respondon de tie. Baldaŭ du dekjaraj
knaboj zigzagas malsupren.

"Oni multe krias en ĉi tiu domo", diras Veronika. "Jen miaj fratoj
Attila kaj Béla. Ili estas ĝemeloj, kiel vi eble vidas."

Ili salutas Roger-on, dum li cerbumas pri kiel iu ajn povas ekhavi la ideon nomi sian ĵus naskitan bebon Attila. Sed nun la patrino alportas vaporantan supujon. La tablo jam estas primetita, kaj oni sidiĝas dum certa tumulto. Unue Roger estas lokita ĉe mallonga flanko de la tablo, kaj per tio la ordo ŝajne estas perturbita, ĉar pasas iom da tempo ĝis ĉiuj interkonsentas kie sidi.

La supo montriĝas esti fiŝosupo kun gusto de citrono, kaj ĝi ne estas akre spicita.

"Ni ŝatas fiŝosupon, ĉar nia nomo signifas fiŝisto", diras la patro.

Veronika ĝemas sed diras nenion.

"Ĉu? Nu, ĝi tre bongustas", diras Roger post la unua kulero.

Plue oni manĝas viandoraguon el ripaĵo kaj saŭrkraŭto. Ĝi gustas je karvio kaj io alia, kio pli kaj pli akriĝas dum li manĝas. Li trinkas akvon kaj vinon kaj manĝas de la ricevita kukuma salato kun acidkremo, tamen liaj lipoj kaj lango brulas.

"Ĉu ĝi estas akra?" diras Veronika. "Prenu panon!"

Li faras kiel ŝi proponas kaj manĝas el la blanka pano.

"Panjo, vi devus uzi malpli da papriko", diras unu el la knaboj svede.

"Mi uzis malpli", respondas la patrino kaj aldonas ion hungare.

Roger manĝas pli multe el la viandaĵo. Li tamen toleras ĝin kun aldona pano.

"Ĝi bongustas", li diras. "Mi simple ne tre kutimas, sed tio estas en ordo."

"Ni uzas multe paprikon", diras la patrino. "Kiam ni venis al Svedio, ne estis en la butikoj ĉi tie. Nun estas pli kaj pli. Papriko kaj freŝa kapsiko."

"Sed ĉiam nur unu speco", diras la patro. "Ĉe ni multaj malsamaj, dolĉaj, akraj. Sed ĉi tiu hungara vino estas en la sveda alkoholvendejo. Ĝi signifas la sango de bovo."

"Paĉjo, vi estas tedulo", diras Veronika.

"Ne tedulo. Mi tradukas."

"La vino gustas bonege", diras Roger. "Mi tute ne sciis, ke oni faras vinon en Hungario."

Por deserto oni manĝas patkukojn farĉitajn per ia juglanda miksaĵo. Li jam estas plensata, sed tiuj patkukoj estas pli delikataj kaj delicaj ol tiuj de lia panjo. Li decidas pli malfrue demandi al Veronika, ĉu ŝi scias kiel fari ilin. Ĝuste nun li ne havas forton demandi pri io ajn.

Ŝia averto ne paroli pri politiko estis tute superflua. Neniu ĉi tie volas diskuti politikon. Sovetunio ne estas menciata, kaj eĉ se la geedzoj Halász iam fuĝis de Hungario, ili ŝajne volas paroli nur pri la bonaĵoj de tiu lando.

"Nun ni ankaŭ povas vojaĝi al Hungario en libertempo", diras la patro. "Ni vizitas la familion, la homojn kiuj restas."

Kiam Roger kaj Veronika disiĝas, ili staras dum kelka tempo en la pordo de la domo. Li sentas iel solene kisi ŝin dum la gepatroj staras rigardante en la vestiblo. Sed li devas hejmeniri kaj dormi por havi forton ellitiĝi kaj iri al sia laboro, kaj ŝi devos iri al sia lernejo morgaŭ matene.

"Ĝis baldaŭ", ŝi diras kontraŭ lia kolo antaŭ ol fermi la pordon.

Panjo jam kelkfoje demandis, ĉu li scias kie Göran nuntempe estas, sed de kelkaj monatoj li ne vidis lin. Nun ili ricevas iaspecan klarigon, ĉar du policistoj venas fari kelkajn demandojn al la gepatroj. Ili rakontas, ke oni arestis lin en Malmö pro suspekto pri grava krimo koncerne drogojn.

"Ĉu li do vendadis drogojn?" demandas Roger.

Tion Panjo ne scias. Nur ke li riskas multon.

"Se li trafos en malliberejon, sendube ĉio tute malprosperos al li", ŝi diras. "Tie li certe ne pliboniĝos."

Roger trovas la fraton ege malproksima en lia vivo. Jam pasis eterno de kiam ili kundividis ĉambron en la apartamento ĉe Tegelviksvägen, akuzante sin reciproke, ke unu difektis aŭ perdis aĵojn de la alia. Kaj eĉ pli da tempo pasis de kiam li klopodis postsekvi sian pliaĝan fraton tien-reen en la kvartalo, tra la arbaraĉo foren al la rubejo, preter la juniperaro ĝis la dometo de migruloj. Li ne povas bone imagi sian fraton en aresteja ĉelo en Malmö.

Pasas semajnoj, kaj li plu klopodadas pri sia planita artikolo pri la medio de Oelando. Kolekti materialon kaj renkonti la ĝustajn homojn rabas multe da tempo. Sed meze kaj fine de aprilo la evoluo en Hindoĉinio kaptas lian tutan atenton. Unue la Ruĝaj Kmeroj konkeras Pnompenon, kaj poste la Nacia Liberiga Fronto kaj Norda Vjetnamio konkeras Sajgonon. Lon Nol kaj Nguyễn Văn Thiệu fuĝas kune kun siaj fideluloj kaj la lastaj usonaj konsilantoj. La unua de majo iĝas grandega festo por la venko de Hindoĉinio. La longdaŭra kaj kruela vjetnama milito finiĝis! Roger trovas tion kvazaŭ malreala. Al kio li nun dediĉu siajn liberajn horojn, siajn pensojn, la diskutojn kun la kamaradoj? Li ja ne povas bedaŭri, ke la milito estas gajnita. Tamen li sentas sin iel forlasita.

La porvjetnama grupo komencas dissplitiĝi relative frue post la liberiĝo de Sajgono kaj la fino de la milito. Tio estas natura, li pensas. La celo de la unueca fronto estas atingita. Oni devus plu jubili surstrate, kiel oni faris en la unua de majo. Tamen li sentas ĉefe malĝojon. Li havas pli-malpli ĉiujn siajn amikojn en la grupo. Kelkaj el ili estas engaĝitaj en aliaj politikaj organizaĵoj, kaj ili nun plu laboros pri aliaj demandoj. Por la ceteraj, kiel Roger, necesos trovi ian novan celon de la vivo. Samtempe tio tamen ŝajnas ne tro urĝa. Li nun pasigas grandan parton de sia libera tempo kun Veronika. Li estas sufiĉe kontenta pri la vivo, kia ĝi estas.

Alvenas somero. En la julia libertempo la familio Halász vojaĝas al siaj parencoj en Hungario, kaj memkomprenelbe Veronika akompanas ilin. Li trovas tion iom elreviga, sed se pensi pli funde, estas oportune. Ĉar li mem estas firme dungita nur ekde oktobro en la antaŭa jaro, li rajtas nur je semajno kaj duono da pagita libertempo. Dum tiuj tagoj li restas enurbe kaj dediĉas sin al sunbanado kaj naĝado. Pli frue tiaj aferoj neniam tre logis lin, sed nun ŝajnas vera lukso esti libera kaj povi ripozi dum pluraj tagoj senĉese. Li apenaŭ povas memori, kiam li lastfoje estis libera dum tiom da tempo.

Krome la somera vetero estas nekutime bela, kaj li kontaktas Carina-n por proponi banekskurson kun Johanna.

"Sciu, Roger, mi ne povas esti en la suno. Mi tuj ruĝiĝas kvazaŭ kuirita kankro."

"Tamen vi povus sidi en ombro kaj enakviĝi de temp' al tempo, ĉu ne?"

"Ne, dankon. Krome Johanna estas ĉe siaj geavoj dum la semajn-fino. Sed ĉu vi estos libera lunde?"

"Jes. Mi libertempos ĝis inkluzive merkredon."

"Vi povus lunde fari banekskurson kun Johanna. Tio estas, nur vi duope. Ĉu vi volas tion?"

Li iom konsterniĝas. De pluraj monatoj li ne renkontis sian filinon, kaj nun li sola zorgos pri ŝi. Li ne faris tion post kiam ŝi estis bebeto.

"Kion do vi mem faros?" li demandas.

"Nu, mi bezonas iom da seninfana tempo. Mi prizorgas ŝin dudek kvar horojn, sep tagojn semajne, ĉu ne?"

Lunde li pakas ĉion, kion li supozas bezonata, kaj biciklas al la hejmo de Carina. Ŝi jam pakis kaj aranĝis la infanĉaron, kaj Johanna sidiĝas en ĝi senproteste. Tuj antaŭ ol ili ekiros, iu nekonata junulo elvenas el la dormoĉambro.

"Kiel longe ili estos for?" li demandas Carina-n.

"Kion vi pensas?" ŝi diras al Roger.

"Mi ne scias. Kelkajn horojn, se plaĉos al ŝi."

Li paŝas ĝis la junulo kaj etendas la manon.

"Saluton. Mi estas Roger."

La ulo kaptas lian manon malfirme dum momento.

"Mi scias."

"Ĉu tiel vi nomiĝas?" diras Roger. "Nekutima nomo."

"Nun ne kverelu", diras Carina. "Zorgu, ke ŝi trinkas akvon kaj ne tro longe restas en la suno."

"Certe. Ĝis poste."

Li paŝas tra la fiŝista haveno, trans la kanaleton kaj plu ĝis la plej proksima strando. Tie estas kaj suno kaj ombro, kaj iom da sablo, kie Johanna povos ludi. Li demetas ŝiajn vestaĵojn kaj vindaĵon kaj sidigas ŝin apud la akvorandon. La sunĉapelon ŝi plu surhavas. Ŝi tuj ekbatadas la akvon per ambaŭ manoj kaj sia fosileto, tiel ke li mem povas ŝanĝi al banŝorto. Ĉi tio ja pasos bone, li pensas.

Iom poste li ekvidas, ke ŝi fekis sur la sablon. Kiel nun fari? Li trovas malplenan plastsakon, forprenas de ŝi la fosileton kaj uzas ĝin por fosi sablon kaj fekaĵon. La familioj ĉirkaŭe rigardas lin malŝate, sed neniu diras ion. Poste li portas ŝin iom flanken surstrande, ĉerpas akvon mane por laŭeble lavi ŝian postaĵon dum ŝi kriegas, kaj poste li iras por forĵeti la feksakon en rubujon kun Johanna surbrake. Li iom lavas la fosileton kaj redonas ĝin, kio trankviligas ŝin. Fu! Ĉu devas esti tiel komplike?

Horon pli malfrue ŝi kuŝas en la ombro dormante sur plejdo, tiel ke li povas iomete naĝi. Li kuraĝas fari nur mallongan naĝadon, en la okazo ke ŝi vekiĝos, sed ŝi plu dormadas kelkan tempon post kiam li revenas. Finfine vekiĝinte, ŝi jam estas malsata kaj ricevas buterpanon kaj bananon. Estas pena tasko malhelpi al ŝi manĝi tigojn kaj lignerojn kaj aliajn terajn rubaĵetojn kun la manĝaĵo, kaj li komprenas, ke li mem devintus manĝi dum ŝi dormis. Sed postmanĝe ŝi estas en bona humoro, kaj ili vetkuradas laŭ la akvorando tiel ke akvo ŝprucas sur ĉiuj ĉirkaŭantoj.

"Panjo bano!" ŝi poste opinias.

"Ne, Panjo estas hejme. Paĉjo kaj Johanna banos sin!"

"Panjo bano!"

Li timas, ke ŝi ekploros dezirante Panjon, sed ŝi ŝajnas kontenta, kiam li portas ŝin al iom profundeta akvo kaj mergas ŝin ĝiskole tiel ke ŝi ride spirhaltas.

"Hanna bano!"

"Jes ja, Johanna banas sin kun Paĉjo."

Li surpriziĝas, ke ŝi estas tiel konsentema kaj akceptas lin, kvankam ŝi tute ne konas lin. Unue ŝi malĝojas pro io, sed poste ŝi reĝojiĝas. Dum kelka tempo ŝi amuziĝas kun granda ruĝa formiko rampanta sur ŝia kruro. Poste ŝi ploras, kiam ĝi pinĉas ŝin. Ili refoje banas sin kaj manĝas ankoraŭ iom. Li memoras, ke ŝi devas multe trinki, kaj donas al ŝi la suĉbotelon kun akvo. Ŝi kaptas ĝin kaj mem grimpas por sidiĝi en la ĉareton. Li supozas, ke tio signifas ke ŝi volas hejmeniri, do li kolektas iliajn aferojn kaj vestas sin. Sed kiel fari pri ŝiaj vestaĵoj? Li ja ne povas havi ŝin nudan en la ĉaro reirante.

Fine li sukcesas surmeti al ŝi ĉemizon kaj vindaĵon iom oblikve. Tio devas sufiĉi. Ŝi ŝajnas preta endormiĝi en la ĉaro, do li metas bantukon super ĝi kaj repaŝas al la strato de Carina. Li esperas, ke ŝi kaj la junulo ne estos plene okupataj, kiam li alvenos por liveri Johanna-n. Sed ekzistas neniu eblo averti antaŭe. Cetere li jam forestas kun Johanna de preskaŭ kvar horoj, kaj tio ja devus sufiĉi.

Veronika revenas al Svedio sunbrunigita kaj lentuga. Ŝi ne havas multe por rakonti pri la vojaĝo. Ili vizitis amason da parencoj, kaj ĉiuj devis ricevi donacojn el la okcidento. Ŝi diras, ke ŝi hontis pri tio sed ne povas bone klarigi kial.

"Ili estas frenezaj pri aĵoj el okcidento kaj pensas, ke ĉiuj ĉi tie estas riĉuloj."

"Ĉu vi ne havis problemon kun la aŭtoritatoj?" demandas Roger. "Tio estas, viaj gepatroj ja fuĝis de tie."

"Ne estas grava problemo. Nu, kompreneble tio dependas, sed por ni estas sufiĉe sekure. Ankaŭ la reĝimo volas, ke oni alportu valuton."

Ŝi jam pli frue multe societumis kun homoj el la maŭista partio, kaj nun ŝi efektive aliĝas al ĝi. Precipe plej gravas al ŝi la minaco de Sovetunio. Tion ŝi havas komune kun siaj gepatroj. Ŝi eĉ pli maltrankvilas ol ili. Roger trovas tion iomete komika, sed li evitas diri tion.

"Vi ne rajtas mencii al iu ajn, ke mi estas partiano", diras Veronika aŭtune post kiam oni akceptis ŝian aliĝpeton.

"Ĉu vi hontas pri tio?"

"Ne stultumu. Tio estas parto de la sekureclaboro. Ĉu vi imagas kio okazos, se Sovetunio okupos Svedion? KGB transprenos la arkivojn kaj registrojn de la Sekureca Polico kaj de IB."

Li memoras siajn diskutojn kun Göran antaŭ multaj jaroj kaj volas moki ŝin per lia diraĵo pri H-bombo sur la kapon. Sed kompreneble ne indas ankoraŭ pli inciti ŝin.

"Bone, mi ne klaĉos", li diras anstataŭe. "Sed ĉu vi certas, ke mi ne estas KGB-agento?"

Responde Veronika nur paŭte elsnufas.

La estonta milito ne estas la sola afero, kiu maltrankviligas ŝin. Kiam jam pasis parto de la aŭtuna semestro, ŝi komencas malbonfarti en la lernejo kaj ofte diras, ke ŝi elektis malĝustan programon. Alifoje ŝi trovas malbone entute studi en la gimnazio.

"Mi devus ekhavi laboron en ia fabriko kaj aktivi en la sindikato. Tie mi estus pli utila ol kiel ridinda gimnazia inĝeniero."

"Se vi havas la ŝancon eviti fabrikan laboron, prenu ĝin", diras Roger. "Tia laboro ne estas amuziĝo."

Fakte li apenaŭ havas propran sperton de tio. La sola fojo, kiam li proksimiĝis al fabriklaboro, estis la giganta pizodraŝilo sur la asfalta ebeno de Kalmar Läns. Sed li oftege aŭdis la litaniojn de sia patro. Kaj li memoras la mallongdaŭrajn fabriklaborojn de Carina.

"Vi sonas precize kiel mia patro", diras Veronika. "Sed kiuj do laboru pri la produktado?"

Li ne volas diri, ke la sveda industrio nun serĉadas laboristojn en Grekio kaj Jugoslavio. Ambaŭ ŝiaj gepatroj estas industriaj laboristoj, ŝia patro en fabriko de hejtiloj, la patrino en la urba laktofabriko. Li neniam eksciis, pri kio ili laboris antaŭ ol forlasi Hungarion.

Göran estis liberigita el la arestejo post du semajnoj, kaj Roger jam forgesis la tutan aferon. Sed en septembro okazas juĝproceso en Malmö. Panjo vojaĝas tien por ĉeesti, kaj poste ŝi telefone raportas.

"Tie estis pluraj timigaj tipoj, kiuj ankaŭ estis akuzataj, sed ili ricevis nur kelkajn monatojn. Al Göran oni donis jaron. Mi ne komprenas, kiel oni juĝas."

"Eble li havis pli da drogoj enpoŝe ol la aliaj, kiam ili kaptiĝis", supozas Roger.

"Nu, mi ne scias. Sed mi demandas min, kiel li eltenos ĉi tion. Göran ne estas tia fortulo, kiel li volas ŝajnigi."

"Kie li plenumos la punon?"

"Mi ne scias. Kompreneble ne ĉi-urbe. En la malliberejo ĉi tie kredeble troviĝas nur veraj friponoj."

Veronika tamen ne kuraĝas ĉesi pri la lernejo, kaj tio certe ŝuldiĝas ĉefe al la postuloj de ŝia patro. Sed ŝi malbonfartas dum ŝi restas, kaj en februaro ŝi denove konsultas la lernejan kuraciston. Ĉi-foje ŝi venas de li kun preskribo pri benzodiazepina trankviligilo. Roger ne scias, kiel ofte ŝi uzas tiujn tablojdojn, sed li ofte vidas ŝin enbuŝigi unu en la dimanĉa posttagmezo, kiam kaptas ŝin maltrankvilo pri la lundo kaj la lernejo, kaj estas tempo por ŝi hejmeniri. Tion li cetere trovas ne tre stranga. La semajnfinoj finiĝas ege tro rapide, kaj li mem sentas ioman malbonfarton pensante, ke li devos baldaŭ ellitiĝi frumatene en la lundo. Por li tio ĉiam pasas, kiam komenciĝas la laborsemajno, sed evidente ne estas same por ŝi.

Panjo provas persvadi lin, ke li vojaĝu al Skanio por viziti Göran en lia malliberejo. Sed li ne komprenas, kian bonon li farus per tio. Se ili iam ajn havis ion komunan, nun tio jam definitive pasis. Lia pli aĝa frato estas absoluta fremdulo, kaj kiel li plu prosperos en la vivo troviĝas longe for de la influpovo de Roger.

Ŝi klopodas venigi kun si ankaŭ Paĉjon, sed li rifuzas, do ŝi iras tien sola. Tamen restas neklare, kiel Göran efektive vivas en la malliberejo. La sola afero, kiun Roger komprenas el la postaj litanioj de Panjo, estas ke li frostas. La barako laŭdire ne estas bone izolita, kaj la skania vintra vento turmente trablovas ĝin, se kredi je ŝi.

Ĉi-urbe tamen venas printempo. Roger plu laboradas kiel antaŭe kaj baldaŭ povas interŝanĝi la vintran uniformon al pli malpeza somera variaĵo. Sed Veronika ŝajne pli kaj pli malbonfartas. Ŝi ne plu restas ĉe li ĉiun semajnfinon. Li supozas, ke ŝi plu glutas siajn trankviligajn tablojdojn, kaj li suspektas, ke tio okazas pli kaj pli ofte.

"Ne estas bone manĝi tiajn regule", li diras iun dimanĉon.

"Mi devas havi ilin. Estus pli bone se mi povus ĉesi pri la kontraŭkoncipaj. Mi pensas ke ne estas bone longe glutadi ilin. Krome mi dikiĝas pro ili."

"Vi tute ne. Ili ja estas por ne dikiĝi."

"Ne ŝercu. Ili forprenas la emon je seksumado."

"Tion mi ne rimarkis."

La vero estas, ke ŝi iom plipeziĝis, sed tio ne estas problemo, laŭ lia kompreno. Kaj ŝi ja iniciatas kunestadon iom malpli ofte ol antaŭe, sed ŝi neniam rifuzas, kiam li volas, do ankaŭ tio ne ĝenas lin. Laŭ li ili havas bonan vivon kune kaj li tute ne komprenas, kio malkontentigas ŝin en ilia interrilato.

Meze de junio li ekkomprenas. Ili planis tendumi en Oelando dum la Somermeza festo. Sed iom pli ol semajnon antaŭe ŝi nuligas tion kaj rakontas, ke ŝi anstataŭe festos Somermezon kun kelkaj maŭistaj amikoj. Kaj en la sekva semajno ŝi telefonas por sciigi, ke ŝi ne povos veni al li kiel kutime en la sabato. Ŝi ne volas diri kial, sed tio estas evidenta. Ŝi tediĝis de li.

9

Aŭgusto plu restas varma, kaj li ofte sidas skribante en eksterdomaj kafejoj, ĉar la apartamento ŝajnas bakforno kun varmego konservata de la betonaj muroj. Unutage Gunilla telefonas ĝuste kiam li kunfaldis la teko-komputilon por gluti bieron kaj rostitan sandviĉon sub apudrivera tilio.

"Panjo malsanas", ŝi diras jam antaŭ ol li havas tempon haloi. "Oni sendis ŝin ambulance al Oskarshamn, kaj mi nun survojas tien."

"Kio do okazis?"

"Oni ne scias. Ŝi falis kaj perdis la konscion. Povus esti cerba hemoragio."

Li provas pensi, sed la varmego eĉ en la duonombro sub arbo malrapidigas la cerbon. Li prenas kelkajn glutojn de la biero.

"Mi komprenas. Ĉu vi opinias, ke mi venu tien?"

"Tion vi devas mem decidi. Sed supozeble ne estas multe pli longa vojo por vi ol por mi. Kaj vi ja havas liberajn tagojn."

Li ne trovas inde diskuti kun sia fratino, kiom liberaj estas liaj tagoj. Li ankaŭ ne demandas, ĉu ne plu estas someraj ferioj por instruisto de popola altlernejo, nek kian utilon li faros al Panjo, se ŝi ne estas konscia.

"Mi komprenas", li diras refoje. "Do mi aŭtos suden. Ĉu vi scias, kien oni portis ŝin?"

"Ien en la hospitalon de Oskarshamn. Ĝi ne estas grandega, sed ni devos demandi pri la sekcio. Mi ankoraŭ atingis nur duonvoje al Vetlanda."

"Bone. Do ni renkontiĝos surloke, kaj tiam ni vidos kiel ŝi fartas."

Oni prezentas lian sandviĉon. Li prenas ankoraŭ du glutojn da biero sed poste forŝovas la glason kaj iras alporti akvon. Ĉu li kalkulu kun tranoktado, kaj se jes, do kie? Li decidas paki la dentbroson kaj purajn subvestojn. Li manĝas sian sandviĉon, ĵetas rigardon al la preskaŭ plena glaso da biero kaj paŝas hejmen.

Dum la du liberaj semajnoj li verkis multe, kio komprenable estas memkontraŭdiro. Sed tio, kion li taskis al si, ne prosperis. La fadeno, la gvidmotivo, la gluo kiu kuntenu la tutaĵon, ne konkretiĝis. Ankoraŭfoje li devos kontakti la eldonejon por sciigi, ke lia manuskripto venos eĉ pli malfrue. Unuafoje kaptas lin dubo, ĉu la projekto sukcesos. Ĉu li devintus plani la laboron same kiel pri la krimromanoj, en kiuj li ĉiam unue konstruis la ĉefan intrigon kaj la solvon por poste kvazaŭ tegi, maski kaj kamufli ĝin? Tio ŝajnus prudenta rezonado. Sed iel li tamen sentas certecon, ke ĉi-okaze tio estus erara metodo. Ĉi tiu romano devas eliri el la materialo. Ĝia senco ne estas elpensebla, ĝi devos esti elverkata. Kaj apenaŭ ekzistas ia solvo, de kiu li povus ekiri. El kio ĝi konsistus? La solvo de lia vivo – ne, nenio tia ja ekzistas.

La ideo de Annika, ke dum la libertempo li kaj Felix pli proksimiĝu unu al la alia, apenaŭ realiĝis. Tio ne surprizas lin, nek tro ĝenas lin. Proksimume en la aĝo de Felix liaj propraj filoj komencis aperi pli kaj pli foraj, kvankam tiam li ankoraŭ renkontadis ilin ofte kaj regule. Li supozas, ke tio estas relative natura afero, kiu okazus eĉ se ili vivus kune. Kaj cetere, kiel do estis en lia propra kazo? Laŭ lia memoro li malproksimiĝis de ambaŭ gepatroj en la aĝo de dek kvin ĝis dek ses jaroj. Tiam li preferus havi kontakton kun tute aliaj homoj – ekzemple la plej belaj knabinoj de la naŭa klaso, kiujn ĉiuj knaboj deziris, kaj pri kiuj li povis nur fantazii defore.

Cetere li ne povas memori, ke li iam ajn estis proksima al sia patro, sed kun Panjo li havis bonan kontakton proksimume ĝis li atingis la aĝon de Felix. Poste ŝi malgraviĝis. Eble Annika nun intuas ion similan kaj volas kompensi tion per kroma vicpatro, kvankam Felix ja sufiĉe ofte renkontadas sian patron.

La hospitalo de Oskarshamn situas en facile atingebla loko proksime de la ŝoseo E22. Li trovas informan tablon ĉe la granda enirejo. La virino trans la tablo kapjesas, kiam li demandas pri sia patrino.

"Jes, mi esploris pri ŝi antaŭ kelka tempo por alia parenco. Ŝi troviĝas en la sekcio 40, do vi paŝu en tiu direkto kaj poste sekvu la indikojn."

Li trovas la sekcion kaj restas kelkan tempon apud la ejo de la sekcia ĉefflegistino, atendante ke iu venu tien. Ĉar neniu vidiĝas, li malrapide paŝas tra la koridoro kaj kaptas la unuan dungiton aperantan.

"Pardonu, mia patrino ĵus alvenis ĉi tien. Solbritt Karlsson."

"Bone, ŝi devas esti la novulo de la sesa, jen maldekstre."

Li eniras la ĉambron kaj trovas Gunilla-n, kiu sidas ĉe lito kun sia mansaketo surplanke apud si. Enlite kuŝas maljuna virino, kiun li apenaŭ rekonus, se Gunilla ne sidus tie. Tamen pasis nur tri monatoj de kiam li vizitis Panjon en Virserum.

"Saluton, kiel statas? Ĉu vi eksciis ion?"

Gunilla turnas sin al li kaj kapneas senenergie. Ŝi ne stariĝas de la seĝo.

"Preskaŭ nenion. Ili faris tomografion de la kapo, sed la rezulto ankoraŭ ne venis."

"Sed ĉu oni scias, kio okazis?"

"En la demenculejo oni diris, ke ŝi falis. Ŝi ekstaris el la rulseĝo kaj falis planken. Ŝia kapo trafis la plankon, oni supozis. Sed oni ne sciis, ĉu ŝi senkonsciiĝis pro la bato al la kapo aŭ ĉu ŝi falis ĉar ŝi svenis aŭ kio efektive kaŭzis kion. Sed ni certe baldaŭ aŭdos pri la radiografio."

"Ĉu ŝi vere povas tiel stariĝi? Ĉu ŝi ne estas..."

Li volas diri ligita, sed poste li ekpensas, ke tio ne eblas.

"Ŝi ja kapablas paŝi", diras Gunilla. "Nu, kapablis, helpe de la rulapogilo."

"Kiam vi renkontis ŝin lastfoje?"

"Sabate. Kaj tiam ŝi estis kiel kutime. Ŝi plendis, ke vi neniam venas viziti ŝin."

"Kaj kiam mi estis tie, ŝi diris ke vi neniam venas. Sed Göran ĵus vizitis ŝin, laŭdire."

Gunilla ĵetas al li rigardon sed ne komentas tion. Li rigardas ĉirkaŭ si en la ĉambro. Staras kvar litoj en ĝi, el kiuj du malantaŭ ŝirmiloj. Li videtas mezaĝan paron apud la lito ĉe unu el la ŝirmiloj. La aero en la ĉambro estas varma kaj plena de miksitaj odoroj, kiujn li ne povas identigi, krom leĝera odoro de urino. Li denove rigardas sian patrinon. Strange, ke ŝia vizaĝo povis tiel perdi la konatajn trajtojn. La okuloj estas fermitaj kaj la buŝo duone malfermita. Unu brako kuŝas faldite sur la litkovrilo, la dua ne videblas. Surmane sidas eta plastaĵo, kiun oni supozeble uzos ĉe injektado aŭ pogutado, sed momente nenio estas alkonektita. Li klinas sin antaŭen kaj glatumas la manon de Panjo.

Tiel ili sidadas dum sufiĉe longa tempo. Panjo spiras kviete sed cetere ne moviĝas. De la alia vizitanta duopo aŭdiĝas mallaŭta murmurado. Sur la lito sen ŝirmilo kuŝas virino leganta libron. Li trovas la kovrilan bildon iel konata sed ne povas distingi la titolon.

"Do, kiel fartas Willy kaj la knabinoj?" li diras turnante sin al Gunilla.

Ŝi iom suspiras.

"Bone, laŭ tio kion mi scias."

"Kaj la genepoj?"

"Ili estas viglaj, kiam mi renkontas ilin, plej ofte. Ĉu iuj aperos al vi?"

"Kredeble ne. Kaj tio sendube estas bonŝanca. Daniel ŝajne vivas por sia rokbando. Kaj Emil loĝas en kelo kun sia koramikino. En la domo de ŝiaj gepatroj. Nur provizore, kompreneble."

"Ĉu vere? Nu, nia lando iĝis sufiĉe stranga loko."

"Kiel pasas via laboro?" li diras. "Ĉu vi ne planas baldaŭ emeritiĝi?"

"Mi estos duona emerito ekde nun, kiam la semestro komenciĝos."

"Bone. Nu, tio sendube estos agrabla, ĉu ne?"

Flegistino alpaŝas kaj stariĝas apud ili.

"Ni jam ricevis respondon de la radiologia sekcio", ŝi diras. "La doktoro rigardos ĝin tuj kiam ŝi povos, kaj poste ŝi certe venos rakonti kiel tio aspektas."

"Bone", diras Roger. "Sed ĉu vi ne legis la respondon?"

"La doktoro zorgos pri tio."

La flegistino klinas sin super la patrino kaj observas ŝin dum kelkaj sekundoj. Poste ŝi plupaŝas al la aliaj pacientoj de la ĉambro.

"Jen vera hierarkio", Roger diras duonlaŭte al Gunilla. "Kaj vaka informo. Oni ricevis respondon sed ne malkaŝas ĝin."

Pasas ankoraŭ horo ĝis kuracisto aperas por sciigi, kion oni eksciis.

"Ŝajnas ke Solbritt havis etan cerban hemoragion. Poste okazis sangelfluo ankaŭ pro la falo, sed malfacilas diri kio kaŭzis kion. Ni simple devos atendi kaj teni ŝin sub observado. Ĉiuokaze ĝuste nun estas nenio akuta, sed post kelkaj horoj aŭ morgaŭ ni eble scios pli multe."

Ŝi ne atendas demandojn sed pluiras al la dua paciento kun vizitantoj.

"Kiel vi faros?" diras Roger al Gunilla, kiam la kuracisto jam foriris. "Ĉu vi hejmeniros aŭ restos?"

"Mi volas resti ĝis morgaŭ por aŭdi kion oni diros, aŭ sperti ĉu okazos io. Ĉu veturi tien-reen? Ne, mi restos ĉi tie. La distanco hejmen estas cent kvardek kilometroj. Kaj por vi sendube same multe."

"Cent okdek. Ni povus rezervi hotelĉambron."

Ŝi cerbumas dum momento.

"Tio eble estus utila. Ni povus alterni ĉi tie."

"Mi aranĝos tion."

Li forlasas la sekcion kaj poŝtelefone serĉas hotelon en Oskarshamn. Poste li rezervas ĉambron en hotelo Oscar. Estas agrable eliri el la malsanula ĉambro dum kelka tempo kaj iom moviĝi. Li iras kelkajn paŝojn tien-reen tra la koridoro.

"Ĝi estas rezervita", li diras revenante. "Mi iros aĉeti ion por trinki. Ĉu mi akiru ion por vi?"

Ŝi viŝas al si la okulojn.

"Mineralakvon."

"Ĉu kun specifa gusto?"

"Naturan, mi petas."

Ili veturas unu post la alia, ĉiu per sia aŭto, por enskribiĝi en la hotelo. Ili ricevas ĉambron obskure brunan sed relative grandan, kiu odoras je io plasta. Li malfermas la fenestron por enlasi iom pli freŝan aeron, kvankam certe ne estos malpli varme pro tio.

"Mi ŝatus iom manĝi kaj ripozi", ŝi diras. "Ĉu vi povas sidi ĉe ŝi dum kelka tempo?"

"Certe. Sed ne necesas estadi tie senĉese. La kuracisto diris, ke ne estas akute."

"Nu, sed ni ĉiuokaze ja estas ĉi-urbe."

"Mi povas sidi tie, sed unue ankaŭ mi bezonas ion manĝi. Sed ĉu vi venos tien nokte?"

"Se mi rajtos ripozi nun, mi povos veni je noktomezo kaj resti ĝis matene."

Ili elektas la unuan trovitan manĝejon, restoracion de picoj kaj pastaĵoj proksime de la haveno. Ŝi sidas ĉe sia pastaĵo kun funga saŭco kaj li ĉe sia lasanjo, kiam sonoras lia poŝtelefono. Estas Johanna. Li volas peti, ke li povu telefoni post kelka tempo, sed li neniam havas okazon.

"Pardonu ke mi denove telefonas", ŝi diras, "sed estas krizo. La nova bakforno alvenis, sed kiam oni komencis munti ĝin montriĝis, ke la malnova fundamento estas tro malforta. Mi devos masoni tute novan kadron, tio estas masonigi ĝin, ĝustadire. Do ĉi-momente ĉio ĉi tie plene haltis."

"Mi komprenas", diras Roger, stariĝante ĉe la tablo. "Tio sonas kiel vera problemo. Sed ĉu vi trovis iun metiiston por plenumi tion?"

Li paŝas direkte al la vestejo por ke Gunilla ne aŭdu la tutan interparolon.

"Jes, mi trovis. Sed reaperis la sama problemo denove. Nun mi jam tute ne havas enspezojn. Nenion vendeblan. Do Monique devas pagi mian panon, sed la laboron pri la bakforno ŝi ne povas pagi ĝuste nun. Ŝi ne disponos tiom dum kelkaj monatoj."

"Bone, mi komprenas. Pri kiom temas?"

"Tridek mil, supozis la masonisto."

"Diable. Ĉu por masoni fundamenton de la bakforno?"

"Jes, sed temas pri la tuta muntaĵo. La ĉirkaŭa kadro. Mi scias, ke tio estas troa peto, sed mi pensas ke mi tamen devas demandi. Vi vere estis bona kamarado, kiu helpis min pli frue, sed nun tio jam estas kvazaŭ vana."

Kurioze. Aŭdante ŝin diri 'bona kamarado', li tuj vidas antaŭ si Carina-n. Ĉu oni efektive diras tiel nuntempe?

"Mi komprenas", li diras. "Sed aŭskultu, ŝajnas al mi ke ni devus renkontiĝi. Tiam mi krome povos rigardi kiel aspektas la afero, kvankam mi ne tre konas tiajn aferojn. Cetere, ni interkonsentis skribi formalan paperon pri la antaŭa prunto, ĉu ne?"

"Tion mi povas fari kaj sendi al vi. Ĝuste nun mi ne havas tempon renkontiĝi."

"Ĉu ne? Sed vi ja ne povas labori sen la forno, ĉu?"

"Estas tro multe por aranĝi. Mi skribos ŝuldateston al vi, tion mi promesas. Sed ĉu do ne eblas al vi helpi min pri tiu trideko? Ĉar tiuokaze mi povus skribi ĉion sur unu papero."

"Mi devas pripensi la aferon. Ĝuste nun mi havas alian gravaĵon. Mia patrino kuŝas en hospitalo. Sed mi baldaŭ kontaktos vin, eble morgaŭ vespere."

"Nu, tio estus ege bona. Kiel dirite, estas iom akuta situacio. Mi esperas, ke Avino ne estas en danĝero."

Li residiĝas kaj provas silente daŭrigi pri sia malvarmiĝinta lasanjo kun mukeca beŝamelo, cerbumante pri tiu 'Avino'. Tio sonis strange. Ĉu ŝi vere pensas pri lia patrino kiel 'Avino'? Kaj ĉu ekde nun daŭros ĉi tiel, kun ĉiam novaj pruntoj? Tridek mil ne estas granda riĉaĵo, sed li sentas kvazaŭ li kaĉon kuiris, aŭ donis fingron al avidulo, aŭ kiel ajn diras la proverbo.

"Ĉu Emil aŭ Daniel havas problemojn?" diras Gunilla remetante la manĝilojn sur sian malplenan teleron.

"Ne, ĉi-foje temas ne pri la knaboj."

Ŝi ne plu demandas sed simple sidas trankvile kun mieno de iu, kiu scias pli bone.

"Tio estis... mia filino, Johanna."

Ŝi ne reagas. Eble ŝi estas tro laca aŭ neinteresita por kompreni.

Sed post kelkaj longaj sekundoj ambaŭ brovoj leviĝas. Tio aspektas kiel leciono pri korpa lingvo. Jen kiel oni esprimas surprizon.

"Ĉu vi parolas pri via filino, kiu naskiĝis..."

"Prave."

"Dio mia. Mi tute ne sciis, ke vi havas kontakton kun ŝi."

"Kaj tion mi ne havis ĝis la lasta vintro."

"Ĉu vere? Nu, pli bone malfrue ol neniam. Sed nun mi volas enlitiĝi dum kelka tempo, kaj ni revidos nin tie je noktomezo, proksimume."

"Ĝuste. Vi povos veni iom pli malfrue, tio ne gravas."

Reveninte en la hospitalon, li unue havas problemon esti enlasita. Ne estas konvene, ke li sidos tie, ĉar Panjo kuŝas en kvarlita ĉambro.

"Ne necesas gardi ŝin", diras la sekcia ĉefflegistino. "Ŝi ne estas tiel malsana. Ni havas vian poŝtelefonan numeron, ĉu ne, do ni povos telefoni, se okazos ia ŝanĝo."

Verdire li konsentas kun ŝi. Sed li ne povas iri al la hotelĉambro, kie Gunilla ripozos.

"Mi ja estas surloke kaj havas nenion alian por fari. Mi loĝas en Norrköping. Do mi sidos ĉe ŝi ĝis noktomeze, kaj poste venos mia fratino. Se mi ne rajtas esti enĉambre ĉe Panjo, do mi atendos ekstere en la sidoĉambro."

"Ne, ne, do sidu enĉambre. Sed devas esti silente kaj mallume pro la aliaj pacientoj."

Dum pasas la horoj li pensadas pli multe pri Johanna ol pri Panjo. Se ŝi ne hazarde renkontus lin en januaro, de kie ŝi do akirus monon? Eble ŝi jam prunteprenis de ĉiuj eblaj flankoj. La banko, Monique, Carina, siaj duongefratoj. Tiu ceramika ateliero sendube ne donas grandan profiton eĉ kun funkcianta bakforno.

Ĉu ŝi estas blagulo kaj nenio alia? Kion do diris Viktoria? Ĉu vi certas, ke estas ŝi? Komprenehle li certas, kvankam li neniam iel ajn kontrolis tion. De temp' al tempo oni legas pri trompistoj, kiuj kontaktas maljunulon ŝajnigante esti liaj genepoj por fraŭdi lin je mono kaj valoraĵoj. Sed li tamen ja ne estas tiel kadukmensa. Krome jam pasis duonjaro de kiam ili renkontiĝis, ĝis ŝi unuafoje petis prunti monon. Do se ŝi kaj Monique estas trompistoj, ili agas kun longega planado.

Kaj Emil diris, ke ŝi kredeble volas heredi. Bone, tiel ja eblas nomi tion. Antaŭpago de la heredaĵo. Cetere Emil mem plurfoje prunteprenis monon, aŭ pli ĝuste ricevis donace. Ankaŭ Daniel, almenaŭ unufoje. Nu, ĉe ili temis pri malgrandaj sumoj. Ne centmilo.

Gunilla alvenas precize je noktomezo por anstataŭi lin. Je la dekdua kaj duono li kuŝas en la hotela lito klopodante endormiĝi. La okazaĵoj de la tago prezentiĝas ripetate en lia kapo. La kranio sentiĝas kiel sekigmaŝino.

Iam li evidente endormiĝis, ĉar li vekiĝas pro sia poŝtelefono, kiun li aranĝis por veki lin je la sepa. Je kvarono antaŭ la oka li denove ĉeestas en la sesa ĉambro de sekcio 40.

"Kiel ŝi ŝajnas?"

"Samkiel antaŭe. Mi rimarkis neniun diferencon."

Ili sidas silentaj ĉe la lito de Panjo. Post iom da tempo Gunilla stariĝas.

"Nu, mi devas iri por dormi. Hieraŭ vespere mi nur kuŝis pensante."

"Ne forgesu pendigi la indikon 'ne ĝenu' sur la pordon", li diras.

Ŝi nur kapjesas.

Kompreneble li devus demandi, pri kio ŝi pensis hieraŭ vespere. Sed tio eble estas pli-malpli evidenta. Ŝi supozeble pensis pri ilia familio. Pri kia estadis la vivo de Panjo. Pri la sindrogado de Göran. Pri la drinkado de Paĉjo. Pri kiel malfortan senton de kuneco ili ĉiam havis. Verdire nur Gunilla mem faris provojn kunteni ilin, tamen sen granda fervoro, ŝajne. Eble ŝi demandis sin, kian vivon Panjo havis kun Paĉjo. Ĉiuokaze tio estas aferoj, pri kiuj li mem pensus, se li cerbumus iom aktive. Ĉi-nokte li simple lasis imagojn kaj impresojn turniĝi en la kapo kaj ne havis forton specigi aŭ interpreti ilin.

Li rigardas Panjon kaj glatumas al ŝi la manon. Ŝi aspektas tute same kiel hieraŭ. Flegistinoj alvenas por rigardi ŝin, kaj poste ili muntas pogutigan tubon.

"Estas nur likvaĵo", diras unu el la flegistinoj. "Ni iom prokrastos la nutran solvaĵon."

Je kvarono antaŭ la deka Panjo malfermas la okulojn.

"Saluton, Panjo, kiel vi fartas? Estas Roger."

Ŝi kuŝas senmova kaj silenta kiel antaŭe kaj ne rigardas lin. Li alvokas flegistinon kaj montras al ŝi la ŝanĝon, sed ŝi ŝajnas ne tre impresita.

"Ni vidu kion diros la doktoro dum la rundo."

"Ĉu vi pensas, ke ŝi aŭdas kaj perceptas ion?"

"Estas neeble scii."

Li pli-malpli atendis, ke ŝi instigos lin paroli kun Panjo, sed ŝi nur forpaŝas de tie. La hospitalo de Oskarshamn ne estas filmo de Almodóvar.

La kuracisto restas nevidebla ĝis posttagmeze, kiam ili denove ambaŭ sidas tie. Sed ankaŭ la doktoro havas nenion por diri, krom ke oni atendu kio okazos, kaj ke ŝia nuna stato eble povos daŭri dum longa tempo.

"Ne necesas, ke vi restu", diras la ĉefflegistino post kiam la rundo rapidmove trapasis la tutan sekcion. "Ni kontaktos vin se io okazos."

Ili forlasas la hospitalan konstruaĵon kaj disiĝas. Gunilla turnas sian aŭton maldekstren sur la ŝoseon 47 dum li iras dekstren al la E22. Atinginte ĝin li pluiras ne norden sed suden. Estas sufiĉe vigla trafiko, tamen sen aŭtovicoj sur la ŝoseo kun alterne unu kaj du koridoroj ĉiudirekte. La suno brilas ĉe lia dekstra flanko, kaj tra la duonapertaj flankfenestroj aero freŝige blovas. Li ne havas problemon teni la permesitan rapidon, cent kilometrojn hore, kaj post tri kvaronhoroj li povas deflankiĝi de la aŭtoŝoseo sur la vojon al Oelando. Vidante la akvon de la markolo vastiĝi antaŭ li, kaj la ponton altiĝi ĝis sia plej alta punkto, li koncentriĝas pri la trafiko kaj la du aŭtokoridoroj. Flanka kromkoridoro ne plu ekzistas. Nun temas pri la nuno, ne kio okazis pasinte. Post la alta parto de la ponto, la malalta parto similas ordinaran ŝoseon, kvankam ambaŭflanke etendiĝas ne kampoj sed maro. Je kvarono antaŭ la sesa li forlasas la ŝoseon kaj parkas surgruze antaŭ la butiko de Hannarto. Li malfermas la butikpordon kaj eniras.

Ĉi tie en la butiko oni ne aŭdas la kariljonon de la enirejo. Li haltas antaŭ la vendotablo kaj rigardas ĉirkaŭ si. Ĉio aspektas tutsame kiel en majo. Vendotaj tasoj, teleroj, bovloj, vazoj kaj aliaĵoj staras sur la bretoj. Inter ili pendas akvareloj. Li ne povas rekoni, ĉu ili estas la samaj kiel lastfoje, aŭ novaj.

Johanna eniras, ekhaltas kaj restas nenion dirante. Ili silente rigardas unu la alian. Post kelkaj sekundoj li komencas senti embarason.

"Vi devas pardoni, ke mi simple aperas ĉi tiel. Mi trovis tion plej bona. Mi estis en Oskarshamn, en la hospitalo. Panjo ekhavis cerban hemoragion. Sed mi rezervis hotelĉambron en Borgholm, do mi faros nur rapidan viziton ĉe vi. Mi pensis, ke indas rigardi la novan bakfornon kaj la problemojn pri ĝia muntado."

Ŝi impresas trankvile sed rezignacie, kaj ŝi ne moviĝas de la loko.

"Estas nenio vidinda, fakte."

"Nu, mi komprenas. Tamen mi ŝatus vidi."

Ŝi plu staras senmove trans la tablo. Li rigardas ĉirkaŭe.

"Ŝajne restas al vi iom por vendi ĉi tie."

Ŝi faras grimacon kaj turnas sin foren.

"Bone, do venu rigardi."

Ili iras en la atelieron. Ankaŭ tie ĉio aspektas kiel antaŭe. Granda nombro da tasoj staras en vicoj atendante glazuradon kaj bakadon. La forno aspektas same kiel li memoras ĝin. La odoro de humida argilo restas sama.

"Vi povas supreniri. Monique ĵus komencis pri la vespermanĝo."

"Nu, mi ne intencas altrudi min en vian vespermanĝon, sed mi ja povus eniri por saluti ŝin."

Ili eniras la loĝejon. Johanna paŝas rekte al la kuireja stablo kaj rekomencas tranĉi spinacojn nenion dirante. Monique kirlas ion en kaserolo.

"Saluton, Roger. Mi suspektis, ke vi alvenos, kvankam ne tiel rapide. Estos vegetara lasanjo."

"Ne, ne. Dankon, sed mi manĝos pli malfrue en Borgholm."

"Ne stultumu. Vi povas fari salaton, kiel kutime. Ni kuiru, poste ni manĝu. Post tio ni devos klarigi iujn aferojn. Ĉu ne, Hanni?"

Ŝi lasas la ĉerpilon, paŝas ĝis Johanna kaj metas la brakojn ĉirkaŭ ŝin. Jen unuafoje li aŭdas, ke Monique nomas ŝin Hanni. Aŭ eble ŝi diris Honey. Se pensi pri la afero, li ankaŭ unuafoje vidas ilin brakumi.

10

Nun li estas firme dungita leterportisto jam de sufiĉe longe por havi plenan libertempon. Bedaŭrinde li ne scias precize por kio uzi ĝin. Dum kelka tempo li pripensas, ĉu kontakti Carina-n, sed tiu penso iel hontigas lin. Ĉu li tuj fuĝu al ŝi kiam Veronika rompis ilian rilaton? Cetere ŝi certe ne ŝatus ludi familion kun li.

Ne plu estas imageble plani tenduman feriadon kun Tony. Li ne renkontis lin post la enloĝiĝa festo fine de la antaŭa somero. Finfine li aĉetas vojaĝon al Kreto kun unu semajno en la plej malmultekosta hotelo. Tio ne estas vojaĝo, per kiu eblos poste paradi, sed kiam li estas tie, ĉio tre plaĉas al li. Naĝadi senfine en la maro, sidadi en tavernoj ĉiuvespere, trinki rakion rigardante maljunulojn, kiuj ludas triktrakon, ekskursi al ĉarmaj urbetoj kaj al Iraklio kaj Knoso, jen supera libertempo. Komprenuble li devus kundividi ĝin kun iu, sed foje la vivo ja estas ĉi tia. Li ne scias, ĉu Veronika estas hejme sola, kun la familio en Hungario aŭ kun nova koramiko ie.

Sed reveninte hejmen li baldaŭ ekscias tion. Antaŭ ol la somero finiĝas, Åke kaj Eva invitas al festeto por iamaj porvjetnamaj aktivuloj. Estas kiel en la malnova tempo kun vino kaj politikaj diskutoj, krom tio ke Eva ne trinkas vinon, ĉar ŝi mamnutras ilian etan Klara-n. Tamen ne ĉiuj ĉeestas. Veronika ne alvenis. Sed Carina partoprenas. Li tuj direktas sin al ŝi.

"Saluton, Carina! Pasis longe. Kiel fartas Johanna?"

"Tute bone. Ŝi estas ĉe miaj gepatroj dum la tuta semajnfino, do nenio mankas al ŝi. Kaj vi? Ĉu ankoraŭ poŝtisto?"

"Certe. Mi jam havas firman dungon. Ĉu vi mem laboras, aŭ...?"

"Ne, mi komencos en la lernejo por adoltoj. Mi trovis dumtagan vartistinon por Johanna."

"Bone. Mi ĝojas."

Åke estas konata pro tio, ke li povas plenumi politikan interparolon senfine por konvinki iun pri la ĝusta linio. Oni rakontas, ke li iam diskutadis dum plenaj tagnoktoj. Nun sufiĉe klare rimarkeblas, ke unu celo de ĉi tiu kunestado estas konvinki iamajn grupanojn reaktiviĝi pri politika laboro. Kaj Åke estas lerta debatanto. Li ne-niam ekscitiĝas aŭ amariĝas, kiel ajn oni malkonsentas. Li preskaŭ ĉiam trovas novan vojon, elirante de punktoj de konkordo kaj plu konsekvence konkludante tiel ke sekvas lia starpunkto.

Nun li dumlonge interparoladas kun Roger.

"Vi estas unu el niaj plej spertaj kamaradoj en la kontraŭimperiisma laboro ĉi-urbe", li diras. "Kaj vi ĉiam facile vidas, kio estas la ĉefa kontraŭdiro en la socio. Vi valorus multege en la batalo kontraŭ la socialimperiismo."

Roger sentas sin flatita pro liaj vortoj. Åke estis gvidanta persono en la grupo jam kiam Roger aperis tie kun Anki antaŭ eterno. Nun li daŭrigas sian montradon, ke la monda situacio ŝanĝiĝis post la fino de la vjetnama milito. Ne plu Usono minacas la mondpacon plej akre. Roger ne povas diri, ke li malpravas, sed lia rezonado ŝajnas relative arbitra. En la mondo ekzistas amaso da konfliktoj, kaj ambaŭ superpotencoj emas enmiksiĝi aŭ fone reĝisori preskaŭ ĉion. Sed kiel scii, kiuj konfliktoj plej gravas? Kiam temis pri la vjetnama milito, ĉio ŝajnis evidenta, sed nun li sentas sin pli-malpli perdita.

Li aŭskultas kaj faras rezervojn, kiujn Åke pacience malmuntas en pecetojn. Dume aliaj homoj ĉirkaŭas ilin, parolante pri ĉio ajn, pri siaj laboroj, familioj, la libertempo, la olimpikoj, la sindikataj fondusoj, la okazonta parlamenta elekto, la impostaferoj de Ingmar Bergman. Subite li aŭdas mencii la nomon Veronika. Estas Magnus kaj Eva, kiuj parolas pri ŝi kaj Peo. Oni subkomprenas, ke ili havas amrilaton. Ŝajnas, ke Eva trovas tion en ordo, dum Magnus forte kritikas tion pro la edzino kaj infanoj de Peo.

Peo estas maŭisto iom pli ol tridekjara. Roger jam vidis lin en manifestacioj kaj unufoje en porvjetnama mitingo. Tie neniam akompanis lin lia familio, kaj ŝajne lia edzino ne kundividas lian politikan opinion. Eble ankaŭ pro tio Eva akceptas, ke li flankumas kun Veronika. Ankaŭ privataĵoj estas politikaj; ĉiuokaze iuj opinias, ke jes, kaj kredeble Eva rigardas la aferon tiel.

Dum li ŝtelaŭskultas la interparolon pri Veronika kaj Peo, Roger ne sukcesas tute atenti la konvinkan strebadon de Åke. Li rekomencas aŭskulti ĝin pli atente, sed li ne plu povas mobilizi ian intereson pri la ŝanĝita monda situacio.

"Mi devas pripensi tion ankoraŭ iom", li diras al Åke, rigardante ĉirkaŭ si por trovi kompanion malpli postuleman.

"Tre prudente, sed oni atingas nenien cerbumante sola", diras Åke. "Necesas dialektika interparolo por avanci pluen."

Roger subridetas en si. Aŭdante la vorton dialektika, li delonge ĉiam pensas pri dialektoj. Kaj Åke efektive parolas apartan dialekton el ie en la plej okcidenta parto de Smolando.

Li stariĝas, prenas sian kunportitan botelon da *Egri Bikavér*, ankoraŭ duonplenan, kaj dum kelka tempo rondiradas en la ĉambro. Carina sidas kun Anneli kaj vinbotelo, kiu ŝajnas malplena.

"Ĉu elĉerpiĝis via vino?" li diras al ili. "Restas al mi iom, se vi volas."

"Volonte", diras Anneli. "Kia speco estas tio?"

"Ĝi estas hungara. Mi nuntempe kutime aĉetas tiun."

Li dividas sian duonbotelon en tri kaj sidiĝas. Ili parolas pri tio, ke Norda kaj Suda Vjetnamio nun unuiĝis, kaj la flago de la Nacia Liberiga Fronto, kiun ili de jaroj portadas surbruste, ne plu estos uzata en Vjetnamio. Tio donas al Roger iom strangan senton. Li plejparte aŭskultas, enŝovante mallongajn esprimojn de konsento. Li malstreĉiĝas ne plu devante pensi tro intense.

Poste Carina kaj li diskutas la romanon *Jack*, kiun ili ambaŭ legis, kaj pri kiu ili havas rekte malajn opiniojn, dum Anneli mienas tedite.

"Ĝi estas tiel damne knabeca", opinias Carina.

"Eble jes, sed li ja estas knabo, tiu Lundell. La knabinoj devas verki sian version."

"Espereble ili faros. Tio estus laŭmerite al li. Sed ĉu vi legis *La parulo*? Ĝi estas multege pli bona."

"Ne, mi ne konas ĝin."

"Kompreneble, ĉar virino verkis ĝin, ĉu ne?"

"Pri tio mi fajfas, sed mi legos ĝin se vi pruntos al mi."

"Pruntu en la biblioteko. Sed kredeble necesas vicatendi."

Post kiam la vino estas eltrinkita, Anneli ekiras hejmen, dum Carina kaj Roger almozas iom da ĝino de Magnus. Roger tute ne ŝatas ĝinon, kaj li flustras tion al ŝi.

"Nek mi", ŝi diras, glutante la enhavon de sia glaso per unu tiro.

Tio ridigas lin, kaj li sekvas ŝian ekzemplon. Ili dum kelka tempo ridegas kaj snufegas, dum Magnus, Eva kaj Åke rigardas ilin skuante la kapojn senkomprene. Kelkan tempon pli malfrue ili ambaŭ survojas for de tie.

"Ĉu vi havas biciklon?" ŝi diras.

"Certe. Ĉu vi ne?"

"Ne, mi venis buse de la gepatroj."

"Mi povas veturigi vin."

"Supere. Ĉiam bona kamarado!"

Li veturigas ŝin hejmen al 'la Arkeo', kaj ŝi akompanas lin enen.

"Mi havas spiralon", ŝi diras malvestante sin.

"Jes, mi memoras tion."

"Ha, prave ja."

La suno briligas ŝiajn rufajn harojn, ĉar li forgesis fermi la kurtenojn de Veronika, kiam ili enlitiĝis.

"Mi diable ĝuas unu fojon dormi longe matene", ŝi plezurĝemas. "Ĉu ĉi tie eblas ricevi matenmanĝon enlite?"

Ili manĝas buterpanojn kaj disverŝas teon, jogurton kaj panerojn en la liton. Ŝi restas malgranda, sed ne same magra kiel iam.

"Ne gvatu miajn mamojn. Ili similas malplenajn sakojn, pendante tie."

"Tute ne. Ili estas belaj. Carina, kiam vi iros preni Johanna-n?"

"Mi ne scias. Ĉi-posttagmeze, mi supozas. Kial?"

"Ĉu mi povas renkonti ŝin? Pasis eterno."

"Mi scias. Vi ja povas. Sed ŝi kredeble ne rekonos vin."

"Prave. Eble ankaŭ mi ne rekonos ŝin."

Ŝi enbuŝigas duonan buterpanon.

"Sed hodiaŭ tio ne eblas", ŝi diras malklare, maĉante la panon.

"Do, ĉu la venontan semajnfinon?"

"Mm. Ne scias. Mi kontaktos vin."

Ŝi restas ankaŭ por manĝi improvizitan lunĉon el fritita morua frajo kaj terpomoj. Poste ili disiĝas, sed ŝi ne kontaktas lin, nek tiu-semajne nek pli malfrue. Kaj ankaŭ li ne telefonas. De temp' al tempo li pensas pri la afero, sed dum la tempo pasas, li pli kaj pli malemas. Estas sufiĉe klare, ke ŝi ne volas ke Johanna renkontu sian patron. Kaj li ne vere konas la knabineton. Supozeble estas plej bone eviti ĝeni ŝin, precipe se Carina tion preferas.

Refoje li estas vokita al soldatservo. La dujara prokrasto ial daŭris tri jarojn, sed nun ĝi estas pasinta. Li apenaŭ povus ripeti la trukon pri ŝajnigita jura studado. Ĉu li efektive devos plenumi la servadon? Li sentas tion plene sensenca. Kaj kio okazos pri la apartamento? Por soldato kun familio kredeble ekzistas ia subvencio de loĝejo, sed certe ne por unuopulo. Li devos ĉesi lui ĝin kaj poste tranokti ĉe la gepatroj, kiam li revenos hejmen dum forpermesoj. Pensante pri tio li havas malagrablan antaŭsenton.

Kompreneble li povos tute rifuzi. Tiam sekvos malliberigo. Dum kiom da tempo? Li devus informiĝi pri tio, sed provizore li nur prokrastas la decidon.

Iom pli ol semajnon antaŭ la parlamenta elekto li liveras poŝtaĵojn en distrikto, kie li estas relativa novulo. En unu el la domoj ĉe la strato Väpnaregatan li havas dikan leteron, kiu ne eniras tra la leterfendo de iu Eriksson. Li sonorigas kaj poste elpoŝigas blokon kun avizoj pri 'poŝtaĵo tro granda por liveri'. Sed antaŭ ol kapti la skribilon por plenumi avizon, li aŭdas klaktintadon, la pordo malfermiĝas, kaj jen staras lia iama instruistino pri historio, Marianne Eriksson, en turkisa negliĝo kaj kun feno enmane. Sendube li jam kelkfoje liveris leterojn al ŝi, ne pensante pri la nomo.

"Saluton! Mi devas transdoni ĉi tiun. Ĝi ne eniris tra la leterfendo."

"Dankon! Pardonu, sed ni konas unu la alian, ĉu ne?"

"Jes. Vi instruis al mi historion."

"Kaj mi iam aĉetis Vjetnamian Bultenon de vi, se mi ĝuste memoras."

"Prave."

Ŝi rigardas lin kun mieno iom konfuzita.

"Do, nun vi estas leterportisto. Ĉu provizore?"

"Ne. Mi estas firme dungita."

"Bone. Mi ŝatus inviti vin por taso da kafo, sed mi havos lecionojn, do mankas tempo. Sed ĉu vi laboras ĉi tie ankaŭ en la sabatoj?"

"Kelkfoje. Oni neniam scias certe."

"Se vi estos ĉi tie sabate, ĉu vi ne povos sonorigi por kafumi kun mi?"

"Certe. Sed estus pli konvene post la rundo, por ke homoj ne plendu pri malfrua poŝto."

"Kiuhore do estos tio?"

"Nu, supozeble ĉirkaŭ la dekunua kaj duono."

"Tiam mi verŝajne estos hejme. Provu!"

Li vere deĵoras en la sama distrikto sabate, do li pedalas reen al Väpnaregatan postlabore. Nun ŝi surhavas nek negliĝon nek jupon kaj bluzon, kiel en la lernejo, sed ĝinzon kaj lanecan sveteron, kiu elstarigas ŝiajn formojn. La kafo tuj estas preta, kaj ŝi tranĉas vienan bulkegon, kiu ŝajnas tute freŝa. Ili sidiĝas en la kuirejo ĉe tablo kun hela ligna tabulo. Ĝi aspektas kiel betulaĵo, li pensas.

"Mi ne tre ofte renkontas iamajn lernantojn kaj ekscias, kiel ili prosperas. Sed mi pensis, ke vi plu studos. Vi estis talenta pri historio, se mi ĝuste memoras."

"Nu, mi iom pli prosperis, kiam vi instruis."

"Ha, jes, nun mi memoras. Vi estas tiu, kiu havis problemon kun sinjoro Ahlgren, ĉu ne?"

Li iom ridas.

"Tio ne plu gravas."

"Certe ne gravas. Cetere li emeritiĝis, finfine. Sed ĉu vi ne volas plu studi?"

"Mi ne tre emas. Kaj oni ja bezonas monon."

Li ne diras por kio. Ŝi iom ridetas sed samtempe mienas iel kritike. Li trovas strange, ke ŝi nun impresas pli juna ol antaŭ kelkaj jaroj. Li mem sentas sin maljunega kompare kun tiam.

"Ĉu vi ankoraŭ aktivas pri io politika?"

"Ne", li diras. "La vjetnama milito ja finiĝis."

"Do vi ne engaĝas vin en iun alian konflikton?"

"Ne aktive, sed mi klopodas sekvi tion, kio okazas."

"Kion vi pensas pri la parlamenta elekto? Ĉu venos nova registaro?"

"Ŝajnas ke jes, sed tiel ŝajnis ankaŭ lastfoje."

Ŝi rigardas lin per okuloj bonvolaj, kvazaŭ zorgante pri tio, kion li pensas kaj faras. Li scivolas, ĉu ŝi vivas sola. Kredeble jes, aliokaze ankaŭ ŝia parulo devus esti hejme en sabato. Tamen ne eblas, ke ŝi aspiras hoki lin, ĉu?

"Mi provas iom verki", li diras.

Ŝi ekmienas gaje kaj ŝajnas interesita.

"Kion do? Ĉu poezion?"

"Ne, ne. Eblus diri artikolojn. Mi sukcesis publikigi unu pri la porvjetnama movado en Popola Bildgazeto. Poste mi verkis pri detruo de la natura medio, sed tiun oni ne akceptis. Nun mi pripensas, ĉu verki ion el la poŝtejo. Laborejan raporton. Tio devus konveni en la Popola."

"Bonege! Ĉu vi plu konservas tiun, kiun oni publikigis? Estus interese legi ĝin."

"Komprenble. Vi povos pruntepreni ĝin."

"Mi kopios ĝin en la lernejo. Eble mi povus kontrabandi ĝin en mian instruadon. Tio ja estas nunepoka historio, sen ajna dubo."

Li ridas.

"Eble vi sendu kopion al Ahlgren, se li plu vivas. Sed li kredeble ne memoras mian nomon."

Ili ridas kune. Ŝi efektive estas simpatia. Li ĝojas, ke ŝi havis tempon malfermi la pordon antaŭ ol li plenumis la avizon.

"Prenu pli da viena bulko."

Li faras tion. Ili plu babilas dum ankoraŭ kelka tempo pri la lernejo, la elektokampanjoj kaj pri lia tempo en la porvjetnama grupo. Ŝi neniam eldiras sian starpunkton senkaŝe, kaj li ne demandas pri ĝi, nek precizigas la sian. Cetere li ne scius kion respondi, se ŝi demandus pri ĝi. Fine li dankas pro la kafumado kaj direktas sin al la vestiblo.

"Ĉu vi do alportos tiun artikolon?"

"Certe."

Li malfermas la pordon al la ŝtuparejo.

"Cetere", ŝi diras, "ĉu vi kutime televidas la vesperan raportadon de elektorezultoj?"

"Nu, mi ne kutimas, sed ĉi-foje mi volonte spektus ĝin. Ĉi-jare mi unuafoje rajtos voĉdoni. Sed mi mem ne havas televidilon."

"Ĉu vi ŝatus televidi tion ĉe mi?"

Li saltetas. Sed kial do ne? Sendube li povus spekti ĝin ĉe iu alia, eble ĉe Åke kaj Eva, sed tie li jam sentus sin iom ekstera. Estus pli bone ĉe Carina, sed ŝi kredeble ne interesiĝas, kaj krome li ne certas, ĉu ŝi havas televidilon. Spekti tion kun Marianne estus perfekte. Almenaŭ se ŝi ne celas ion kroman. Ŝi estas ege simpatia kaj sufiĉe bela en plenkreska maniero. Tamen li trovas absolute perverse pensi pri seksumado kun sia eksa instruisto. Nu, tio kompreneble estas nur stulta fantazio. Ŝi tutsimple estas iom soleca, kaj efektive ankaŭ li estas tia.

"Bone", li diras. "Kial ne?"

La televida raportado pri la elekto estas neimageble malrapida kaj teda, eble ĉar jam post duonhoro oni komencas suspekti, kia estos la rezulto. Malgraŭ tio ili havas ege bonan kunestadon. Marianne preparis por fari gratinitajn buterpanojn, kaj ŝi proviantis per kesto da bierboteloj, kiujn ili trinkas el altaj glasoj. Ili sidas sur granda pufa sofo, la sola meblo kun komforta aspekto en ŝia fajne meblita salono. La apudsofa tablo estas el ŝtalo kaj vitro, surmure pendas kelkaj bildoj de abstrakta arto kaj laŭlonge de du muroj staras plenplenaj librobretoj. Dum la plej granda parto de la vespero ili iom distrite spektadas la komentojn de ĵurnalistoj kaj statistikisto, kaj poste de la du ĉefe konkurantaj politikistoj Palme kaj Fälldin, dum ili babilas pri ĉio kaj nenio.

Li notas, ke la ĵurnalistoj zorge uzas titolojn parolante al iuj gastoj, dum ili alparolas aliajn pli familiare.

"Devas esti malfacile memori, kun kiu necesas kiu titolo", Roger komentas. "Nu, espereble ne plu necesas titoli vin, Marianne."

Ŝi ridas.

"Nuntempe mi diras al la lernantoj, ke ili povas alparoli min sentitole."

"Kaj ĉu ili faras tion?"

"Iuj ĉiam kaj ĉial. Aliaj entute evitas alparoli min. Ankoraŭ restas kelkaj maljunaj instruistoj, kiuj insistas pri titolo, do ne povas esti facile por la lernantoj."

Li skuas la kapon.

"Strange. Ĉio pri la lernejo ŝajnas ege malproksima. Kvazaŭ pasus jarcento de tiam."

Li verŝas pli da biero kaj manĝas sian malvarmiĝintan gratinitan buterpanon.

"Ĉu vi ne ŝatas tiujn kun anĉovoj?" ŝi diras kun iomete spita tono.

"Ĉiuj bongustas. Sed tiuj kun tinuso plej multe plaĉas al mi."

"Nu, kia ĉefministro estos Fälldin, laŭ vi?"

"Teda. Damne teda."

Ŝi ridas pri li.

"Sed mi ne miras, ke okazis ĉi tiel", li diras. "La burĝaj ĵurnaloj ĵetadas koton sur Palme de tiel longe, kiel mi povas memori, kaj sendube tiel oni finfine eĉ anĝelon nigrigus."

"Ĉu vi ne trovas, ke ili agas same kontraŭ Fälldin?"

"Ne. Ili iom moketas lin pro lia flegmo, sed ne simile. Ne tiel akre kaj malbonvole."

"Mm. Eble vi iel pravas pri tio. Sed ĉu ne Palme havas ion, kio vekas tiajn sentojn?"

"Povas esti", li diras. "Ankaŭ mi ne trovas lin anĝelo. Li kondutas ege manipule. Sed la burĝoj sendube plej grave konsideras lin klasperfidulo."

Ŝi mienas skeptike, aŭ eble pli ĝuste kompateme, kvazaŭ patrino.

"Li ja naskiĝis en la supera klaso", li aldonas por klarigo.

"Ĉu vi vere pensas, ke la ĵurnaloj zorgas pri tio?"

Li pripensas.

"Mi ne scias. Sed li havas ion, kio provokas ilin."

Marianne alportas pli da biero. Roger neniam antaŭe povus imagi, ke li sidos bierumante kun ŝi, diskutante pri Olof Palme.

"Eble vi devus verki ion pri ĉi tio?" ŝi proponas.

"Ne, ekzistas amaso da homoj, kiuj konas tion pli bone."

"Tamen gravas ne nur la faktoj, sed ankaŭ la persona vidpunkto."

"Kaj tion mi devas aŭdi de mia eksa instruisto pri historio!"

Ili longe ridas pri tio.

"Ĉiuokaze, tio kion vi verkis pri la porvjetnama grupo kaj la publika opinio estas tre bona", ŝi diras. "Vi absolute devus plu verkadi pri tiaj aferoj. Sed vi kompreneble konsideras via vivotasko distribuadi fakturojn kaj reklamon dum la resto de via vivo?"

"Iu devas fari tion. Sed la reklamo ja estas diablaĵo."

"Do, ĉu ne indus fari ion pli bonan?"

"Nu, estus amuze verki ion plian, se mi havus tempon kaj forton, kaj se iu volus presi ĝin."

Post la fina venkoparolado de Fälldin Marianne malŝaltas la televidilon kaj li pretigas sin por bicikli hejmen.

"Ĉi tio estis la plej plaĉa elektovespero kiun mi povas memori, sendepende de la rezulto", ŝi diras. "Vi povus veni vizite ankoraŭfoje, ĉu ne?"

"Volonte. Sed venontfoje estos via vico viziti min."

Ili interkonsentas renkontiĝi ĉe li post du semajnoj, kaj biciklante for de tie tra la nokto li sentas sian koron malpeza. Li ekhavis novan amikon, amikon de nova speco, ŝajnas al li.

Li ne sukcesas decidiĝi, kaj kiam alvenas la tago de la soldatserva alvoko, li nenion ajn preparis, nek en sia laborejo, nek koncerne la loĝejon. La sola afero farebla estas vojaĝi al la regimento en Växjö, prezenti sin al la kompaniestro kaj sciigi, ke li rifuzas servi. Tiam kurioza ŝarado estas ludata. La kompaniestro ŝajnas preskaŭ pardonpeti informante, ke li faros ordonon, kaj tiam la soldato Karlsson klare eldiru "mi rifuzas", post kio li estos resendita hejmen atendante polican enketon kaj juĝon. Ĉi tio okazas en la ĉeesto de adjutanto, kiu protokolas la aferon per du fingroj sur malnova verda tajpilo. Poste Roger devas subskribi la protokolon pri sia malobea krimo kaj fine revojaĝi hejmen.

Antaŭe li eksciis, ke la kutima puno estos unumonata malliberigo por la unua fojo kaj poste denova alvoko al soldatservo. Se li tiam daŭre rifuzos, sekvos du monatoj, poste tri kaj eventuale kvar. Sed aliflanke li havos ŝancon pliboniĝi kaj plenumi la servadon je la dua alvoko.

Reveninte hejmen li verkas mallongan kaj ironian traktaĵon pri sia efemera sperto de militista vivo. Sed li ne scias, kien sendi ĝin. Anstataŭe li eklaboras pri sia ideo verki pri la poŝtejo kaj la leterportista laboro.

Marianne venas viziti lin en sabato, kaj ili trinkas vinon kaj manĝas lian hejmefaritan picon. Ial li tute ne sentas sin same malstreĉita kiel en ŝia hejmo. Li ne povas forgesi, ke ŝi aĝas eble dek du jarojn pli ol li, nek ke li ankoraŭ ne certas, kion ŝi efektive volas kun li. Kaj kion li do mem volas? Ĉu ekhavi plenkreskan amikon? Aŭ ĉu ion alian, kion li ne kuraĝas agnoski eĉ al si mem?

Eĉ pli strange li sentas, kiam ili iras en kinejon por kune spekti la svedan krimfilmon *La viro sur tegmento*. La filmo estas bonega, sed li ne povas ĉesigi la penson, ke li ekvidos iun konaton en la kinejo aŭ survoje for de ĝi. Samtempe li hontas pensi tiel, ĉar kial do tio ĝenus? Li ja rajtas viziti kinejon kun kiu ajn laŭplaĉe! Ĉiuokaze tio nuligas parton de la plezuro, kaj postfilme ili nur disiĝas kaj iras ĉiu al sia hejmo. Ili ankaŭ ne interkonsentas renkontiĝi denove.

Iuvespere Göran sidas sur la ŝtuparo ekster lia pordo, kiam li revenas hejmen. De pli ol jaro Roger ne vidis lin kaj ne sciis, ke li revenis ĉi-urben post sia elprizoniĝo. Enirinte en la apartamenton, li lasas sian malnovan militistan ŝultrosakon surplanken kaj falsidiĝas sur seĝon.

"Ĉu mi povas dormi ĉi tie ĉi-nokte? Mi devas ne tro vidiĝi dum kelka tempo."

"Bone, sed mi ne havas ekstran liton. Dormomaton, se tio estas en ordo. Ĉu vi malsatas?"

Göran kapneas, tamen Roger metas kaserolon da akvo por spagetoj sur la fornon. Ŝajnas, ke Göran bezonas ian nutraĵon, kaj li fakte manĝas du porciojn, kvankam la saŭco konsistas nur el doso da erigitaj tomatoj.

"Ni povus meti doson da maizo en la saŭcon", proponas Roger.

"Fi, damne ne. Nenion diru al Panjo kaj Paĉjo pri tio, ke mi estas ĉi tie. Nek al iu alia."

"Bone, sed kial do?"

Li ne respondas tion, kaj ankaŭ cetere li ne diras tre multe. Roger scivolas, kiel longe li planas resti, sed pri tio ne indas maltrankvili. Frumatene, kiam li iras al sia laboro, Göran kuŝas sternite sur la dormomato en la salono kun la kurtenoj zorge fermitaj antaŭ la fenestroj. La kovrilo forglitis de li, aŭ eble estis al li tro varme. Li aspektas magra en sia difektita kaj malpura kalsono. Tagmeze, kiam Roger revenas hejmen, la apartamenta pordo estas neŝlosita, kaj Göran malaperis. Iom poste montriĝas, ke ankaŭ la kasedilo kaj amplifilo estas for. La diskilon kaj la laŭtparolilojn li ne sukcesis forporti.

Roger demandas sin, kiu volos pagi por duona muzikinstalaĵo. Li suspektas ke daŭros longe ĝis li denove vidos sian fraton.

Kaj en nebula posttagmezo de sabato fine de novembro oni frapetas al lia pordo, kio memorigas al li, ke li devos aĉeti novan baterion por la sonorilo. Li iras malfermi, kaj jen staras Veronika. Pala kaj magra Veronika kun granda valizo enmane.

"Saluton", ŝi diras. "Ĉu mi povas eniri?"

11

Ili sidas en la ĝardeno post vespermanĝo relative silenta kaj kvieta. Li ne tre bedaŭras, ke li restis. La lasanjo de Monique estis ege delica kompare kun tiu, el kiu li manĝis duonon hieraŭ en Oskarshamn.

"Ĉu vi deziras kafon?" demandas Monique. "Restas el tiu, kiun vi mem aĉetis."

"Ha ha, ne dankon. Oni facile konstatas, ke vi ne estas kafemuloj. Supozeble restas plejparte tanino en ĝi. Mi prefere prenos iom pli da akvo."

Monique verŝas pli da akvo en lian glason kaj ruĝan vinon en sian propran kaj tiun de Johanna.

"Ĉu vi certas, ke vi ne restos dumnokte?"

"Jes. Estos plej bone tiel."

Dum kelka tempo regas silento. Li ankoraŭ sentas la varmon prema, kvankam baldaŭ estos la sepa kaj duono. De trans la domo aŭdiĝas susurado de aŭtoj pasantaj sur la ĉefa ŝoseo.

"Do la malnova bakforno ne estas difektita?" li diras.

Johanna reciprokas lian rigardon trankvile sed sen respondi. Li atendas kaj trinkas plian akvon. Monique estas tiu, kiu rompas la silenton.

"La filo de Hanna trafis en malfacilaĵojn. Nu, ne vere trafis; li okupiĝis pri kontraŭleĝaj aferoj. Drogoj. Kaj li estis kaptita pro tio en Tajlando."

Roger penas pensi. Jen iom tro por unu fojo. La filo de Johanna? Ŝi ja ne havas idojn. Li turnas sin al ŝi. Ŝi tute ne mienas, kvazaŭ ŝi volus pardonpeti pro io. Pli precize ŝi ŝajnas akuzema. Aŭ nur ĝenerale malbonvola.

"Via filo?" li diras. "Do, se mi ne decidus veturi ĉi tien tute sen invito, mi neniam eksciusm ke mi havas nepon, ĉu?"

Ŝi rigardas en la foron kaj restas senvorta.

"Estas nature, ke vi indignas", diras Monique, kliniĝante antaŭen al li. "Sed ni klarigos ĉion. Ĉu ne, Hanni?"

Johanna malrapide kapjesas kaj rigardas suben al sia dekstra mano, kiu tenas la piedon de ŝia vinglaso.

"Do, Hanna havas filon, sed pro certaj kialoj, ŝi ne rakontis tion al vi. Nun plej gravas, ke la mono, kiun ŝi prunteprenis, estis por liberigi lin kaŭcie. Krome ĝi devis sufiĉi por helpi lin forlasi Tajlandon. Kaj tio devis okazi kontraŭleĝe, ĉar liberigante lin, oni ne redonis al li la pasporton."

Roger skuas la kapon. Li ne sukcesas diri ion ajn. La rakonto pri difektita bakforno almenaŭ ŝajnis kredinda. Ĉi tio sonas pli multe kiel io, kion li forĵetis kiel tro absurdan por eniri iun el liaj krimromanoj.

"Tio estis la unua prunto", daŭrigas Monique. "Hanna havas kontakton kun tajlanda advokato, kaj per lia helpo Edvin estus transportita pluen al Nong Khai en la norda parto de la lando. Poste oni trovus fiŝiston, kiu portu lin per boato trans la riveron kaj en Laoson. Tie ne ekzistas sveda ambasado, sed konsulejo en Vjentjano. Ni esperis, ke li povos ricevi novan pasporton per ĝi. Aliokaze li devus pluiri kontraŭleĝe en Vjetnamion por atingi la svedan ambasadon en Hanojo."

Roger sentas, ke li bezonus ion pli fortan ol glaciakvo, kies glacipecoj jam delonge degelis. Ne vinon. Viskion. Konjakon. Vere fortan drinkaĵon. Sed eĉ se ili efektive havus ion similan en la domo, pri kio li tre dubas, tio signifus, ke li devus tranokti en ĉi tiu frenezulejo.

"Bone", li diras. "Tio sonas kiel agrabla promeno laŭ la vojstreko de Hồ Chí Minh. Kio okazis poste? Ĉu vi ne sukcesis liberigi lin?"

Monique sulkas la frunton. Ŝi estas bele sunbrunigita, kaj ŝiaj haroj ŝajnas pli palaj kaj pli longaj ol kiam li unuafoje vidis ŝin antaŭ tri monatoj. Li supozas, ke ŝi plu studadis la stepan flaŭron ankaŭ ĉi-jare.

"Jes, oni liberigis lin kaŭcie. La advokato akompanis lin al hotelo. Sed nokte, kiam la aŭto venis tien por veturigi lin norden, li jam estis for. Li malaperis."

"Eble li mem havis pli utilajn kontaktojn."

"Sendube li havas kontaktojn. Sed neniom da mono, laŭ nia scio. Tiun havis la advokato."

Roger cerbumas. La tuta afero ankoraŭ sonas kiel malbona krimromano.

"Eble li havis sekretan bonhavon, kiun li povis enkasigi. Sed vi ne provizis al li armilon, ĉu?"

Monique ne respondas. Ŝi rigardas Johanna-n kvazaŭ por igi ŝin diri ion.

"Aŭ eble li havas ŝuldojn", diras Roger. "Kiel vi scias, ke li mem malaperigis sin? Eble iu, kiun li trompis pri mono, sinkigis lin en la riveron. Aŭ la kanalojn."

Johanna plu diradas nenion. Li ne certas, ĉu ŝi entute aŭskultas. Anstataŭe daŭrigas Monique, tro malpacienca por atendi ĝis Johanna eble malfermos la buŝon.

"Troviĝas multaj eŭropanoj kaj usonanoj en Bangkoko. Ni supozas, ke li interrilatas kun kelkaj el ili. Nun Hanna volas vojaĝi tien por klopodi trovi lin. Kredeble pli facilas al ŝi ol al la advokato penetri en tiujn rondojn."

Roger iom seke ekridas. La historio fariĝas ĉiam pli kaj pli malkredinda. La ceramikisto de Hannarto inter dorsosakuloj, seksklientoj kaj drogvendistoj en Bangkoko.

"Do pro tio ŝi volis prunti pli da mono", klarigas Monique.

"Kial li restus en Bangkoko? Tajlando estas vasta, kaj eŭropanoj sendube estas eĉ pli multaj en la turismaj lokoj. Phuket kaj Khao Lak kaj kiel ajn ili nomiĝas."

"Ni scias, ke li pli frue estadis en Bangkoko, kaj ni pensas, ke li restas tie", diras Johanna, interrompante sian silenton.

"Bone", diras Roger kaj malplenigas la akvoglason. Li demandas sin kiom da milionoj da loĝantoj havas Bangkoko, sed li ne trovas inde demandi. En la ĝardeno komencas krepuskiĝi. Malgraŭ la varma vetero oni rimarkas, ke la aŭtuno alproksimiĝas.

"Ni supozu, ke vi trovos lin sen mem esti mortigita", li diras. "Kiel vi poste procedos?"

Johanna etendas sin por kapti la botelon kun kianta vino, verŝas la lastajn gutojn al si mem kaj eltrinkas ilin kvazaŭ pocion, dum du paroj da okuloj direktiĝas al ŝi.

"Mi ne povas sidadi ĉi tie farante nenion", ŝi fine diras. "Nek plu tornadi pli da damnitaj vazoj, kvazaŭ nenio okazis. Mi devas provi fari ion."

Roger rigardas ŝin. Subite iu memoro flugas tra lia cerbo. La maltrankvilo de Panjo, kiam ŝi revenis hejmen post la juĝafero de Göran.

"Se li vendis drogojn", li diras, "ĉu ne estas normale, ke oni kondamnas kaj punas lin pro tio? Aŭ ĉu vi kredas lin senkulpa?"

"La proceso povos prokrastiĝi dum longa tempo", diras Monique. "La malliberejoj en Tajlando ne estas tre sanigaj. Kaj gardistoj kaj malliberuloj povas esti perfortemaj, kaj li riskus ekhavi malsanojn kiel tuberkulozo. Ne estus certe, ke li eskapus viva el tie."

Li rigardas ilin alterne. Johanna ŝajnas hermeta ujo plena de io nekonata, kredeble tre eksplodema. Kaj apude ŝia kunvivanto, aŭ ĉu edzino? Li neniam demandis. Monique estas tiu, kiu plenumas la peradon kun la ĉirkaŭa mondo. Kredeble ŝi havus pli grandan ŝancon demande trovi la vojon al la knabo, kies nomo do estas Edvin, en tiu subgrunda eŭropa mondo de Bangkoko. Sed li ne estas ŝia filo. Ŝi estas tro juna por tio.

"Kiom li aĝas?" li subite demandas tute spontane.

"Dudek tri", diras Johanna.

Ĉu dudek tri? Kaj ŝi mem baldaŭ estos kvardekunujara. Tio signifas, ke ŝi patriniĝis eĉ pli juna ol Carina.

Li stariĝas por iel kolekti pli da energio.

"Mi ne scias kion diri", li raŭkas.

Sed subite li scias. Li enspiras profunde kaj klopodas paroli trankvile kaj modere.

"Mi absolute neniom kredas tiun rakonton. La afero pri bakforno ŝajnis tute kredinda, eĉ se mi ne imagas, kiom kostus tia aĵo. Sed ĉi tio? Kiel eksa verkisto de krimromanoj mi povas certigi al vi, ke tio ne taŭgas. La intrigo ne estas kredinda. Se oni volas enkonduki ion neatenditan en la agadon, gravas unue planti ĝin, tio estas antaŭe averti, por ke la leganto diru 'Nu, jen', kaj ne 'Ĉu vere?', kiam ĝi aperas."

Li paŭzas. Kial li do babilas pri siaj iamaj krimromanoj? Tute ne ĉi tion li intencis diri. Nun temas ne pri romano, sed pri historio, ĉu vera ĉu mensoga, kie ne li decidas la intrigon. Li faras novan provon.

"Johanna, vi diris al mi jam en januaro, ke vi ne havas infanojn."

Estiĝas nova paŭzo. Li sentas sin stultulo, starante meze de la gazono antaŭ la du sidantaj virinoj. Kial li ne trovas la ĝustajn vortojn?

"Kaj tiu afero pri kontraŭleĝa eniro en Laoson kaj Vjetnamion", li daŭrigas. "Ne, mi ne glutas tion. Mi pensas ke tiu Edvin ne estas pli reala ol la nova bakforno."

Nun Johanna jam mienas absolute kolerege. Ĉu la ujo finfine eksplodos?

"Ĉu vi do kredas, ke mi inventus ion similan?" ŝi diras. "Vi facile povas kontroli, ĉu li estas reala aŭ ne. Telefonu al Panjo."

Subite li ekkonscias, ke ŝi sendube pravas. Neniu homo inventas tiel malkredindan rakonton. Se oni intencas mensogi, oni parolas pri difektita bakforno. Ne pri fuĝo trans la riveron Mekongo por eskapi de la tajlanda justico. Ne necesas telefoni al Carina. Li povus demandi ĉe la fiska registro de la loĝantaro. Sed efektive eĉ tio ne estas bezonata.

Nun Monique stariĝas.

"Atendu iomete, Roger. Mi alportos dokumenton. Ĉu vi dume ne povus sidiĝi?"

Ŝi eniras la domon kaj restas for dum kelka tempo. Li residiĝas kaj prenas iom pli da varmeta akvo. Nek Johanna nek li parolas. En la ĝardeno estas silente. Neniu vento susuras, neniuj birdoj kantas ĉi-sezone. Kelkaj grizaj turdoj tamen kverelas pri la lastaj beroj de miskreskinta ĉerizujo. Li rigardas Johanna-n. Nun li jam kredas ŝin, tamen restas io, kion li ne komprenas. Devas ekzisti io, kion ŝi ankoraŭ ne rakontis.

Monique revenas kaj transdonas al li malfermitan koverton kun la ŝtata blazono de Svedio kaj la teksto 'Ministrejo por eksteraj aferoj'. Li eligas la enhavon. Ĝi konsistas el du folioj. Memorando pri kiel la ministrejo pere de la ambasadoro en Bangkoko havis kontakton kun la sveda civitano Edvin Johan Liljeblad, kiu estis arestita pro suspekto pri drogrilata krimo.

Li fluglegas la paperojn, remetas ilin en la koverton kaj redonas ĝin al Monique.

"Bone. Mi petas pardonon. Sed mi pensas, ke mi devas iom digesti ĉi tion. Mi ankoraŭ trovas la aferon tute absurda."

Li rigardas la du virinojn. Ili faras ege malsamajn impresojn. Johanna estas seka, preskaŭ rigida. Monique estas multe pli ema interkonsenti. Li klopodas memori Carina-n. Ankaŭ ŝi laŭiris sian propran vojon, ne tre zorgante kion opiniis aliuloj, sed ĉe ŝi tio estis ĉarma. Ĉiuokaze kiam ŝi aĝis dudek jarojn. Kia ŝi estis je kvardek jaroj, li tute ne povas imagi.

Li restariĝas kaj faras kelkajn paŝojn ĉirkaŭ la tablo. Johanna restas sidanta sialoke, dum Monique staras kun unu mano sur ŝia ŝultro.

"Mi restas iom konfuzita", li diras. "Kaj laca. Do mi nun iros al mia hotelĉambro, sed mi revenos morgaŭ por plu diskuti."

Daŭras longe ĝis li sukcesas endormiĝi en la hotelo Strand en Borgholm. Poste li dormas maltrankvile, kaj proksime antaŭ la mateno li sonĝas plurfoje. Li revenis al la apartamento de sia junaĝo, en 'la Arkeo', kvankam nenio aspektas kiel reale. Li mem staras ekster la domo, penante enrigardi tra la fenestroj kvazaŭ en iaspecan pupdomon. Interne de ĝi homoj sidas parolante, sed tiel mallaŭte ke li ne povas distingi, kion ili diras. Ili estas konatoj; en la sonĝo li konas ilin tre bone, sed ili ne estas tute identaj kun iuj realaj personoj.

Unu el ili similas al Johanna, aŭ ĉu estas Carina? Li scias, ke lia patro kaj patrino troviĝas ie en la domo, sed li ne vidas ilin, kaj baldaŭ lia frato alvenos tien. Iom pli malfrue li mem estas endome parolante kun viro, kiu similas al anoncisto de televida novaĵelsendo. Roger klopodas konvinki lin kaj la aliajn homojn, ke li mem estas senkulpa, ĉar li neniam uzadis drogojn, kaj fine li krias tion plengorĝe kaj vekiĝas kun forta sento, ke oni ne komprenas lin.

Li esperas, ke li ne reale kriis. Certe li ne faris tion. Ankoraŭ ne estas plena taglumo, kaj li turnas sin por klopodi reendormiĝi. Evidente tio prosperas al li, ĉar pli malfrue li vekiĝas kun sento de alia sonĝo, kvankam ĉi-foje li ne sukcesas kapti ĝin. Li tamen sentas, ke li indignis ankaŭ en tiu sonĝo.

Nenio estas stranga pri tio, kaj sendube la sonĝoj ne kaŝas iajn valorajn mesaĝojn el lia subkonscio. La hieraŭo restis enmense kaj provokis ilin, komprenable.

Li cerbumas pri la antaŭa timiga sonĝo. Strange, ke Göran rolis tie. Sendube pasis multaj jaroj de kiam li lastfoje sonĝis pri li. Li scivolas, ĉu la frato plu loĝas en Stokholmo, kaj kiel li vivas nuntempe. Lastfoje li aŭdis ion antaŭ du-tri jaroj. Tiam oni ĵus ellasis lin el ia sentoksiga kuracejo, kaj Roger ne scias, kiom da fojoj li restadis en tia ejo. Ilia fratino Gunilla raportis pri tio. Krome ŝi menciis, kie li loĝas, ie en Alby aŭ Fittja sude de Stokholmo.

Estas pli facile memori lin antaŭ pli ol kvardek jaroj, kiam ili kundividis ĉambron. Ili neniam multe interbatalis, sed li neniam certis, kiel kondutos la frato. Li povis ekscitiĝi kaj ataki, eĉ se ne eblis kompreni kial. Jen kial Roger jam frue alkutimiĝis eviti la fraton, aŭ almenaŭ teni certan distancon pro sekureco. Kaj nun la distanco jam kreskis al preskaŭ senfina.

Verŝajne la vortoj de Monique pri perforto kaj tuberkulozo en tajlandaj malliberejoj venigis la memoron pri Göran. Tio cetere ne gravas. Plej strange estas, kiel malofte li entute pensas pri li. Iel la historio ŝajnas ripetiĝi, kvankam ekzistas nenia ligo inter Göran kaj Edvin. Göran neniam renkontis Johanna-n. Kaj Roger mem eĉ ne sciis, ke Johanna patriniĝis same juna kiel Carina, aŭ eĉ pli juna.

Ĉu li ne devus trovi la telefonnumeron de Carina por demandi, kion ŝi intencas fari por Edvin? Iel li sentas, kvazaŭ la knabo estas pli multe ŝia nepo ol lia. Ŝi almenaŭ devas koni lian ekziston jam ekde kiam li naskiĝis. Eble ŝi eĉ estas tiu, kiu edukis lin, ĉar Johanna estis tro juna, kiam li naskiĝis.

Sed sendube Johanna jam turnis sin unue al ŝi por ekhavi helpon. Aŭ eble troviĝas io en ilia historio, pro kio Carina ne povas aŭ volas helpi. Pri ĉio tia li povos demandi ilin pli malfrue, post kiam oni trovos Edvin-on. Se almenaŭ la knabo estos retrovita, Roger havos multe da tempo por renkonti lin kaj Carina-n, se ili volos tion. Kaj se li mem volos. Ĝuste nun li ne scias, kion li volas, nek kiel foren etendiĝas lia respondeco.

Estas tempo ellitiĝi. Duŝinte sin li ekkonscias, ke li ne plu havas purajn vestaĵojn. Li surmetas la veston de hieraŭ, subeniras por matenmanĝi kaj poste faras promenon en la urbeto, kie ĉio situas je distanco de kelkaj domblokoj. Li revenas al la hotelo apud la plezurboata haveno kun triopo da kalsonoj, kotona ĉemizo kun mallongaj manikoj kaj du T-ĉemizoj, unu kun bunta bildo de somermeza stango, kaj alia kun turkisa ventmuelilo kaj la teksto "Insulo de Suno kaj Ventoj". Ŝajne estos ankoraŭ unu tago kun suno sed sen ventoj, sed ankoraŭ la varmo estas tolerebla. Okcidente la smolanda marbordo etendiĝas kiel malhelviola bordero, kaj rekte norde li distingas rondan altaĵeton sur la mara horizonto. Tio estas la fifama Blua Monto de sorĉistinoj. Post nelonge li jam aŭtas suden por refoja vizito ĉe Johanna kaj Monique.

12

Veronika metas la valizon planken en la vestiblo kaj eniras la salonon, kie ŝi sidiĝas sur unu el la vimenaj seĝoj kun la kruroj fleksitaj sub la korpo kaj la manoj en la sino. La seĝo knaras kaj kraketas, kiam ŝi serĉas komfortan pozicion. Ŝi aspektas magra kaj suferanta pro malvarmo.

"Ĉu vi volas ion manĝi?"

Ŝi kapneas.

"Ne necesas."

"Sed eble ion varman por trinki? Ĉu irlandan kafon?"

Ŝi mienas kvazaŭ ekploronte.

"Roger", ŝi diras. "Ĉu mi povos loĝi ĉi tie dum kelka tempo?"

Nenio povus pli surprizi lin. Kiam ili estis paro, ŝi ofte tranoktis en la semajnfinoj, sed ili neniam diskutis, ĉu ŝi kunloĝu kun li pli konstante. Ŝi mem ne volus tion, kaj eĉ malpli ŝiaj gepatroj. Evidente okazis io.

"Certe. Tio estas en ordo."

Nun larmoj fluas laŭ ŝiaj vangoj. Li klinas sin antaŭen kaj brakumas ŝin.

"Kio do okazis al vi?"

Ŝi snufas kaj viŝas al si la vizaĝon per la svetera maniko. Tio ne estas laŭ ŝia kutima stilo.

"Mi kverelis kun Panjo kaj Paĉjo. Kaj krome..."

Ŝi turnas sin for.

"Ĉu ankaŭ kun Peo? Ĉu rompiĝis inter vi?"

Ŝi kapjesas kaj kuntiriĝas sur la seĝo. Li glatumas al ŝi la dorson kaj tra la svetero sentas ŝiajn vertebrojn kontraŭ la polmoj.

"Lia damnita edzino malkovris nian rilaton. Ŝi diris, ke li devas elekti. Do li kompreneble elektis ŝin kaj la infanojn. Al mi li diris, ke li tro aĝas por mi."

"Nu. Do estis li, kiu rompis la aferon."

"Mi devis promesi ne plu kontakti lin. Kvazaŭ estus mi, kiu alkroĉiĝis al li. Damne, mi neniam plu volas vidi lin."

Li scivolas, ĉu ŝi parolas sincere. Kaj se jes, kiel longe ŝi sentos tiel.

"Do diru, ĉu vi volas irlandan kafon?"

Ŝi faras klopodon rideti.

"Jes, mi petas."

Ĉi-sezone ĉiam venas trablovo de la fenestroj, do ŝi ricevas lian ekstran plejdon por volvi ĉirkaŭ si. Poste ili longe sidadas interparolante ĉiu sur sia vimena brakseĝo, trinkante irlandan kafon kaj poste puran viskion. Veronika rakontas pri la somera vojaĝo kun sia familio. Ili refoje estis en Hungario. Kaj plue ŝi parolas pri la lernejo. Ŝi nun frekventas la kvaran jaron, kiu devus fari el ŝi inĝenieron. Ŝi elektis la programon de elektrotekniko, sed ŝi efektive tute ne ŝatas la studadon kaj malatentis ĝin dum la dua parto de la aŭtuno. Interalie pro tio ŝi kverelis kun la patro, kaj krome la gepatroj eksciis, ke ŝi havas amrilaton al viro kun edzino kaj infanoj.

"Ĉu ili scias, ke vi estas ĉi tie?"

"Tio ne koncernas ilin. Sed ili certe trovus tion bona. Ili ŝatis vin."

"Ĉiuokaze vi devas rakonti al ili, kie vi estas."

"Bone, bone. Haltigu la gurdon."

Li rakontas pri sia libertempa vojaĝo al Kreto, kvankam ĝi jam sufiĉe paliĝis en lia memoro. Cetere li ne havas multajn aferojn por diri. La laboro estas sama kiel antaŭe. Pri Marianne li ne volas paroli. Kaj absolute ne indas mencii la viziton de Carina ĉi tie. Li povus rakonti, ke li rifuzis fari la soldatservon, sed li jam scias, kion ŝi dirus pri tio. Ŝi admonus lin plenumi la servadon, por povi kundefendi Svedion kontraŭ la planata milita atako fare de Sovetunio.

Anstataŭe li mencias siajn verkajn planojn. Sed ĝis nun ili rezultigis malmulton. La artikolo pri lia laboro estas preskaŭ preta, sed li trovas, ke li ne sukcesis fari ĝin tre interesa por eksteruloj.

Kiam ilia interparolado komencas lami, ili enlitiĝas. Li rimarkas, ke ŝi glutas ian tablojdon, sed li ne volas demandi, ĉu ĝi estas kontraŭkoncipa pilolo aŭ dormigilo aŭ io alia. Li ankoraŭ havas nur unu liton, kaj li ne certas, ĉu ŝi volas seksumi kun li aŭ ne. Ŝi konservas T-ĉemizon kaj kalsoneton sed kuŝiĝas tiel proksime al li, ke li ne povas rezisti la emon kisi kaj karesi ŝin. Tiam ŝi rekomencas plori. Li ĉesas, sed kiam ŝi malvestas sin kaj komencas subentiri lian kalsonon, li sentas ke ŝi revenis al li, almenaŭ por ĉi tiu nokto.

"Vi mankis al mi", li diras.

"Mm."

Veronika restas en lia apartamento ĉe Smålandsgatan. De temp' al tempo ŝi iras al sia lernejo, sed plej ofte ne. Vespere, kiam li devas enlitiĝi, ŝi ofte sidadas en la salono. Ŝi aŭskultas liajn diskojn per paro da kapaŭskultiloj, kiujn li aĉetis por sia nova amplifilo. Li ofte aŭdas jen la kraketadon de la vimena brakseĝo, jen la sonprenilon, kiu aŭtomate reiras post la finludo de la disko. Kelkfoje ŝi kuŝas apud li en la lito, sed ŝi ne povas endormiĝi, do ŝi tenas ankaŭ lin maldorma. La lito larĝas 105 centimetrojn; jen sufiĉe por duopo, se ambaŭ kuŝas senmovaj, aŭ se ambaŭ moviĝas takte. Sed kiam li volas dormi dum ŝi turnadas kaj tordadas sin, ŝia ĉeesto ĝenas lin. Fine li devas peti ŝin ellitiĝi por ke li povu dormi ĝis li vekiĝos je la kvina. Tiam ŝi sidadas en la salono trinkante liajn vinon kaj viskion.

Iuvespere ŝia patro venas vizite. Roger regalas lin per kafo kaj vagadas tien-reen inter la kuirejo kaj salono, dum la patro longe parolas al ŝi hungare. De temp' al tempo li ĉesas kaj turnas sin al Roger.

"Pardonu ni parolas hungaran. Mi devas paroli kun la filino. Ŝi ne faras la lernejon bone. Mi devas klarigi ŝin."

"Jes ja, komprenebla. Neniu problemo."

Veronika respondas al sia patro mallonge kaj malbonvole, se juĝi laŭ la tono. Fine ŝi tiel incitiĝas, ke ŝi eniras la dormoĉambron kaj fermas post si la pordon. Ĉi tie ne eblas ŝlosi la pordojn, sed ŝia patro restas sidanta sur la vimena seĝo, kiu ege knaras kiam li turnas sin al Roger.

"Vi faras bone, vi laboras kiel devas. Vi povas klarigi ŝin? Ŝi devas fari la lernejon bone. Nur duono jaro, poste ekzameno. Inĝeniero. Vi povas paroli Veronika-n?"

"Mi povus provi, sed mi apenaŭ kredas, ke ŝi zorgos pri tio, kion mi diros."

"Bone, vi povas klarigi ŝin. Vi estas juna, ŝi aŭskultas vin."

"Tamen mi pensas, ke ŝi jam perdis tro multe dum la aŭtuno. Krome ili nun havas multe da praktika staĝado. Estus plej bone, se ŝi trovus ian provizoran laboron dum ĉi tiu printempo. Aŭtune ŝi povus rekomenci la lastan jaron de la lernejo."

"Ne, ne estas bone. Tiam ŝi perdas jaron. Ŝi devas nun esti en la lernejo, ne en laboro."

"Jes, sed ne eblas devigi iun, kiu ne volas."

La patro de Veronika frapetas al la dormoĉambra pordo kaj diras kelkajn vortojn hungare. Poste li forlasas la apartamenton, kaj Roger eniras al ŝi. Ŝi kuŝas surlite kaj apenaŭ reagas, kiam li sidiĝas apud ŝi kaj ripetas, kion ŝia patro diris al li. Li prenas ŝiajn ŝultrojn kaj skuas ŝin.

"Kio okazas al vi, Veronika? Ĉu vi prenis ion? Ĉu vi glutis trankviligilon?"

Ŝi kapjesas.

"Do kiom vi glutis?"

Ŝi skuas la kapon.

"Nur du. Ĉu restas viskio?"

"Vi ne rajtas drinki nun. Veronika, vi devas ĉesi pri tiuj tablojdoj. Estas malbone por vi daŭrigi tiel."

Ŝi kapjesas.

Sed ŝi tute ne ĉesas. Male, post la jarfinaj ferioj ŝi iras al la lernejo nur por renkonti la lernejan kuraciston kaj ricevi ripetitan preskribon.

Posttagmeze Roger kutime kuiras kaj klopodas persvadi ŝin manĝi ion. Kion ŝi faras, kiam li ne ĉeestas, li ne scias certe. Ofte ŝi enlitiĝas, kiam li vekiĝas por iri al sia laboro, kaj li supozas, ke ŝi dormas pli-malpli ĝis li revenas hejmen. Tiam ŝi kuŝas somnole kaj kelkfoje estas en iom pli bona humoro.

Fojfoje li sukcesas vigligi ŝin per moketoj.

"Rapidu ellitiĝi!" li vokas. "Sovetunio atakas!"

Tio incitas ŝin. Ŝi sible elsputas, ke li ne ŝercu pri afero, kiu ĉiumomente povos iĝi sanga vero.

Alifoje li malvestas sin kaj enlitiĝas apud ŝin, kaj ŝi akceptas lin. Nun ŝi ne plu volas ludi. Li ne scias, ĉu ŝi plenkreskis, aŭ ĉu tiu Peo dekutimigis ŝin je tiaj infanaĵoj. Iam ŝi ĝuis rajdante lin, sed nuntempe ŝi neniam volas tion. Anstataŭe ŝi sterniĝas surventre kaj premas la vizaĝon al la kuseno, sed kiam li mane karesas ŝian klitoron, ŝi fojfoje ja orgasmas. Poste ŝi kuŝas senmova atendante, ke li ejakulos en ŝin. Ne plu estas same bone, kiel en la komenco, kiam ili ĵus iĝis paro, sed li supozas, ke tio pli-malpli normalas. La seksumado tamen ja funkcias. Kaj li aprezas, ke ŝi revenis al li, kvankam ŝi ne estas sama kiel antaŭe.

Iutage komence de februaro li ĵus seksumis kun ŝi. Ili ambaŭ kuŝas surflanke en la lito, ŝi kun la dorso al li. Li metas la brakon ĉirkaŭ ŝian talion kaj iom distrite karesas ŝiajn mamojn. Ŝi ne reagas, kaj tiam li turnas ŝin al surdorsa pozo, apogas sin sur la kubuto kaj rigardas ŝin. Dum momento ŝi rigardas lin sub duone fermitaj palpebroj, poste ŝi fermas la okulojn kaj turnas la vizaĝon for de li.

"Kiel vi efektive fartas?" li demandas.

Ŝi glutas kaj malsekigas la lipojn per la langopinto.

"Vi komprenas, ĉu ne?"

"Kion?"

Ŝi suspiras.

"Ke mi pensas pri li dum ni fikas."

Li sentas malvarman ondon trakuri lin. Li volas diri ion krudan por forregali ŝin reciproke. Sed li trovas nenion direblan. Li povus mensogi dirante "kaj mi pensas pri Carina", sed ŝi absolute fajfus pri tio. Li mute stariĝas kaj paŝas en la necesejon por duŝi sin.

Ŝi plu loĝadas ĉe li. Li ne povas elĵeti ŝin. Ĉio daŭras kiel antaŭe, krom tio, ke ili ne plu seksumas. Iuvespere post du aŭ tri semajnoj ŝi kiel kutime sidas salone, kiam li endormiĝas. Pli malfrue nokte li subite vekiĝas de tio, ke ŝi kuŝas nuda apud li provante doni al li erektiĝon. Li puŝas ŝin for el la lito kaj poste turnas sin, dum ŝi prenas siajn vestaĵojn kaj reiras en la salonon. Sed poste li ne povas reendormiĝi. Li kuŝadas dum pli ol horo senĉese dezirante ŝin. De temp' al tempo li aŭdas sonojn de la vimena seĝo, sed li ne scias, ĉu ŝi sidas sur ĝi. Kelkfoje ĝi povas kraketi longe post kiam oni stariĝis kaj foriris de ĝi.

En la sekva sabato li ne plu rezistas. Ili rekomencas same kiel antaŭe. Poste ŝi kuŝas plorante kun malfermitaj okuloj. Nuntempe ŝi ofte ploradas.

"Pardonu, ke mi diris tiel tiufoje", ŝi plorsingultas.

Ŝi ne klarigas kion nek kiam, sed li scias, kion ŝi aludas. Li tiras la ŝultrojn kiom li povas, kuŝante enlite.

"Mi ja ŝatas vin", ŝi diras. "Pardonu."

Li kuŝiĝas proksime apud ŝi premante la vizaĝon al ŝiaj haroj kaj kolo. Nenio direblas. Ankaŭ ŝi dum kelka tempo kuŝas silenta, ŝajne cerbumante pri io.

"Mi ne komprenas", ŝi poste diras. "Ŝi estas damne filistra kaj etburĝa. Ŝi zorgas nur pri tio, kion diros aliaj homoj. Ŝi voĉdonis por la centruloj."

"Pri kiu vi parolas?" diras Roger, kvankam li jam scias.

"Pri lia edzino. Kiel li povas kunvivi kun tia kreteno?"

"Ĉu vi renkontis ŝin?"

"Ne. Nu, mi vidis ŝin. Ŝi kaj la infanoj venis hejmen unufoje, kiam ili devus ne. Sed li rakontis al mi kia ŝi estas."

"Oni ne enamiĝas al la politiko."

Ŝi faras malkontentan grimacon sed ne respondas.

"Cetere ili verŝajne estas kunuloj delonge, ĉar ili havas infanojn", li daŭrigas. "Eble ankaŭ Peo estis burĝa, kiam ili renkontiĝis."

"Tio eblas, sed kiel li povas plu vivi kun ŝi, post kiam li konsciiĝis? Marksist-leninisto simple ne povas ami iun, kiu voĉdonas por la centruloj!"

Ŝi sonas sincere indigna, sed li ne povas ne ridi. Tiam ŝi turnas sin for de li kaj tiras la litkovrilon supren, tiel ke ĝi kovras la mamojn.

"Cetere vi mem estas same etburĝa", ŝi diras kolertone. "Por kio vi efektive voĉdonis?"

"Ili ja havas la infanojn kune", li diras. "Jen verŝajne kial. Kaj tiuj ne voĉdonas."

Li pensas, ke Veronika estis nur ekscita kromulino por Peo. Peco da freŝa karno kaj ŝanco senti sin juna kaj libera dum mallonga tempo. Sed tion li ne povas diri al ŝi.

"Se vi estos kandidato en la sekva elekto, mi promesas voĉdoni por vi", li aldonas. "Vi freŝigus la parlamenton."

Sed li supozas, ke ŝia nomo neniam aperos sur voĉdonilo. Ŝi ja estas sekreta partiano por ne riski registradon de la Sekureca Polico kaj de KGB. Lastatempe tamen ŝajnas, ke ŝi jam ĉesis pri la partia aktivado.

Semajnon pli malfrue Marianne telefonas al li.

"Kiel statas al vi? Ĉu vi restas ĉe la poŝto?"

"Jes ja, sed lastatempe mi ne laboras en via distrikto."

Ŝi ekridas.

"Ĉu vi malgraŭ tio povus konsideri viziton en mia distrikto, tute ekster la servado, se tiel diri?"

"Certe."

"Kion vi dirus pri sabata kafumado ankoraŭfoje?"

Li pripensas. Veronika kaj li kutime manĝas kune posttagmeze, sed li neniam promesis plenumi tion ĉiutage. Iufoje ŝi ja devus helpi sin mem.

"Bone, tio estus en ordo. Do la venontan sabaton, ĉu?"

"Volonte. Kaj se vi verkis ion novan, vi povus kunporti ĝin, ĉu ne?"

Tiusemajne li havas liberan sabaton, kaj vendrede vespere li longe babilas kun Veronika. Ili manĝas fromaĝojn kaj trinkas vinon, kaj lia ĵus aĉetita eta televidilo estas ŝaltita sed sen sono, dum li klopodas por vivteni interparolon. Evidente ŝi trovas la silentajn televidajn bildojn trankviligaj. Ŝajne estas ia kvizo en unu el la du kanaloj.

"Mi aŭdis, ke Carter pardonis la usonajn dizertintojn de la vjetnama milito", diras Roger. "Finfine do."

Ŝi ne komentas tion.

"Sed kelkaj el ili sendube jam fondis familion en Svedio. Tamen ekde nun ili jam povos vojaĝi por viziti siajn parencojn."

"Bone por ili."

"Estas iomete kiel por viaj gepatroj."

Ŝi stariĝas, paŝas ĝis la televidilo kaj ŝanĝas de kanalo unu al kanalo du. Poste ŝi residiĝas kaj plu gapas al la ekrano, kiu montras la vizaĝon de virino, kredeble kantistino, li pensas.

"Antaŭ nelonge mi legis, ke en Usono oni inventis aparaton, per kiu eblas ŝanĝi kanalon sen stariĝi", li diras. "Ian etan radiosendilon aŭ ion similan, kiun oni tenas mane. Sed kompreneble ili povas elekti inter pli ol du kanaloj."

Ŝi ĵetas al li rigardon.

"Ĉu vi celas tion kiel mokon?" ŝi diras.

"Ne al vi. Al la usonanoj."

Li rigardas ŝin. Ŝi sidas kun la brakoj ĉirkaŭ la levitaj genuoj. La malhelbrunaj haroj pendas kurtene antaŭ la frunto kaj ŝajnas nekombitaj kaj malpuraj.

"Se vi ne intencas frekventi la lernejon, vi devus fari ion alian. Vi devus klopodi por trovi laboron. Jam nur kelkaj horoj de temp' al tempo aktivigus vin. Ĉu vi ne povas demandi pri kromlaboro en la hospitalo? Aŭ kiel kelnerino en lunĉa manĝejo? Ĉu mi demandu, ĉu oni bezonas pli da homoj en la poŝteja specigado?"

"Tio estas mia problemo. Ne enmiksiĝu en ĝin."

"Vi ja loĝas ĉi tie."

"Do elĵetu min."

Li pripensas, kiel ŝi kondutis antaŭe. Tiutempe ŝi ĉiam estis preta diskuti politikon. Ŝi tre zorgis plenumi la lernejajn taskojn, kaj eĉ ĝene skrupulis pri si mem kaj sia vesto. Nun ŝi surhavas grandan makulitan sveteron kaj nigran ŝtrumpkalsonon, kie la haŭto brilas blanke tra pluraj truoj. Ŝi vere tute perdis sian stilon.

"Ĉu vi ne povus almenaŭ rekomenci pri la politika aktivado?"

Ŝi glutas buŝplenon da vino, ne respondante.

"Ĉu vi ĉesis pri tio ĉar li estas ano tie?"

"Ne enmiksiĝu en tion, damna reviziisto."

Ŝi diras tion sen multe da energio, tamen tio estas almenaŭ provo je insulto. Pli bone io ol nenio, li pensas.

"Vi devas fari ion. Ne nur kuŝi surlite aŭ sidi antaŭ la televidilo. Mi jam bedaŭras, ke mi aĉetis ĝin. Vi eĉ nenion plu legas. Mi pensas, ke vi bezonas renkonti iun alian ol min. Mi ne scias, kion fari pri vi, Veronika."

"Do faru nenion pri mi", ŝi diras malklare kun la buŝo kontraŭ la genuoj. "Simple fajfu pri mi."

"Ĉu vi ne havas psikologon en via lernejo? Tiu kuracisto ja nur preskribas pilolojn. Diabla drogdoktoro."

Ŝi refoje ŝanĝas kanalon. Ne plu eblas interparoli kun ŝi. Eĉ se li krius "Sovetunio atakas!" ŝi nek ridus nek incitiĝus. Tamen li restas sidanta kun ŝi ĝis malfrue vespere, trinkante pli da vino kaj dirante ion de temp' al tempo. Foje li ricevas respondon, foje ne.

Matene li vekiĝas pro tio, ke ŝi enlitiĝas apud lin. Li restas dum kelka tempo glatumante al ŝi la dorson. Ŝi ekhavis makulon eĉ sur la dorso de la blanka T-ĉemizo en kiu ŝi dormas. Ĝi aspektas kiel de ruĝa vino. Kiel ŝi atingis tion?

Li ellitiĝas, matenmanĝas kaj komencas serĉadi tekstojn, kiujn li povus kunporti al Marianne. La sola afero publikigita lastjare estas mallonga satiraĵo pri Fälldin kaj la nuklea energio, kiun la Popola Bildgazeto aperigis sur sia leĝera paĝo. Krom tiu li sendis sian raporton pri la poŝta laboro, sed tiun oni rifuzis. Li prenas du komencitajn tekstojn, unu pri Hispanio post Franco kaj alian pri Milton Friedman kaj Pinochet. Sed ili konsistas ĉefe el liberaj opinioj. Li ne posedas verajn sciojn pri tiuj temoj, kaj li ne havis la forton esplori kaj elfosi faktojn. Post pli funda pripensado li decidas ne kunporti ilin.

Ŝajne ŝi faris ion pri la hararo, sed li ne povas distingi kion. Ĉu eble kolorigis ĝin? Aŭ ŝi kutime havis pli longajn harojn? Ĉiuokaze ilia interrilato ne estas tia, ke necesas diri ion pri tio. Ili tamen devus manpremi aŭ brakumi, sed neniu el ili ŝajne scias kio konvenas, do rezultas nenio.

"Eniru, mi petas! Mi ĝojas ke vi venas!"

Li enpaŝas kaj demetas la ŝuojn.

"Kafo jam pretas", ŝi diras. "Mi kredas memori, ke la viena bulkego plaĉis al vi, do mi aĉetis saman refoje."

Ili sidiĝas en la kuirejo, kaj ŝi verŝas kafon.

"Nu, kion vi pensas pri Aldén?" ŝi diras. "Ĉu li demisios?"

Roger ne tre interesiĝas pri tiu loka politikisto, prezidanto de la urba konstrukomisiono, kiu konstruigis al si somerdomon sur parcelo en leĝe protektita marborda zono.

"Mi tute ne scias", li diras. "Se jes, li kompreneble ricevos alian pintan postenon. Ili sendube memoros helpi unu la alian. Kredeble li scias amason da aferoj pri la aliaj potenculoj, kion ili ne volas malkaŝi."

"Ho, sed tio signifus puran korupton. Ĉu vi vere pensas, ke estas tiel fie?"

"Supozeble. Sed laŭ la socialdemokrata ĵurnalo li neniel kulpas. Li ricevis konstrupermeson. Kiun li mem decidis, mi supozas."

"Tamen ĉu ili ne devas apliki la leĝon, kiam ili traktas la petojn? Eble temas nur pri partia konkurado."

"Povas esti", li diras atakante la vienan bulkegon.

"Ĉu vi pripensis verki ion pri tio?"

"Ne, sufiĉas la artikoloj en la dekstrula ĵurnalo. Mi ne povas konkuri kun ĝi."

"Sed eble ekzistas aliaj urbaj skandaloj."

"Probable jes. Sed kiel elfosi ilin?"

Ili trinkas kafon kaj manĝas. Nun li malkovras, kio okazis al ŝia hararo. Pli frue ŝi ĉiam portis ĝin en hararanĝo kun klipo. Nun ĝi pendas loze, kvankam iom kurbe, en paĝia stilo. Krome ŝi antaŭe ĉiam surhavis okulvitrojn.

"Vi rigardas iom strange", ŝi diras. "Ĉu io mankas?"

"Ne, pardonu. Ĉu vi ne kutime uzas okulvitrojn?"

"Vi pravas. Mi ekuzis lensojn. Vi estas tre observema."

"Kaj la haroj. Antaŭe vi ĉiam havis klipon."

Ŝi ridetas nenion dirante, kaj li rapidas preni pli da viena bulko.

"Nu, ĉu vi verkis ion pluan?"

Li fosas en sia sako.

"Ĉi tion."

Li montras al ŝi la komenton pri Fälldin. Ŝi rapide tralegas ĝin.

"Sufiĉe amuza. Sed ĉu vi ne pafas sidantan birdon?"

Li ne scias precize, kion ŝi volas diri per tio, do li nur ridetas evite kaj elsakigas sian laborejan raporton.

"Ĉi tiun ili ne volis aperigi."

Marianne akceptas ĝin kaj eklegas. Post kelka tempo ŝi levas la rigardon kaj mienas aprobe.

"Mi trovas ĝin bona. Vi havas ian subtekstan humuron, kiu tute ne altrudas sin."

Ŝi plu legadas. Li cerbumas pri tio, kion ŝi diris. Lia intenco ne estis verki humure, sed eble ŝi volis diri, ke li ne prenas la leterportadon tro serioze. Tiuokaze li eble sukcesis pri tio, kion li celis.

Finleginte ŝi metas la artikolon surtablen kaj trinkas pli da kafo.

"Vi skribas atentokapte. Mi pensas, ke pli da homoj devus havi ŝancon legi ĉi tion. Ni klopodu elpensi, kiu forumo konvenus. Se vi enmetus iom pli da lokaj detaloj, eble iu el la urbaj ĵurnaloj povus interesiĝi."

"Ĉu vere?"

"Jes ja. Sed kredeble estus pli bone provi ian magazinon. Ĉu via sindikata gazeto estas nur por poŝtistoj?"

Li pripensas. Fakte li ne certas, kiuj aliaj estas anoj de lia sindikato. Li pensas ke eble la traklaboristoj de la ŝtataj fervojoj.

"Ne, estas ankaŭ aliaj", li diras.

"Mi cerbumos por trovi pli bonan proponon. Kiel longe vi intencas resti ĉe la poŝto?"

"Mi ne scias. Ĝis io pli bona aperos."

Ŝi rigardas lin kun mieno iomete kompata.

"Kredeble nenio aperos per si mem. Kion vi opinius pri ĵurnalistiko? Efektive vi ja provas tion per viaj verkaĵoj."

"Ha ha. Necesas eduko por tio."

"Do kandidatiĝu por studloko en la Ĵurnalista Altlernejo!"

Li ridetas. Li sentas tion ege malproksima, kvankam verdire li ne scias kial. Li rifuzis tion jam antaŭ ol klare pensi la penson.

"Aŭ ĉu ekzistas io, kio ligas vin ĉi-urbe?"

"Nu, la laboro, kompreneble."

"Ĉu neniu koramikino?"

Li hezitas. Ne facilas klarigi al iu alia, kiam li mem ne povas klare vidi, kia estas lia rilato al Veronika.

"Ne precize. Nu, estas iom komplike."

Ŝi faras etan grimacon.

"Ĉu vere. Nu, estas same por mi. Ŝajnas al mi, ke tio ofte estas komplika."

Li ridas iom embarasite.

"Mi estas edzino", ŝi diras. "Sed tion oni apenaŭ rimarkas ĉi tie, ĉu? Mia kara edzo loĝis ĉi tie dum du jaroj, sed poste li reiris al Lund."

Li rigardas ŝiajn manojn. Evidente ŝi notas tion kaj levas ilin antaŭ li.

"Vi observis tute prave. Neniu ringo. Aŭ pli ĝuste, la ringo kuŝas en tirkesto de la litotablo. Mi surmetas ĝin, kiam mi renkontos lin. Ne tre dece, ĉu? Sed mi eble similas vin, mi atendas ke io aperos."

Li tiras la ŝultrojn.

"Mi ne pensis pri tio pli frue", li diras.

Ŝi ridas.

"Komprenebe. Kial vi pensu pri tio? Nun mi konfesis, jen estas via vico rakonti, kio estas komplikita en via vivo. Sed atendu momenton!"

Ŝi alportas botelon da konjako kaj du glasojn. Dum ŝi verŝas ĝin kaj plian kafon, li havas tempon pripensi, kiel efektive statas, kaj kion li diru. Poste li rakontas pri Veronika. Ke ili estis koramikoj dum iom pli ol jaro kaj duono, ke ŝi forlasis lin por iu alia sed poste revenis, kaj tamen ne. Kaj ke ŝi lastatempe tute pasiviĝis, kvazaŭ paralizite, kaj ne plu entreprenas ion ajn. Ilian seksumadon li ne mencias. Espereble Marianne ne demandos pri tia intimaĵo.

"Mi supozas, ke ŝi ankoraŭ amas lin", li diras.

Li neniam supozus, ke li povos rakonti pri tio al iu alia, sed nun li estas kontenta, ke li eldiris tion. La konjako brulas en lia buŝo, kaj li glutas ĝin kun varmeta kafo.

"Ĉu ŝi estas deprimita, laŭ via opinio?"

"Mi pensas ke jes."

"Kaj vi mem, ĉu vi ankoraŭ amas ŝin?"

Li pripensas dum kelka tempo. Preskaŭ ne eblas respondi jes aŭ ne al tio.

"Kredeble jes", li tamen diras finfine. "Sed mi dezirus ke ŝi estu kiel antaŭe. Nun ŝi jam estas sufiĉe mizera."

Dum kelka tempo Marianne silentas.

"Ĉu ŝi estas samaĝa kiel vi?"

"Iom pli juna. Ŝi frekventas la gimnazion, aŭ tio estis la plano."

"Tio sonas, kvazaŭ ŝi bezonus konsulti kuraciston. Sed ĉu ŝi ne havas gepatrojn, kiuj zorgas pri ŝi?"

"Jes, sed ĝuste nun ŝi loĝas ĉe mi. Kredeble ili ne bone komprenis, kiel ŝi fartas."

"Do vi devus paroli kun ili por konvinki ilin fari ion. Tio estas ilia respondeco, ĉu ne? Sed ili devos ekscii."

Li malrapide kapjesas. Li ĝojas, ke li parolis kun Marianne pri la situacio. Kaj tio okazis plene dank' al ŝi. Ŝi vere estas bona plenkreska amiko, negrave kion ŝi efektive celis per la ŝercado pri la edzina ringo.

Estas preskaŭ la kvara horo posttagmeze, kiam li biciklas hejmen. Li sentas ioman naŭziĝon. Ĉu pro tro da kafo, aŭ pro io en la interparolo? Li demandas sin ĉu halti por aĉeti manĝaĵojn, aŭ ĉu li hejme havas ion por kuiri. Estos pli malfrue ol kutime, sed tio ne multe gravas. Nuntempe Veronika neniam havas apetiton. Li haltas kaj aĉetas kelkajn dosojn da tinuso kaj erigitaj tomatoj en butiketo ĉe la norda ĉefstrato. Li kuiros spagetojn kun saŭco.

Veronika plu kuŝas surlite, sed ŝi almenaŭ estas tute vestita kaj ne kuŝas sub kovrilo. Ŝi surmetis la ĝinzon kaj puran ĉemizon. Ŝi ne respondas, kiam li diras al ŝi saluton, do li eniras la dormoĉambron kaj sidiĝas sur la randon de la lito. Sed ne eblas veki ŝin. Li vokas, li skuas ŝin, li polme frapas ŝiajn vangojn, sed ŝi kuŝas senmova plu dormante.

Li kuras ĝis la telefono en la vestiblo kaj diskas naŭdek mil. La disko moviĝas lantmove inter ĉiu nulo. Oni respondas en la alarmcentralo kaj li petas ambulancon per sia plejeble firma voĉo.

13

La enirejo de la butiko estas ŝlosita, do li paŝas preter la domangulo kaj sonorigas ĉe la alia pordo. Dum momento li ekhavas la ideon, ke Johanna foriris ien por eviti renkonti lin. Sed tiam Monique malfermas la pordon.

"Venu enen", ŝi diras amike.

"Do, ĉu vi hodiaŭ estas libera?"

"Mi liberigis min por esti ĉi tie kun Hanna."

Ili sidiĝas ĉirkaŭ la kuirejan tablon, kaj Monique prezentas teon kaj skonojn, kiuj venas rekte el la bakforno. Li ĵus amplekse matenmanĝis en la hotelo, tamen li prenas skonon kaj ŝmiras ĝin per la hejmekuirita fragokonfitaĵo troviĝanta surtable. Johanna forfrotas panerojn de unu angulo de la tablo kaj tien metas tajpitan A4-folion.

"Jen ŝuldatesto pro la prunto", ŝi diras. "Mi ankoraŭ ne skribis la sumon, por la okazo ke vi akceptus doni novan prunton."

Roger ĵetas rigardon al la papero sen vere legi ĝin.

"Mi cerbumis sufiĉe multe hieraŭ vespere", li diras. "Kaj ankaŭ ĉi-matene. Mi pruntos al vi la monon, pri kiu vi petis, kvankam mi trovas absolute freneze vojaĝi al Tajlando por serĉadi la knabon."

Johanna rigardas lin. Ŝi apenaŭ rimarkeble ŝanĝas sian mienon. Eventuale ŝiaj okuloj aperas iomete malpli turmentataj.

"Dankon", ŝi diras.

"Hanna", diras Monique, "mi pensas, ke Roger verŝajne ne bone komprenis, kial vi evitis rakonti pri Edvin kaj pri kiel estis al vi, kiam li estiĝis. Ĉu vi ne povus fari provon klarigi tion?"

Johanna malrapide kapjesas.

"Se tio interesas vin", ŝi diras denove rigardante lin.

"Absolute."

Dum ankoraŭ kelka tempo ŝi plu restas silenta. Li glutas buŝplenon da teo kaj maĉas pecon de la skono.

"Kiam li naskiĝis, mi estis tre juna kaj ne fartis bone", ŝi diras hezite.

"Pardonu, Hanni", diras Monique. "Ĉu vi povus rakonti, kiel estis en via hejmo, kun la vicpatro?"

"Certe."

Ŝi denove turnas sin al Roger kaj serĉas lian rigardon. En la kuirejo regas silento, kaj kiam la malnova fridujo subite ĉesas zumi, eĉ pli silentiĝas. Li sentas, kvazaŭ la tuta domo aŭskultas, atendante la klarigon de Johanna.

"Mi estis tre malgranda, kiam Panjo komencis sian rilaton al Kent. Mi eĉ ne memoras, kiam mi unuafoje renkontis lin. Post kiam li ekloĝis kun ni, mi unue sentis, kvazaŭ li ne ŝatus min. Sed kiam mi kreskis, iĝis alie. Kiam Panjo laboris vespere en la hospitalo, li estis sola kun ni infanoj. Antaŭe Avino vartis min, sed nun tio ne plu estis necesa. Cetere miaj geavoj neniam bone interrilatis kun Kent. Nu, vespere li enlitigis la gefratetojn, kaj poste li volis fari la samon al mi. Mi pensas ke mi komence trovis tion agrabla, sed pli malfrue, kiam mi adoleskis, tio kompreneble embarasis min. Li volis brakumi kaj tuŝi min. Kiam mi estis dektrijara, li altrudis sin en la banĉambron kaj volis sapumi min, kiam mi duŝis min, kaj tiam mi klaĉis al Panjo, sed komence ŝi ne kredis min. Mi ne povis klarigi, kiel li sukcesis malfermi la ŝlositan pordon, do ŝi rigardis tion kiel adoleskan fantazion."

"Atendu iomete, Johanna", Roger interrompas. "Ĉu vi volas diri, ke via vicpatro estas la patro de Edvin?"

Ŝi kapneas kaj pale ridetas.

"Ne, li ne estas. Atendu iom."

Ŝi trinkas teon rigardante al Monique, kiu metas manon sur ŝian ŝultron.

"Ne, sed mi trovis lin naŭza, kaj ĉio hejme iĝis pli kaj pli ĝena. Mi klopodis por plej ofte viziti amikinon, kiam Panjo laboris vespere, sed ŝiaj gepatroj trovis, ke mi estas tie tro ofte. Do mi pasigis la vesperojn eksterdome kiel eble plej multe kaj ekhavis amikojn aŭ konatojn, kiuj ankaŭ ne bonfartis hejme, kaj knabinojn kaj knabojn. Kiam mi devis esti hejme, mi enŝlosis min en mia ĉambro, kaj mi neniam plu duŝis min, kiam Panjo ne estis hejme. Fine, mi ne scias kiel, ŝi komprenis, ke io estas misa, kaj tiam ŝi elĵetis lin. Tiam mi estis dekkvinjara. Ili dumlonge militis pri tio, kie loĝos Martin kaj Elin, kaj mi devis paroli kun ia sociala asistanto pri kiel li kondutis al mi. Tio estis diable malagrabla, sed mi estis kontenta, ke li ne plu restas ĉe ni. Nu, ĉiuokaze, proksimume samtempe mi komencis fumi haŝiŝon, kiam mi estis en la naŭa klaso, kun kelkaj pli aĝaj gejunuloj. Mi neniam havis tre multe da mono, sed mi ekhavis koramikon, kaj poste duan, kiuj kundividis kun mi drinkaĵon kaj fumaĵon. Kaj poste je dek sep jaroj mi gravediĝis."

Ŝi paŭzas por trinki pli da teo. Roger ne povas ne pensi pri Carina, kaj pri kiel li renkontadis ŝin de temp' al tempo. Tamen ili ne estis same junaj, li pensas. Kaj por ili la porvjetnama grupo estis stabiliga faktoro, kvazaŭ ia pli vasta familio.

"Kompreneble Panjo volis, ke mi abortigu, sed mi longe prokrastis rakonti, do jam estis tro malfrue. Finfine mi do naskis lin. La ideo de la sociala servo estis, ke mi loĝu kun li en Vilao Lindö, kiu estis sociala loĝejo por patrinoj kaj infanoj. Dume mi studos la gimnaziajn kursojn. Tamen mi ne eltenis tiun estadon sed fuĝis de tie, kaj tiam oni lokis lin ĉe eduk-gepatrojn. Poste dum kelkaj jaroj ĉio estis sufiĉe malorda. Li vivis en pluraj edukfamilioj unu post la alia, kaj mi loĝis jen hejme ĉe Panjo, jen ĉe junulo. Certatempe mi kunvivis kun viro iom pli aĝa kun laboro kaj orda vivo, dum mi studis en la lernejo por adoltoj, kaj tiam mi rajtis repreni al ni Edvin-on. Sed tio ne funkciis bone. Tiam li aĝis tri jarojn kaj duonon, kaj li estis ege malkvieta, sed mi ne sciis, kiel prizorgi infanon. Nu, eble mi ja sciis, ĉar mi havis la gefratetojn. Sed mi ne havis forton nek paciencon por li, kaj fine mia kunvivanto Lasse laciĝis de tio. Do sekvis ankoraŭ kelkaj edukfamilioj dum pluraj jaroj. Kutime mi rajtis veni viziti lin, sed tio okazis ne tre ofte kaj estis sufiĉe komplike. Tiuj homoj ofte loĝis en la kamparo aŭ en malproksima urbeto."

Roger jam finmanĝis sian skonon, kaj Monique verŝas plian teon al Johanna kaj li. La rakonto kiun li aŭskultis estas korprema, precipe pro tio ke li jam konas la finon. Nu, ĉu la finon? Kompreneble ŝi ne povas akcepti ĝuste tion, ke la historio finiĝos inter droguloj kaj krimuloj en Tajlando. Krome li demandas sin, kiel Carina komence sukcesis zorgi pri Johanna, estante sola kaj senlabora. Sed eble ŝi prosperis pri tio eĉ pli bone sola, ol kiam tiu Kent aperis en ŝia vivo. Ĉu Roger povintus alporti ion por Johanna? Ne plu eblas scii tion.

"Kiam Edvin aĝis inter dek du kaj dek kvar jarojn, li ĉiuokaze vivis ĉe mi. Tiam mi jam komencis pri la ceramiko kaj kundividis ĉi tiun atelieron kun Ingrid, iom maljuna virino, kiu posedis la domon kaj loĝis ĉi tie. Mi loĝis enurbe kun Edvin, do mi buse veturis ĉi tien al la ateliero. Bedaŭrinde li devis estadi sola iom tro multe, kvankam mi ne scias, ĉu tio iel influis. Li neniam ekhavis veran konfidon al mi. Poste je dek kvin jaroj li forkuris por trovi sian patron, li diris, kvankam li neniam antaŭe renkontis lin. Sekvis nova edukfamilio, sed li kutimis forkuri ankaŭ de ĝi. Li plurfoje kontaktis min por elpeti monon, sed mi neniam havis tre multe. Mi ne scias certe, kiam li komencis pri drogoj, sed supozeble tio estis proksimume je dek kvin jaroj."

Iĝas silente en la kuirejo.

"Nun vi eble komprenas iom pli bone", diras Monique.

"Eble jes. Aŭ, mi ne scias. Tio estas malĝojiga historio. Sed ne eblas ŝanĝi tion, kio okazis. Mi pensas pri mi mem kaj vi, Johanna. Tio ja ne estas same malĝojiga, kaj ŝajne vi finfine havas bonan vivon, sed la faktoj restas. Ni vivis niajn vivojn sen kontakto unu kun la alia, kaj ne eblas malfari tion. Kompreneble ni povas ekde nun renkontiĝi, nu, efektive ni jam faras tion. Sed tio influas nur ekde nun kaj estonte, ne la pasintecon. Vi neniam povos akiri infanaĝon kun mi, nek Edvin kun vi."

Dum li parolas Johanna sulkas la frunton, kaj nun ŝi mienas definitive kolere.

"Ŝajne vi komprenas nenion!"

"Atendu, Hanni", Monique diras kvazaŭ por deturni ŝin.

"Ĉesu dorloti!"

Ŝi stariĝas kaj portas sian tetason al la lavtablo. Poste ŝi restas staranta tie kun la taso enmane kaj la dorso al Roger kaj Monique.

"Mi scias bonege, ke mi ne estis bona patrino de Edvin, kaj mi opinias, ke mi jam klarigis al vi kial. Sed nun temas ne pri tio! Negrave kiel aspektis la interrilato de Edvin kaj mi, negrave kia estis tiu inter mi kaj vi, li trafis en diablan kaptilon. Mi ne certas, ĉu mi sukcesos helpi lin aŭ ne, sed mi ne povas rezigni la klopodon. Kaj mi ne povas permesi al mi fierecon; mi devas peti helpon, kie mi havas ŝancon ricevi ĝin."

"Mi kredas kompreni. Vi faras bone petante helpon. Mi tamen timas, ke vi mem riskas pli multe ol kiom prudentas."

Ŝi jam denove turnas sin eksteren. Li stariĝas kaj paŝas al ŝi.

"Ĉu mi rajtas brakumi vin, Johanna?" li diras.

Ŝi gapas al li.

"Ne!"

Li retroiras dorsen al la tablo.

"Pardonu, tio estis malbona ideo. Mi nur... Baf, mi ne scias."

Li rigardas al Monique kvazaŭ serĉante helpon. Ŝi stariĝas, paŝas ĝis Johanna kaj metas la brakojn ĉirkaŭ ŝin. Ankaŭ tion Johanna ŝajnas ne aprezi, tamen ŝi ne protestas sed lasas sin brakumi. Dum minuto ili staras tiel. Poste ŝi liberigas sin, venas al la tablo, kie Roger ankoraŭ staras rigardante ŝin senpove. Ŝi kaptas sian ŝuldateston.

"Do mi enskribos la sumon. Sepdek plus tridek, tio faras cent mil, ĉu ne? Ĉu tiel estas en ordo?"

"Jes", li respondas. "Estas en ordo."

Ili kunhelpas prepari salaton kun pastaĵoj por lunĉo, kiel kutime sub la gvidado de Monique. Dum ili tranĉas legomojn, boligas ovojn, asparagojn kaj konkoformajn pastaĵojn kaj miksas saŭcon, la etoso iĝas iom pli leĝera ol dum la antaŭtagmeza interparolado. Precipe Monique faras sian eblon por malpezigi la kunestadon.

"Ĉi tiuj asparagoj ne tre impresas, aŭ kiel oni diras, ĉu imponas? Roger, ĉu vi jam aŭdis, kion oni diras pri asparagoj en Germanio?"

"Ne, tute ne."

"Asparago devas esti tiel belkreska, ke la sinjorinoj ruĝiĝas kaj la sinjoroj paliĝas pro envio."

Li rigardas alterne la asparagojn kaj ŝin.

"Se tio signifas kion mi supozas, mi forte dubas ke tio validas por la sinjorinoj de ĉi tiu domo."

Ŝi kore ridas pri tio.

"Sed eble por la sinjoro?"

"Nu, mi konsentas kun vi; ĉi tiuj asparagoj ne tre paligas min."

Eĉ se Johanna ne partoprenas en la ridado, tamen ŝajnas kvazaŭ ŝia mieno iomete heliĝis.

Kiel kutime oni manĝas en la ĝardeno.

"Johanna", li diras, glutante buŝplenon da salato. "Mi komprenas, se la situacio de Edvin plene okupas vin, tamen mi volas demandi vin pri alia afero."

"Bonvolu."

"Kiam vi veturis urben la lastan vintron, vi sciis nenion pri liaj problemoj, ĉu? Kio igis vin kontakti min?"

Ŝi ankoraŭ maĉadas. Poste ŝi glutas akvon kaj restas senparola dum ankoraŭ kelka tempo.

"Do, kion vi efektive volis?" li daŭrigas.

"Mi volis vidi, kia vi estas, kaj aŭdi vian version."

"Ĉu mian version de kiel vi estiĝis?"

"Ne, ĉefe de kio okazis poste. Kial vi ne ĉeestadis en mia vivo."

Li kapjesas.

"Kaj ĉu vi eksciis?"

Ŝi malrapide skuas la kapon.

"Apenaŭ."

"Mi pensas, ke ankaŭ mi ne scias tion", li diras. "Mi povus rakonti ĉion, kion mi memoras pri kiel estis kun Carina kaj vi. Sed mi ne certas, ĉu tio ion ajn klarigus. Mi estis nur knabo, kaj Carina ŝajnis tute konvinkita, ke ŝi sola zorgos pri vi."

"Sed kiel longe vi restis nur knabo?"

Tion li ne kapablas respondi. Li malĝojas pro tio, ke dum tiel longa tempo li ne havis kontakton kun sia filino, sed kompreneble la vero estas, ke ŝi ne mankis al li. Ne post kiam li translogiĝis for de Kalmar. Sed tion li apenaŭ povus diri al ŝi.

"Mi ne scias", li diras. "Sed se vi volas, mi volonte havus kontakton estonte."

Ŝi kapjesas preskaŭ nevideble.

"Kaj mi volonte renkontus Edvin-on, se vi trovos lin kaj li revenos al Svedio."

"Tion decidos li", ŝi diras.

"Kompreneble. Sed mi esperas, ke ĉio prosperos bone. Por vi kaj por li."

Postlunĉe li preparas sin por revojaĝi. Ŝajne pasis eterno de kiam li ekiris de hejme, sed kiam li pripensas, li konstatas ke tio okazis antaŭhieraŭ. Li scivolas, kiel statas pri Panjo. Ĉar neniu telefonis al li de la hospitalo, supozeble estas senŝanĝe. Kion ajn tio signifas – evidente oni ne scias precize kiel statas. Kompreneble li haltos survoje norden por viziti ŝin, se eblas nomi tion vizito. Eble li devus unue telefoni, sed tiuokaze oni kredeble diros, ke ne necesas viziti ŝin denove.

Plue li cerbumas pri Johanna kaj ŝia freneza vojaĝplano.

"Mi ĝiros la monon tuj reveninte hejmen", li diras. "Ĝi supozeble atingos vian konton morgaŭ."

"Bone. Mi dankas vin. Ĉu vi prenis la ŝuldateston?"

"Jes ja. Ĉu vi scias, kiam vi ekvojaĝos?"

"Tuj kiam mi trovos flugbileton. Post kelkaj tagoj, mi esperas. Panjo proponis veturigi min aŭte al la Kopenhaga flughaveno. Tio verdire ne necesas, ĉar iras rekta trajno de Kalmar, sed supozeble ankaŭ ŝi volas fari ion."

"Espereble vi sendos informojn tiel ofte kiel vi povos, ĉiuokaze al Monique? Tiel ankaŭ mi povos ekscii, kiel prosperas al vi."

"Mi sciigos al vi", diras Monique.

Li iom pripensas. Unu afero ronĝadis lin dum ili manĝis. Ĉu li demandu?

"Ĉu vi volus, ke mi akompanu vin al Tajlando? Mi ne estas tre bona korpogardisto, sed malgraŭ tio..."

Ŝi kapneas.

"Ne."

"Ŝi ankaŭ ne volas, ke mi akompanu", diras Monique.

"Nu, mi komprenas. Kiel estos pri tiu advokato, ĉu vi kontaktos lin?"

"Mi pensas ke jes."

"Sed ĉu vi povos fidi je li? Eble li estas tiu, kiu trompis vin kaj Edvin-on."

"Kredeble ne. Sed neniam eblas esti tute certa."

Dum kelka tempo la triopo staras en la duonombro de sovaĝe kreskinta pomarbo, rigardante unu la alian. Poste estas tempo foriri. Li sentas strange ne porti pakaĵon enmane, kvazaŭ li postlasus ion. Sed lia sako kuŝas enaŭte jam de ĉi-matene.

"Do, feliĉan vojaĝon", li diras al Johanna.

Ŝi kapjesas kaj li paŝas sur gruza ĝardena pado plena de herboj ĉirkaŭ la domon ĝis sia Honda Civic. Estas kvarono antaŭ la dua, kaj li havas multe da tempo por atingi sian hejmon antaŭ la vespero.

La aŭto longe staradis en suno, kaj li jam atingas duonvoje al la ĉeftero antaŭ ol la temperaturo ĉe la sidloko iĝas akceptebla. Sur la alta parto de la ponto li restas en la maldekstra koridoro. Li ankoraŭ sentas certan ĝenon veturi proksime al la flanka barilo. Sed li tre baldaŭ transpasas la ponton, kaj la ŝoseo malaltiĝas en la ĉefteran pinaron. Li ĵetas rigardon maldekstren, sed la vicodomoj ĉe Fjärilsvägen estas tute kaŝitaj de arboj. Entute videblas nenio tiuflanke de la ŝoseo, ĝis la biendomo de Skälby preterglitas, memorigante al li la forgesitajn kantojn de certa kanzonisto. Sed tiam li jam ekveturas en norda direkto sur la ŝoseo E22, preter la magazeno de IKEA. Pasis pli-malpli unu tagnokto de kiam li veturis ĉi tie suden, kaj ankaŭ nun la trafiko estas vigla sed sen ŝtopiĝoj.

Kiam la aŭtovojo ĉesas, li fiksiĝas dum kelka tempo malantaŭ traktoro kun remorko, kaj kiam poste estas du koridoroj en lia direkto, tuj preterflugas vico da aŭtoj de malantaŭe. Sed li restas trankvila kaj fine sukcesas preteriri antaŭ la sekva unukoridora vojparto. Iomete antaŭ la tria horo li stiras en la parkejon de la Oskarshamn-a hospitalo.

Same kiel lastfoje neniu homo videblas ĉe la ejo de la sekcia ĉefflegistino, do li plupaŝas al la ĉambro numero ses, kie li pasigis kelkajn horojn hieraŭ kaj antaŭhieraŭ. Li malfermas kaj iras ĝis la lito de Panjo. Tie kuŝas alia persono. Panjo ne plu restas tie, kaj ĉifoje temas ne pri tio, ke ŝia aspekto ŝanĝiĝis. La lito estas okupita de magra mezaĝa homo senhara, kiu silente gapas al li.

"Pardonu", li balbutas retroirante.

Li faras kelkajn paŝojn tra la ĉambro, rigardante la ceterajn tri litojn, sed Panjo kuŝas sur neniu el ili. Li reiras en la koridoron, kie ankoraŭ mankas homoj. Laŭ hazardo li paŝas unudirekten. Tiam li aŭdas pordon malfermiĝi en la alia fino de la koridoro. Li turnas sin kaj ekvidas kvar personojn en blankaj kiteloj eliri el malsanula ĉambro. Evidente estas la sekcia rundo.

"Hej", li vokas kuretante al ili.

Tri el ili jam eniris la sekvan ĉambron, sed la kvara, juna flegistino, haltas en la pordo.

"Kie estas Solbritt Karlsson? Mi estas ŝia filo."

La flegistino mienas iom konfuzite.

"Momenton. Mi esploros."

Ŝi malaperas en la ĉambron kaj lasas la pordon fermiĝi kun la karakteriza gonga sono. Roger restas koridore. Kial oni ne kontaktis lin, se io okazis?

Pli aĝa flegistino elvenas kaj same haltas en la pordo. Li rekonas ŝin de la antaŭa vizito. Ŝi estas la sekcia ĉefflegistino.

"Saluton", ŝi diras. "Mi petas pardonon. Ni ĝuste intencis telefoni al la parencoj, sed tiam intervenis la rundo. Via patrino bedaŭrinde iĝis pli malsana."

14

Kiam la ambulanco haltas en la urĝa akceptejo, li estas ŝovita flanken, dum oni metas Veronika-n sur rulbrankardon kaj malaperas kun ŝi. Flegistino notas lian kaj ŝian nomojn kaj la telefonnumeron de ŝiaj gepatroj. Poste ŝi petas lin iri hejmen.

"Mi volas atendi ĉi tie", li diras. "Mi volas ekscii, ĉu ŝi vivos."

La flegistino murmuras, ke ŝiaj plej proksimaj familianoj estas la gepatroj, sed ŝi faras nenion por elpeli lin.

Post duonhoro la patro kaj patrino de Veronika alvenas kaj preskaŭ tuj estas enlasitaj de la akcepteja flegistino. La patrino havas tempon nur por rapide demandi lin, kio okazis.

"Mi supozas, ke ŝi glutis tablojdojn", li diras. "Kiam mi venis hejmen, ne eblis veki ŝin."

Post kiam ili malaperis, li restas en la atendejo dum horo. Fine la flegistino elvenas por ripeti al li, ke li iru hejmen.

"Ili certe telefonos al vi, kiam ili scios ion", ŝi diras.

Li ne demandas, kiuj estas 'ili', sed li komprenas, ke la hospitalo ne konsideras lin familiano. Tio evidentiĝis jam kiam li ne konis la lastajn ciferojn de ŝia persona identiga numero.

Hejme li rondiradas palpante ŝiajn aferojn. La vestaĵojn, la libron *Raporto de ĉina vilaĝo* de Jan Myrdal, la tualetaĵojn. Trafas lin la penso, ke ŝi iris sen ŝuoj per la ambulanco. Se ŝi transvivos, li alportos ilin al ŝi. Li serĉas ŝiajn trankviligajn tablojdojn sed vidas nur la kontraŭkoncipajn pilolojn en la banĉambro. Fine li trovas malplenan skatoleton en la rubsako. Li legas sur la etikedo kaj konstatas, ke ĝi ne estas preskribita de ŝia lerneja kuracisto, sed de iu alia. Evidente ŝi iris aliloken, eble al sancentro, por akiri pli multajn.

Dimanĉe vespere ŝia patrino telefonas.

"Oni diras ŝi vivos. Sed venis al la hospitalo en lasta horo. Do vi faris, ke vivos."

"Feliĉe", li diras. "Ĉu ŝi jam vekiĝis?"

"Ne, ŝi dormas, sed oni diras vekiĝos. Morgaŭ iros al psikiatra sekcio."

"Bone. Ĉu mi povas viziti ŝin?"

"Eble morgaŭ, se vekiĝos."

Li ne povas forigi la pensojn pri tio, ke ŝi estadis sola ĉi tie en lia loĝejo. Ŝi surmetis puran veston, glutis la tablojdojn kaj kuŝiĝis sur la liton. Poste ŝi kuŝadis tie atendante la morton, kaj li ne ĉeestis. Aŭ eble ŝi tute ne volis morti. Ŝi kredis, ke li venos hejmen por kuiri lunĉon je la kutima horo, sed li venis nur ege pli malfrue. Nur pura hazardo kaŭzis, ke li alvenis tiuhore. Li povintus same bone resti dum plua horo ĉe Marianne.

Li scivolas, kiel malfrue li povus veni hejmen, sen ke ŝi mortus. Kredeble neniu povas scii tion. Tamen li estas kontenta, ke ŝi nun ricevos psikiatran flegadon. Tie oni devos vere helpi ŝin, ne nur doni pli da medikamentoj.

Li dormas nur dum du-tri horoj kaj poste ellitiĝas por labori. Estas peze, sed samtempe bone fari ion praktikan. Vicigi la poŝtaĵojn de la distrikto, bicikli sur la insulon Ängö, kie li nun laboras, kaj kuradi supren-suben sur ŝtuparoj. Pedali ĝis la sekva dompordo, halti, kuradi laŭ alia ŝtuparo. Tio ne tute forpelas la pensojn sed helpas, ke ili ne turniĝu en lia kapo senpaŭze.

Posttagmeze li atendas, ke ŝia patrino kontaktos lin, sed la telefono restas muta. Kelkfoje li kiel idioto levas la aŭskultilon por aŭdi la tonon de konekto. Kuirante la tinusan saŭcon, kiun li planis sabate manĝi kun Veronika, li subite ekkoleras, li blinde koleregas kontraŭ ŝi. Kial ŝi damne faris tion? Li engaĝis sin por ŝi, li klopodis helpi ŝin, li eĉ nenion diris pri tio, ke ŝi forlasis lin pro diabla edziĝinta viraĉo kiu ne indas leki ŝiajn ŝuojn! Li dezirus sinki sur la liton por ploregi, sed li scias ke tio ne eblas. Li eĉ ne memoras, kiam li lastfoje ploris. Kredeble kiam Göran mokadis lin antaŭ dek jaroj proksimume.

Vespere li telefonas al Marianne kaj rakontas kio okazis.

"Dio mia! Ĉu ŝi nun tamen estas en ordo?"

"Mi ne bone scias. Mi aŭdis nenion plu, sed ŝia patrino diris, ke ŝi transvivos."

"Kiam vi rakontis pri ŝi, mi komprenis ke ne estas tre bone, sed tute ne ke statas tiel aĉe. Mi supozas ke ankaŭ vi ne atendis de ŝi ion similan, ĉu?"

"Mi tute ne suspektis ke ŝi faros tion. Mi ne ŝatas ŝian damnitan benzodiazepinon, sed ĉefe pro tio, ke ĝi tiel malvigligas ŝin. Ŝi prenadas pilolon anstataŭ fari ion aktivan."

"Kian ŝokon vi ekhavis, ĉu ne? Sed Roger, vi efektive savis ŝian vivon!"

"Mi esperas ke jes."

Dum momento silentiĝas. Li sentas agrable havi okazon paroli pri la okazintaĵo. Eble li devus telefoni ankaŭ al sia patrino. Sed post kiam Veronika forlasis lin frusomere, li ne parolis pri ŝi kun siaj familianoj.

"Kia nekredebla bonŝanco, ke vi ne restis pli longe ĉe mi", diras Marianne. "Tiuokaze vi alvenus tro malfrue. Diable, tio estus terura. Estas vera feliĉo, ke ni ne daŭrigis pli longe."

"Jes."

"Sed vi povas telefoni al ŝiaj gepatroj, ĉu ne, por ekscii pli multe. La hospitalo sendube informas ilin pri kiel ŝi fartas, mi supozas."

Ili finas la interparolon, kaj li faras kiel ŝi proponis sed trafas nur unu el la fratoj, Béla-n aŭ Attila-n, kiu diras, ke ambaŭ gepatroj estas en la hospitalo.

"Bone. Ĉu vi scias, kiel fartas Veronika?"

"Ne precize, sed Panjo diris, ke ŝi jam vekiĝis."

En la postaj tagoj li ekscias nur, ke la danĝero pasis, sed oni nur restrikte akceptas vizitantojn en la psikiatria sekcio. Kaj post ankoraŭ semajno ŝia patrino denove telefonas por diri, ke la filino nun jam venis hejmen.

"Ĉu jes? Bone. Ĉu mi povos renkonti ŝin?"

"Eble morgaŭ vespere."

Sed en la sekva tago ŝi diras ke Veronika ne havas forton renkonti lin. Ŝi devos ripozi por plifortiĝi, kaj ŝi havos terapian interparolon unufoje semajne en la psikiatria polikliniko de la hospitalo. Li tutsimple devos atendi, ĝis ŝi estos pli forta kaj bonfarta.

Tagoj plu pasas dum li aŭdas nenion de la familio Halász. Tio ne estas stranga. Veronika kaj li ne plu estas veraj koramikoj; ŝi nur loĝadis ĉe li por esti en paco for de siaj gepatroj. Nun ŝi revenis hejmen, kaj tio sendube estas plej bona por ŝi. Povas esti, ke la gepatroj ne volas, ke ŝi plu renkontu lin. La afero ja okazis en lia loĝejo. Aŭ eble la patrino volas, sed la patro kontraŭas. Aŭ Veronika mem ne volas renkonti lin. Estas tute sensence spekulativi pri tio, tamen liaj pensoj neeviteble revenadas al ŝi, kiel la lango al difektita dento. Li devos lasi ŝin en paco, tutsimple, kaj zorgi pri sia propra vivo. Tamen li volonte renkontus ŝin por vidi, ĉu ŝi iel ŝanĝiĝis.

Lia propra vivo nun konsistas plejparte el laboro. Dum la lastaj semajnoj li distribuas poŝtaĵojn en la insula kvartalo Ängö. Ĉi-sezone ĝi estas diabla ventejo, kaj la humido el la markolo penetras tra la uniformo, tiel ke li senĉese frostotremadas, kvankam li kuretas supren-suben tra la ŝtuparejoj. En unu ĵaŭdo, kiam la bicikla sako estas pli peza ol kutime pro diversaj magazinoj, ekblovas fortaj skualoj kun neĝpluvo el oriento. Kiam li elvenas de la domo ĉe Sparregatan 34 en la dua parto de la distrikto, li trovas sian biciklon renversita pro ventpuŝo, kaj parto de la poŝtaĵoj kuŝas dise laŭ pluraj dekoj da metroj de la strato. Li kolektas ĉion troveblan kaj sidiĝas en la ŝtuparejo por revicigi la malpurigitajn leterojn. Kiam li finfine plenumis sian labortagon, unu horon pli malfrue ol kutime, li sentas ke li tamen ne daŭrigos tiun laboron dum ankoraŭ tre multaj jaroj.

Ankoraŭ kolera pro la vente renversita biciklo, li ekiras al la laborperejo por trovi broŝuron pri la profesio de ĵurnalisto kaj pri kiel akiri edukon por ĝi. Kiam li fluglegas ĝin, tio ŝajnas al li ne tute malebla. Li povus almenaŭ kandidatiĝi, kaj poste li spertos kiel tio prosperos.

La dekkvinan de marto Veronika iĝas dudekjara. En la antaŭa vespero ŝia patrino telefonas por demandi, ĉu li ŝatus viziti ilin frue posttagmeze por celebri ŝian naskiĝtagon.

"Ne estos granda festeno", ŝi diras. "Nur iom kuko kaj glaso vino. Nenio donaco. Ne gastoj, nur Veronika kaj vi kaj mi."

Eble li pravis pensante, ke la gepatroj malkonsentas, ĉar ŝi invitas lin tien, kiam la patro ne estos hejme.

"Mi volonte venos. Cetere... Ŝi havas iom da aferoj ĉi tie. Ĉu laŭ vi ŝi volas, ke mi kunportu ilin? Aŭ ĉu pli bone lasi ilin provizore resti ĉi tie?"

"Ne gravas. Vi ne devas. Ni povas porti iam poste."

En librovendejo li aĉetas *La superflua nuntempo* kun diskuto inter Jan Myrdal kaj Lars Gustafsson, ĉar Myrdal plaĉas al ŝi, kaj li mem ŝatas la librojn de Gustafsson. Krome li kunportas tiun pri la ĉina vilaĝo Liu Ling, kiun ŝi jam posedas. Li ne scias, ĉu ŝi finlegis ĝin aŭ ne. Poste li biciklas al Fjärilsvägen.

La patrino kondukas lin en la salonon kaj petas lin sidiĝi sur fotelon. Poste ŝi supreniras, kaj post kelka tempo Veronika akompanas ŝin malsupren. Ŝi estas vestita en jupo kaj bluzo. Tiel li neniam antaŭe vidis ŝin. Ŝi paŝas ĝis li, li stariĝas, kaj ili brakumas sin. Aŭ pli ĝuste, ŝi stariĝas apud lin tiel ke li povas meti la brakojn ĉirkaŭ ŝin. Poste ili sidiĝas. Ŝiaj haroj estas aranĝitaj en nova maniero per klipoj. Cetere ŝi estas simila al antaŭe. Same pala kaj magra kiel ŝi estadis dum la tuta vintro.

La patrino alportas torton kaj vinbotelon. Teleretoj kaj glasoj jam staras sur la apudsofa tablo. Ŝi verŝas orkoloran vinon.

"Estas tokajo. Hungara vino."

Ili tostas kaj trinkas. Ĝi estas dolĉa. Tio sendube konvenas al la torto, sed por li estas nova sperto trinki vinon kun naskiĝtaga torto.

"Ha, mi forgesis", li diras salte stariĝante. "Mi kunportas vian libron, kaj krome mi aĉetis novan. Bonvolu!"

"Dankon", diras Veronika kaj metas la librojn sur flankan tablon. Jen la unua kaj sola vorto, kiun ŝi eldiras.

Ili manĝas la torton kaj trinkas la vinon. La patrino rakontas, ke ŝi liberiĝis de la laktofabriko por resti hejme kun Veronika.

"Nu, tio estas bona", diras Roger.

Poste ŝi diras, ke la ĝemeloj bone prosperas lerneje. Kaj espereble Veronika aŭtune povos rekomenci la lastan gimnazian jaron.

"Jes, tio ŝajnas bona ideo", diras Roger.

Veronika diras nenion.

Li dankas kaj reiras hejmen. Ŝi vere ŝanĝiĝis. Li preferus ŝin malĝoja kaj kolera. Nun ĉio pri ŝi kvazaŭ viŝiĝis, nuliĝis.

Li estas invitita al dimanĉa vespermanĝo ĉe Panjo kaj Paĉjo. Porka nukaĵo stufita per prunoj kun pomkaĉo. Por deserto rizkremo kun oranĝoj. Li scivolas, kiom da familioj sidas en siaj domoj kaj apartamentoj, manĝante la samon aŭ ion similan. Bakitan bovaĵon, eble. Porkripaĵon. Aŭ viandpanon. Li mem scias kuiri neniun el tiuj. Ĉu tiuj pladoj formortos kun la generacio de lia patrino?

Kaj lia patro ankoraŭ surmetas blankan ĉemizon kaj kravaton por la dimanĉo. Ĉu tiu vesto formortos? Infanaĝe li vidis du specojn de patroj: unuj surmetis kravaton por la semajnfino, aliaj demetis sian kravaton por la semajnfino. Lia patro kompreneble apartenis al la unua speco. De preskaŭ kvardek jaroj li laboradas en malkomfortaj korpaj pozicioj en mekana laborejo. En la lastaj jaroj li ofte estadis malsana dum monato. La dorso ne plu eltenas. Nun la kompanio volas, ke li havu fruan pension, sed Paĉjo hezitas. Nuntempe oni ĉiam ekparolas pri tiu temo, ĉiufoje kiam Roger vizitas la gepatrojn.

"Ĉu ne estus bone eskapi el tiu penado?" diras Panjo.

Ŝi mem havas ŝvelintajn krurojn pro troa starado kaj paŝado sur la malmola planko de la koopera butiko. Sed tio ne estas malsano, asertis la kuracisto kiun ŝi konsultis.

"Mi ne komprenas kiom mi ricevus monate per tiu frua pensio, nek ĉu ĝi poste malaltigos la ordinaran pension", diras Paĉjo.

"Telefonu al la sociala asekuro por demandi."

"Nu, mi ne scias. Oni ne elvoku lupon el la arbaro."

Paĉjo de ĉiam plendadas pri dorsa doloro. Roger iam pensis ke suferas ne tiom la dorso, kiom la brako per kiu li levadas la glasojn. Sed lastatempe vere malfaciliĝis al li movi sin normale. Li ne plu povas sidi sur sia plej ŝatata fotelo, aŭ ĉiuokaze li ne povas stariĝi el ĝi.

Nun finfine alvenis sciigo, ke la kuracisto ne volas plilongigi lian forpermeson pro malsano, sed anstataŭe proponas fruan pension. Paĉjo iom sakras, sed tio ŝajnas esti pli-malpli pro la formo. Panjo kaj Gunilla diras, ke li fakte kontentis pri la decido, kiam ĝi fine alvenis. Roger ne scias, ĉu ili pravas. Li ne komprenas sian patron kaj neniam povas serioze interparoli kun li. Nun, kiam li nur mallonge vizitas siajn gepatrojn, li ne atentas tion. Panjo prizorgas la kontaktojn, kaj ŝi certe plu faros tion, eĉ se Paĉjo emeritiĝos.

La telefono sonoras kaj li saltas el la lito. Li eklumigas la litan lampon palpante por trovi la brakhorloĝon. Kvin antaŭ la tria. Li stumblas en la vestiblon kaj levas la aŭskultilon.

"Ĉu Veronika tie?" diras ekscitita vira voĉo.

Li rekonas pli multe la akĉenton ol la voĉon mem. Dum sekundo li hezitas kaj ĵetas rigardon reen en la dormoĉambron. Ne, kompreneble ŝi ne kuŝas tie.

"Ne, ŝi ne estas ĉi tie. Ĉu ŝi ne estas hejme?"

"Ŝi estas for. Ŝi iris de ni. Ni ne scias kie ŝi nun. Ĉu vi scias, kiun homon ŝi povas iri?"

"Ne... Ĉu ŝi malaperis nun ĉi-nokte?"

"Jes, kiam ni dormas. Mi iras el la lito kaj kontrolas, sed ŝi ne tie."

"Mi pripensos, ĉu mi povas memori iun, sed ŝajnus al mi plej bone, ke vi telefonu al la polico."

La patro malkonektas kaj Roger sidiĝas. La sola persono, pri kiu li povas pensi, estas Peo. Ĉu ŝi foriris al li? Sed li ja vivas kun siaj edzino kaj infanoj.

Li serĉas en la telefonlibro kaj trovas Per Olof Lagerholm. Tuj li diskas la numeron. Tri signaloj sonas, kvar, kvin signaloj. Tiam oni levas la aŭskultilon, kaj respondas iu virino kun timema voĉo.

"Halo?"

"Saluton. Pardonu, mi devas paroli kun Peo. Mia nomo estas Roger."

"Kio okazis? Estas meze de la nokto!"

"Mi scias, sed urĝas. Ĉu li estas hejme?"

Dum momento la aŭskultilo silentas.

"Peo partoprenas en kurso, en Stokholmo. Kio okazis?"

"Pardonu. Do ne gravas."

Li alkroĉas la aŭskultilon antaŭ ol ŝi havos tempon plu demandi. Poste li sidas ne povante elpensi ion prudentan. Ĉu Peo venigis kun si Veronika-n dirinte al la edzino, ke li iras al kurso? Li povus telefoni al Åke kaj Eva, sed ne estas probable, ke ili scias ion. Kaj se ŝi malgraŭ ĉio troviĝas ĉe ili, ne plu urĝas. Entute li povas nenion fari. Estas dek post la tria. Je la kvina li devos ellitiĝi. Li plu ne dormos ĝis tiam.

Li tamen enlitiĝas kaj kuŝas tie tordante sin dum horo. Ĉu ŝi denove akiris trankviligilon kaj kaŝiĝis ie por ne esti trovita? Kiam li vidis ŝin en ŝia naskiĝtago, ŝi ŝajnis nekapabla entrepreni ion ajn. Plej aĉe estas, ke nenio fareblas de li, krom atendi ke la telefono denove sonoros.

La fajrobrigadejo situas oblikve trans la kanalo, se rigardi el la poŝt-ejo, kaj kiam li atingas sian laborejon je la kvina kaj duono, li rimarkas ioman agadon tie. Oni forveturas per du negrandaj aŭtoj, el kiuj unu trenas boaton sur remorko. Sed plej multe li ekscias iom post iom dum la sekvanta semajno, pecon post peco. Jam en la sekva tago legeblas en loka ĵurnalo, ke la savoservo trovis dronintan virinon en la markolo. Unu el la poŝtaj ŝoforoj havas konaton en la loka polico, kaj li aludis, ke iu saltis de la Oelanda ponto. Kaj dimanĉe la patrino de Veronika telefonas por rakonti, ke ŝi mortis.

Laŭdire iu frua matena aŭtoveturanto reagis, ĉar forlasita biciklo staras klinite al la randa barilo sur la plej alta punkto de la ponto. Kiam li poste alvenis kien li survojis, li alvokis la policon, kaj ĉar tiu ĵus ricevis sciigon pri malaperinta juna virino deprimita, ili unue sendis policistojn al la ponto, kaj poste la savoservon kun boato. Blovis nordorienta vento, kaj la markolo estis senglacia, kvankam laŭ la bordoj kuŝis amasetoj el disrompita glacio, kaj ĉe unu tia sur la insulo Svinö oni trovis la korpon. Poste la polico venigis kun si la patron de Veronika al la kadavrejo por identigi ŝin.

La geedzoj Halász neniam venas al li por preni ŝiajn aferojn, kaj li ne volas memorigi ilin. Iutage li prenas enmane la blankan T-ĉemizon kun ruĝa vinmakulo surdorse. Li supozas, ke li sentos ion apartan, kaj tion li ja faras, sed ne pro la ĉemizo. Li priflaras ĝin, sed ĝi odoras nur je malpura vestaĵo. Veronika jam malaperis.

Por li la vivo plu daŭras kun laboro kaj ripozo, kvankam ĉio ŝajnas al li kvazaŭ sonĝo. Du semajnojn post la morto de Veronika li televidas, ke en Stokholmo la Sekureca Polico malkaŝis grupon el germanoj de la Frakcio Ruĝa Armeo, kiu planis kidnapi la svedan justicministron Anna-Greta Leijon. Oni montras lignan kesteton, en kiu oni tenus ŝin. La celo estus interŝanĝi ŝin kontraŭ grupo da germanaj teroristoj, kiuj antaŭ kelkaj jaroj murdis du diplomatojn en la okcidentgermana ambasado en Stokholmo. Roger sidas gapante al la televidaj novaĵoj, ne povante decidiĝi, ĉu kredi tion aŭ ne. Dum kelka tempo li timas ke li jam freneziĝis. Sed en la sekva mateno li devas ellitiĝi por labori kiel kutime, kaj tiam li sentas kvazaŭ li starados tie por ĉiam vicigante la poŝtaĵojn por poste bicikli kaj kuradi laŭ ŝtuparoj. Kio ajn okazos al homoj ĉirkaŭ li, kion ajn entreprenos teroristoj kaj aliaj frenezuloj, tamen li mem plu starados tie dum ĉio simple pluas tute same tagon post tago.

Tamen eble ne ĉio pluos same. Komence de aprilo li sendas sian kandidatiĝon al la Ĵurnalista Altlernejo en Stokholmo. Kelkajn tagojn pli malfrue li renkontas Åke-n, kiu vendas la gazeton *Fajrero* apud la magazeno Domus, samloke kie li mem iam staradis kun la Vjetnamia Bulteno. Jam pasis longa tempo, de kiam ili renkontiĝis, do Roger haltas por aĉeti gazeton.

"Mi aŭdis pri Veronika", diras Åke. "Kia tragedio! Tio estas grandega perdo."

"Jes."

"Sed vi ne plu estis koramikoj, se mi bone komprenis?"

"Prave."

Li ne emas prezenti la komplikajn detalojn.

"Mi pensas ke ŝi ne havis grandan talenton por vivi en ĉi tiu socio", diras Åke.

Roger ne scias, kiel komenti tion. Tio sonas ege strange, venante de Åke.

"Sed ŝi estis bonega knabino. Supozeble ŝi ne eltenis la aferon pri Peo. Do, tion ke li ne povis rompi kun sia familio."

"Povas esti", diras Roger.

"Cetere Eva kaj mi transl
ĝiĝos for de la urbo ĉi-somere. Klara ekhavos gefraton, kaj mi intencas komenci studi."

"Ĉu vere? Diable! Kion do vi studos?"

Åke laboras kiel busŝoforo de tiel longe, kiel Roger konas lin, kaj li neniam antaŭe montris ian grandan aprezon al altaj studoj. Al li gravis nur laboro kaj sindikata klasbatalo. Roger eĉ ne scias, ĉu li iam trapasis la gimnazion aŭ ne.

"Mi volas ekstudi ĉe la Komerca Altlernejo", diras Åke.

"Ĉu Komerca? Ĉu ĝi ne estas por kapitalistoj?"

"Necesas enfiltriĝi en la potencon, Roger."

Kiam li haltis por interparoli, li ankoraŭ ne decidis ĉu diri ion pri siaj propraj studplanoj. Nun li iĝas eĉ pli hezitema. Tamen, damne, kial ne?

"Mi mem kandidatiĝis al la Ĵurnalista Altlernejo", li diras.

"Ĉu en Stokholmo?"

"Jes, sed mi ne scias, ĉu mi estos akceptita."

"Tiuokaze vi devos provi duafoje. Sed ĉu vi jam estas dudek-kvinjara?"

Je la aĝo de dudek kvin jaroj kaj post kvin jaroj da laborspertoj, li povos kandidatiĝi en alia kategorio. Sendube tion faris Åke.

"Ankoraŭ ne, do mi dependas de la gimnazia atesto, kaj ĝi ne estas pinta."

"Nu, ĵurnalistiko bone konvenos al vi. Iel vi restas la ĉiama skeptikulo. Kaj damne serioza. Do ni eble renkontiĝos en Stokholmo ĉi-aŭtune."

"Jes. Kiam vi havos la bebon?"

"En aŭgusto. Poste ni transloĝiĝos."

"Bone. Do bonŝancon al vi pri la infano, kaj pri la kapitalistoj!"
Åke ridas.

"Dankon! Kaj nun legu tiun zorge! Iutage vi povos labori tie."

Li kapsignas direkte al la *Fajrero*, kiun Roger volvis kaj tenas subbrake, pluirante por kafumi sola en la kafeterio de Domus.

Li volis paroli kun Marianne tuj kiam Veronika mortis, sed io retenis lin. Tial li unue ekĝojas, kiam ŝi telefonas. Poste li sentas embarason kaj ne scias, kion diri. Ŝi demandas, kiel fartas Veronika, kaj li rakontas.

"Ne! Ne estas vere! Kiel terure!"

Li ne plu povas paroli. Efektive estas terure, sed mankas al li vortoj por konfirmi tion.

"Vi tamen faris ĉion, kion vi povis, Roger. Ekzistas nenio plia, kion vi povus fari por ŝi."

Tio eble ne estas plene vera, sed li klopodas kredi tion.

"Kiam ŝi glutis la tablojdojn", li diras, "mi pensis, ke ŝi eble ne estis serioza. Do, ke ŝi volis esti trovita kaj kalkulis kun tio, ke mi revenos hejmen en bona tempo. Sed kredeble ne estis tiel."

"Supozeble ne. Do, kiel ĉio nun prosperas al vi? Vi devas lukti por trapasi kaj pluvivi malgraŭ tio, kio okazis."

"Jes. Ĉiuokaze mi kandidatiĝis al la Ĵurnalista Altlernejo, kiel vi proponis."

"Ĉu vere? Bonege! Mi certas, ke tio estos absolute bona por vi."

"Se mi estos akceptita, kompreneble."

"Aliokaze vi devos reprovi ĝis vi sukcesos."

"Jes."

"Kaj krome vi povos transloĝiĝi for de Kalmar. Mi pensas, ke tio estos bona. Stokholmo tre utilos al vi."

"Nu, mi ja preferus ne devi ĉiutage vidi la damnitan ponton."

"Dio, jes ja! Tion mi komprenas. Kia terura fino..."

Ŝi paŭzas, sed daŭrigas post iom.

"Sciu, ankaŭ mi ĉi-aŭtune transloĝiĝos for de ĉi tie."

"Ĉu jes?"

"Jes. Kvin jaroj devos sufiĉi. Mi ricevis laboron en Eslöv kaj faros novan provon kun mia edzo en Lund."

"Bone. Do vi devos reuzi la ringon, ĉu ne?"

Ŝi mallonge ridas.

"Sed vi mankos al mi, Roger."

Li sentas varman senton aŭdante tion. Li neniam supozus, ke signifas tiom al li, kion ŝi pensas pri li.

"Ankaŭ vi", li diras.

Dum kelka tempo estiĝas paŭzo. Li pensas, ke ili supozeble neniam plu renkontiĝos. Ŝajnas ke ĉiuj homoj malaperas el lia vivo. Ĉu li mem ne kapablas fiksteni ilin? Sed kiel tio fareblus? Ili posedas liberan volon, same kiel li mem.

"Mi gvatos pri via nomo en ĵurnaloj", diras Marianne. "Vi estos bona klaĉisto."

Li ridas.

"Sed kredeble oni ne rajtas tiel nomi skribiston kun serioza celo", ŝi aldonas.

"Vi povas nomi min kiel ajn plaĉas al vi."

Tio sonas iomete malamike, sed li ne zorgas ĝustigi tion. Ne plu gravas.

"Bone, do sukceson pri ĉio!" ŝi diras.

"La samon al vi!"

Antaŭe li tute ne imagis, kiel malfacile estos trovi loĝejon en Stok-
holmo. Por studenta ĉambro necesas atendi longe, la loĝiga perejo
de la ĉefurbo ne povas helpi lin, kaj en la altlerneja oficejo oni ŝajne
ne interesiĝas pri lia problemo. Li jam malluis sian apartamenton
en Kalmar, kaj la venonta luanto volas okupi ĝin kiel eble plej frue.
Ĉiuokaze Roger ne restos ĉi-urbe. Li liberigis sin de la poŝtista laboro.
Eventuale li revenos por labori dum la ferioj, sed tiam li devos dormi
ĉe iu konato aŭ en plej malbona okazo ĉe la gepatroj. Tamen li
preferus tiam labori Stokholme, se tio eblos.

Kiam komenciĝas la semestro en la ĵurnalista Altlernejo, li
ankoraŭ ne trovis loĝejon. Li telefone rezervis kvin noktojn sur la
junulargasteja ŝipo *af Chapman*, kie li sendube dormos inter germanaj
trajnvagantoj en malvasta dormejo kun siaj du valizoj ŝovitaj en iun
angulon. Tamen li pli koleras ol maltrankvilas. Kiel oni do pensas?
Ĉu tiu lernejo estas nur por indiĝenaj stokholmanoj? Li devos fidi je
la ŝanco, ke iu samkursano povos sugesti ian loĝeblon. En la lernejo
oni rekomendis al li rigardi afiŝtabulon, kie homoj metas anoncetojn.
Li tutsimple devos trovi solvon.

Nun la trajno ekiras sur trako numero du, kaj la kastelo malaperas
trans la arbojn de la urba parko. La fermitaj barieroj de vojpasejoj
preterglitas unu post la alia. Tie li jam staradis milfoje atendante,
kun la peze ŝarĝita poŝtbiciklo, kun Veronika, kun Carina, kun Anki,
kiu ne volis sidi sur lia pakaĵportilo. Kun Panjo, kiam ili biciklis
urbocentren por aĉeti novajn vestaĵojn aŭ ŝuojn por li.

La trajno rapidiĝas, pasas sub pontoj, unue tiu de la iama fervojeto
suden, poste tiu de la ĉefŝoseo numero kvar, kiu jam fariĝis Eŭropa
ŝoseo, kaj venas en la kamparon. Kelkaj bienoj preterflugas, la kampoj
iĝas pli kaj pli etaj, la picearo komencas domini. Restas preskaŭ du
horoj al Alvesta, de kie li iros per la trajno al Stokholmo. Du horojn
rekte okcidenten, en la arbaron. Li ĝuas tion. For de ĉio, for de la
urbo kaj la markolo kaj la ponto, for de la vento kaj la humido, en
la ombron inter piceoj. Restas entute sep horoj al Stokholmo, kaj ne
ĝenus lin se restus eĉ sep tagoj.

Li trovis apudfenestran sidlokon turnitan antaŭen. Tio estas bona.
Li preferas rigardi tion, kio situas iomete antaŭ li, eĉ se tio estas nur
vepraj piceoj. La stacidometo de Trekanten preterkuras. Iam loĝis tie
iu samklasano, kies ĉambro troviĝis en la tureto, sed Roger neniam
venis tien. Nun ankaŭ tio situas malantaŭ li. La venonta halto estos
en Nybro. Tie li konas neniun. En la plej multaj lokoj, al kiuj li venos

ekde nun, li konas neniun, kaj neniu konas lin nek lian historion. La babilado de Åke, ke ili renkontiĝos en Stokholmo, ne estas atentinda. Stokholmo estas granda. Tie oni ne renkontiĝos hazarde ĉe stratangulo apud la magazeno Domus.

Li ne zorgis adiaŭi ĉiujn. Li sentus tion nenecese formale, kaj kelkaj homoj trovus tion fieraĉa. Al Stokholmo, ĉu? Kvazaŭ tio estus ia mirindaĵo! Sed sendube la onidiro ĉiuokaze disvastiĝos al tiuj, kiujn li konas. Anna-Lena kaj tri aliaj iamaj porvjetnamaj aktivuloj venis viziti lin alportante torton por deziri al li sukceson. Ili eksciis la aferon de iu, kiu aŭdis ĝin de Åke. Sed Marianne jam revenis al Lund. De Carina li jam delonge aŭdis nenion. Eble li devintus viziti ŝin kaj Johanna-n por diri ĝis revido, sed li ne sentus sin tre bonvena tie. Krome ŝi laŭdire havas novan koramikon. La gepatroj de Veronika ne ekscios, ke li transloĝiĝis, sed ili apenaŭ plu havas kialon kontakti lin. Kiam li finfine trovos ian loĝejon, li tamen sendos al ili kaj ĉiuj aliaj avizon pri ŝanĝita adreso. Tio devos sufiĉi.

La trajno bremsiĝas kaj haltas meze de la arbaro. Li vidas neniun domon, nur flankan trakon por kontraŭdirekta trajno. Tio ne gravas. Nenio urĝas lin. Pli-malpli frue li pluiros antaŭen.

15

Estas kvarono antaŭ la sesa, kaj tutsame kiel antaŭ du tagoj Roger kaj Gunilla sidas kune ĉe malsanula lito. Nun Panjo jam kuŝas en unupersona ĉambro. Ŝi ŝanĝiĝis ankoraŭ pli, kvazaŭ ŝi ŝrumpis kaj retiriĝis en la malsanan korpon. Evidente la vivo elĉerpiĝas al ŝi, sed neniu volas diri ion ajn pri kiel longe tio daŭros. Jen kaj jen flegistinoj alvenadas por observi ŝin. Oni rimarkas ankaŭ de ili, ke ŝia vivo proksimiĝas al fino. Ili paŝas iom pli malrapide, malpli laŭte, ŝajnas iom pli respektemaj, kiam ili venas en la unupersonan ĉambron, ol en la antaŭa kvarpersona ĉambro.

"Ankaŭ nun ni devos dividi la nokton inter ni", diras Roger.

"Certe."

Li kalkulas horojn pense.

"Ĉu vi povas sidi ĉi-vespere, kaj mi venos iam nokte por sidi ĝis matene? Eble ĉirkaŭ la unua horo, ĉu?"

"En ordo. Ĉu vi denove rezervos hotelĉambron?"

"Nu, mi faros, se vi volas. Mi mem devos unue hejmeniri."

Ŝi gapas al li.

"Ĉu vi do veturos tien-reen ĉi-vespere?"

"Jes, mi devas. Sed mi povas rezervi al vi ĉambron en la sama hotelo kiel lastfoje. Cetere ankaŭ mi povos dormi tie morgaŭ antaŭtagmeze."

Ŝi ne plu demandas. Li eliras, aranĝas pri la hotelĉambro kaj revenas enen.

"Ĉio en ordo pri la hotelo Oscar. Do ni revidos nin ĉi tie je la unua."

Ŝi kapjesas.

Li venas hejmen je la oka, trovas la kodilon de la pagokarto kaj sidiĝas ĉe la komputilo por transpagi la monon al Johanna. Poste li alĝustigas la poŝtelefonon por ke ĝi sonoru je la dekunua, malvestas sin kaj falas enliten. Li estas duone mortinta pro laceco, sed komprenelbe li ne povas endormiĝi. Ĉiuj travivaĵoj dum la lastaj tri tagoj kirliĝas en lia kapo, kaj li absolute ne sukcesas ĉesigi ilin. Krome li rimarkas ke li terure malsatas. Nun li ekkonscias, kiel idiote estis iri hejmen. Komprenelbe li devintus nur tekstmesaĝi, ke la mono estos prokrastita unu tagon. Tio signifus absolute nenion.

Li kuŝas tordiĝante ĝis la naŭa kaj duono antaŭ ol ellitiĝi, mikroondumas porcion da preta manĝo el la frostujo, duŝas sin kaj trovas purajn vestaĵojn. Poste li eliras promeni ĉirkaŭ kelkaj domblokoj. Reveninte hejmen li pakas valizon, plenigas sian termoson per kafo kaj malsupreniras al la aŭto.

Kun taso da kafo enmane li refoje ekveturas suden sur la ŝoseo E22. En Söderköping la trafiklumoj donas verdan ondon kaj li senĝene trapasas. Cetere ne estas multe da trafiko survoje al Smolando ĉi tiel malfrue en ĵaŭda vespero. Tuj post Skönberga telefonas Gunilla. La aŭdiletoj ne estas konektitaj al lia telefono, do li prenas ĝin enmane kaj respondas.

"Ĉu vi estas survoje?" ŝi diras.

"Jes. Kiel estas?"

"Vi povus haltigi la aŭton, se eblas."

"Ĉu finiĝis?"

Dum momento ŝi silentas, sed li aŭdas ŝin spiri.

"Jes, jam finiĝis. Ŝi mortis antaŭ kelkaj minutoj."

La horloĝo montras la dudektrian kaj dek ok. Li iomete malpezigas la premon al la akcelilo kaj rigardas en la retrospegulon. Neniu aŭto videblas malantaŭ li, kaj estas malmulte da kontraŭdirekta trafiko. Li vidas neniun indikon pri vojkruciĝo, nek pri ĉeranda parkejo. Halti sur la kromkoridoro ŝajnas pli riska ol pluveturi, do li trovas plej bone daŭrigi la stiradon.

"Mi bedaŭras", li diras. "Sed sendube ni atendis tion. Mi ankoraŭ ne atingis tre foren, sed mi komprenoble pluiros. Mi alvenos je la unua, kiel ni interkonsentis. Do, ĉu okazis al ŝi nenio plu antaŭ la fino?"

"Ne. Ŝi ĉesis spiri. Tute kviete."

Li suspiras, kelkfoje profunde spiras kaj observas la vojon. Li sentas malĝojon. Eble li povus elpremi el si kelkajn larmojn, sed por tio li bezonus trovi lokon kie halti.

"Ĉu oni tuj forportos ŝin?" li demandas.

"Mi petos, ke oni lasu ŝin ĉi tie ĝis vi alvenos."

"Bone. Do ni revidos nin post iom."

Jam estas post la dua horo nokte. Ili jam adiaŭis Panjon kaj nun kune enskribiĝas en la hotelo. Li demandas sin, ĉu li iam ajn antaŭe kundividis ĉambron kun sia fratino. Kiam ili estis tre junaj kaj vivis en pli malgranda apartamento, laŭdire ĉiuj tri infanoj dormis en unu ĉambro. Sed tion li ne povas memori.

Ili ne interparolas sed enlitiĝas, kaj Gunilla ŝajne tuj endormiĝas. Li mem denove kuŝas tordiĝante, tro laca kaj tro aktivmensa. Por ĉi tiaj okazoj li bezonus dormigilojn kiel rezervon. Kia idiota penso, ĉi tiaj okazoj. Kiam lia patrino ĵus mortis. Sed li bone konas sin mem, li sendube glutus ilin pli ofte ol post mortoj en la familio. Se li jam disponus ilin, li certe trovus uzon por ili.

Malgraŭ ĉio li ŝajne endormiĝas ne tro malfrue, ĉar vekiĝinte, li sentas kvazaŭ li dormis dumlonge. Estas plena lumo en la ĉambro. Gunilla ne plu restas, sed sur ŝia lito kuŝas slipo kun la vortoj 'matenmanĝo ĝis la 10a'. Li rigardas la horloĝon. Kvarono antaŭ. Tio signifas, ke eblus al li kuri malsupren por enbuŝigi ion, sed li preferas resti kuŝanta dum kelka tempo.

Pli malfrue Gunilla revenas en la ĉambron, alportante du tasojn al li.

"Mi ne scias, ĉu vi prenas lakton en la kafo, do mi verŝis ĝin aparte."

"Ho. Tre afable."

Post kelka tempo ili forlasas la hotelon kaj baldaŭ sidas en kafejo, kie li mendas buterpanon kaj tason da teo. Dume Gunilla telefonas al sepulta firmao kaj sukcesas provizore rezervi tempon por entombigo en Virserum post du semajnoj.

"Mi esperas, ke Sandra kaj Cecilia povos partopreni tiam, sed mi prokrastos telefoni al ili ĝis mi venos hejmen", ŝi diras.

"Mm. Ankaŭ mi."

Ne estas verŝajne, ke Emil kaj Daniel volos partopreni en la entombigo de sia avino. Pasis longa tempo de kiam ili renkontis ŝin lastfoje. Kaj kiam Paĉjo mortis, li ne venigis ilin. Tiam li trovis ilin tro junaj. Tio estis jam antaŭ dek ok jaroj. Kaj por sciigi al Johanna li devos atendi ĝis ŝi revenos hejmen. Ŝi sendube estas plene okupita de siaj propraj zorgoj. Sed supozeble ŝi ne sentas sin tuŝita de tio, ke ŝia nekonata avino mortis.

Paŝante al la parkejo, li turnas sin al Gunilla.

"Kiel ni faru pri Göran?"

Ŝi ĵetas al li rapidan rigardon.

"Kion vi volas diri? Kompreneble ni devos rakonti."

"Ĉu vi konas lian telefonnumeron?"

"Kiam mi lastfoje provis telefoni, la numero estis vaka, sed mi havas la adreson. Estus bone se li almenaŭ venus al la entombigo."

"Nu, eble jes."

"Li ja partoprenis en tiu de Paĉjo."

"Sed tiam li estis pli bona, ĉu ne?"

"Ĉu vi pensas? Ĉu vi ne memoras, kion li diris pri Paĉjo?"

"Mi celas, ne tro korpe kaduka."

"Ĉiuokaze mi sciigos al li", diras Gunilla kaj malŝlosas sian bluan Peugeot kun pepsono.

Roger cerbumas pri kiam li lastfoje vidis sian fraton. Tio estis ĝuste en la entombigo de la patro. Ĉiufoje, kiam li veturas al Emil en Stokholmo, li pensas pri Göran, kaj precipe se li preterpasas la antaŭurbojn de Hallunda kaj Fittja, kie li loĝis lastatempe. Sed li neniam sentas veran impulson viziti lin, li nur miras, ke ili tiel malproksimas unu de la alia, kvankam ili kreskis en la sama ĉambro.

Gunilla kaj li ne diskutas praktikajn detalojn de la entombigo. Li volonte transdonas al la fratino elekti ĉerkon kaj aranĝi ĉion necesan. Ŝi kredeble ne atendas, ke li okupiĝu pri tio. Do, ili disiĝas kaj li reveturas hejmen. Ĉiuokaze li estos kontenta alveni antaŭ la pintaj horoj de la vendreda trafiko.

Annika grave incitiĝas.

"Kiel vi do pensas? Kial vi neniam rakontas al mi ion ajn?"

Li iom suspiras, sidante en ŝia kuirejo. Estas sabato kaj li ĵus rakontis, ke lia patrino mortis hieraŭ, aŭ pli ĝuste antaŭhieraŭ en la vespero. Krome li diris, ke li faris novan viziton al Oelando, ĉar Johanna ekhavis ekonomian problemon. Ankoraŭ li ne menciis, kiel granda estas la prunto, nek ke efektive temas pri du pruntoj, kaj ankaŭ nenion pri Tajlando kaj la ekzisto de Edvin. Li devos prokrasti tion ĝis pli malfrue.

"Vi ne povus fari tre multe ĝuste tiam, kaj mi fakte ne havis tempon. Ĉio sinsekvis senpaŭze, se tiel diri."

Ŝi nur skuas la kapon. Felix pasigos la tutan semajnfinon ĉe sia patro, kaj Viktoria ĵus ekloĝis kun nova amikino en Linköping. Devus esti konvena okazo por romantika semajnfino duope, sed tion evidente ne pensas Annika.

"Ĉu mi rajtas demandi, kiom da mono ŝi prunteprenis?"

"Tio ne gravas. Mi pruntis al ŝi monon; estas nenio stranga pri tio."

Ŝi rigardas lin rekte, sidante trans la tablo. Unu el ŝiaj manoj nervoze moviĝas, translokante manĝilaron tien-reen.

"Ĉu vi ne komprenas, Roger? Vi forestis dum ŝia tuta vivo, kaj nun vi pensas, ke vi povas kompensi tion per mono."

"Ne, absolute ne. Tia stultulo mi ne estas."

"Vi ne povos reaĉeti perditan filinon."

Li ridas. Tio kredeble ne estas tre prudenta, ĉar preskaŭ certe lia rido provokos ŝin.

"Ĉu vi pensas, ke mi ŝercas?" ŝi diras kun tono de incitiĝo.

"Pardonu. Vi sonis iomete kiel iu figuro en televida sapopero. Se vi renkontus Johanna-n, vi komprenus pli bone ke oni ne aĉetas ŝin."

Li memoras, ke li jam vintre demandis Annika-n, ĉu ŝi volas akompani lin al Johanna. Kredeble tio estis bona ideo, li nun pensas. Aŭ eble ne. Tute ne facilas antaŭvidi, kiel iu interrilato evoluos.

"Ĉiuokaze, ĉi tio baldaŭ ne plu funkcios", ŝi diras. "Post tiu libertempa vojaĝo, mi pensis ke ne povos pli malboniĝi, sed ĉi tio superas ĉion."

Nun li jam tute ne komprenas, kion ŝi aludas. Ĉu ŝi tamen aŭdis lian telefonan interparolon sur la fjorda ŝipo pri la unua monprunto al Johanna?

"Mi pensis, ke vi kontentas pri la libertempo", li diras. "Ni faris precize, kiel vi volis. Dometo en la insularo kaj aŭtovojaĝo en Norvegio. Jen viaj proponoj, kaj jen kion ni faris."

"Sed mi imagis, ke vi partoprenos."

"Mi ja estis tie. Ĉu vi ne rimarkis?"

Ŝi stariĝas de la tablo kaj tintigas kaserolan kovrilon ĉe la forno. Ili manĝos mitulojn en vino. Poste ŝi turnas sin al li.

"Ne, Roger. Vi neniam estis tie. Dum la tuta tempo vi ne partoprenis. Vi estis en via damnita romano."

Li fermas la okulojn kaj klinas sin dorsen sur la seĝo por memori la libertempan vojaĝon. Ĉu ŝi pravas? Jes, sendube ŝi pravas. Kiam li estas en sia verka periodo, li grandparte troviĝas ene de la mondo, kiun li kreis. Li devas esti tie, alie rezultus nenio. La problemo estas, ke la verka periodo ĉi-foje etendiĝis pli longe ol li planis. Kaj krome nenio rezultis, malgraŭ ĉio. Nenio, kion li povus nomi preta, nek eĉ preta por ekprilabori. Ĝuste nun li ne scias, ĉu entute iam fariĝos io ajn el lia projekto.

"Ĉu vi entute aŭskultas, kion mi diras? Kie vi estas nun?"

"Mi aŭskultas", li diras. "Kaj mi pensas, ke vi pravas, almenaŭ parte. Sed bedaŭrinde ne eblas malhelpi tion. Tio estas parto de la pakaĵo, se tiel diri. En ĉi tiu laboro oni iel senĉese deĵoras."

Ŝi gapas al li, forte spirante. Li vidas ŝin streĉi la muskolojn en la vizaĝo kaj ŝultroj. Haroj malfiksiĝis de ŝia frizaĵo. La manoj plurfoje fermiĝas kaj malfermiĝas. Poste ŝi forlasas la kuirejon kaj iras en la banĉambron.

Dum kelka tempo li sidas, provante decidiĝi kiel agi, sed li ne venas al decido. Fine li stariĝas, iras al la forno kaj levas la kaserolan kovrilon. Li supozas, ke la mituloj ne devus kuiriĝi ĉi tiel longe, sed kiom estas bona? Ĉu li trenu la kaserolon flanken kaj malŝaltu la kuirplaton? Dum kelka tempo li staras sendecide, kaj poste li faras tiel. Odoras je maro kaj vino. Jen mirinda odoro, sed tio ne plu ŝajnas tre grava.

Li paŝas en la vestiblon ĝis la banĉambra pordo kaj malforte frapetas.

"Annika! Ĉu vi pensas, ke la mituloj jam pretas?"

Nenio aŭdiĝas de la banĉambro. Li rondiras unufoje tra la kuirejo kaj salono kaj poste revenas al la vestiblo. Ankoraŭ estas silente. Li refoje frapetas.

"Annika!" li diras iom pli laŭte. "Kiel vi fartas?"

Neniu respondo.

"Mi malŝaltis la fornon", li vokas. "Mi esperas, ke ili pretas. Ĉu ni manĝu?"

Nun ŝi fluigas akvon tie ene. Li supozas ke tio signifas, ke ŝi elvenos, do li iras en la kuirejon kaj sidiĝas. Post iom li aŭdas la banĉambran pordon malfermiĝi. Ŝi haltas en la pordo de la kuirejo. Ili rigardas unu la alian senvorte. Li stariĝas kaj paŝas al ŝi, sed ŝi retroiras.

"Ne, Roger. Mi volas ke vi foriru nun."

Li senmoviĝas. Neniu ideo plu aperas liakape. Li ne komprenas, kion ŝi volas. Ŝi plendas, ke li ne sufiĉe ĉeestas, kaj poste ŝi petas lin foriri.

"Karulino", li diras. "Vi volis ke ni manĝu ion bongustan kaj kunestu dum ĉi tiu semajnfino. Ankaŭ mi volas tion. Dum la lastaj semajnoj ni ne multe renkontiĝis. Bone, tio ŝuldiĝas parte al mia laboro. Kaj al tio, ke mia panjo malsaniĝis kaj mortis. Vi ne povas opinii, ke mi devus fajfi pri tio."

"Mi jam diris, kion mi opinias. Sed bone, mi povas ripeti tion. Vi devis vojaĝi al via patrino kaj poste al via retrovita filino. Jen nenio stranga. La absurda afero estas, ke vi diris nenion al mi. Mi valoras eĉ ne poŝtelefonan tekstmesaĝon. Vi ne memoris, ke vi havas amrilaton. Aŭ vi ne zorgis pri tio, ĉar vi neniam serioze zorgis pri iu ajn krom vi mem kaj via verkado. Mi ne plu eltenas tion."

Li rigardas ŝin komprenante nenion. Estas neimageble, kiel ŝi povas tiel krude troigi kaj misinterpreti aferojn. 'Vi ne memoris, ke vi havas amrilaton.' Tio memorigas al li la iamajn vortojn de Johanna, 'vi forgesis, ke vi havas filinon.' Sed tio ja tute ne estis vera. Nenio el tio estas vera!

"Vi centprocente malpravas, Annika. Mi jam multfoje diris, ke vi devas toleri mian laboron same kiel mi toleras la vian. Sed tio tute ne signifas, ke la verkado estas la sola afero, pri kiu mi zorgas."

"Mi ne plu volas. Nun foriru, mi petas."

Komence li pensas, ke ŝi certe moliĝos post iom da tempo. Li atendos unu-du semajnojn. Se ŝi ne donos vivsignon dum tiu tempo, li kontaktos ŝin por espereble atingi repaciĝon.

Sed post kelkaj tagoj li rimarkas, ke tio ne plu ŝajnas al li same evidenta. Ŝi estis relative senkompata. Li neniam zorgis pri iu ajn krom si mem, ŝi asertis. Tio estas sufiĉe drasta. Do li estas psikopato, ĉu ne? Sed se ŝi akuzas lin tiel forte, ne povas temi nur pri la tagoj ĉirkaŭ la morto de Panjo. Nek nur pri la libertempa vojaĝo. Devas esti io pli profunda. Ŝi rezignis pri li, tutsimple. Pri li kaj pri ilia disloĝa interrilato. Ŝi kredis, ke li estas iu alia, kaj nun ŝi elreviĝis. Li demandas sin, ĉu restas ia ŝanco konvinki ŝin ŝanĝi opinion. Tio ŝajnas ne tre probabla.

Kaj kion li mem volas? Pleje li preferus daŭrigi kiel ili vivas de preskaŭ du jaroj. Li trovas tion ne malbona. Por li la rilato signifas multon. Eble li ne havas tre altajn atendojn, sed ĉu tio estas eraro?

Ne facilas scii, kiel li devus agi. Negrave kion li faros, ĉio sendube dependos plej multe de tio, kion ŝi volas. Kaj nun ŝi ne plu volas, ŝi diris.

Dum pasas tago post tago, lin pli kaj pli kaptas forta sento de elreviĝo. Li neniam promesis, ke ĉio en lia vivo inkludos Annika-n. Kiel li povus fari tion? Se ŝi postulas pli multe ol li povas plenumi, tio dependas de ŝi, ne de li. Ŝi misinterpretis lin, kredis vidi siajn proprajn atendojn kaj bezonojn en lia agado. Kaj tamen ŝi neniam klare eksplicis, kion ŝi mem deziras. Nun ŝajnas evidente, ke ŝi tutsimple ne volas kompreni lin. Supozeble estus plej bone, ke ili disiru, se ŝi ĉiuokaze interesiĝas ne pri li, sed nur pri sia propra imago de tio, kio li devus esti. Se ŝi denove kontaktos lin, li certe ne petegos ŝin pri io ajn. Tute ne indas, ke ŝi konsideru lin libere disponebla.

Jam de sufiĉe longa tempo lia romano estas nekulturata kampo. Iutage li sidiĝas sursofe kun la piedoj sur skabelo kaj la komputilo surgenue por senhalte tralegi ĉion ĝis nun skribitan. Li komencas dimanĉe posttagmeze. Post paŭzo por etendi la membrojn, vespermanĝi kaj spekti televidajn novaĵojn, li daŭrigas ĝis li trairis ĉion. Tiam estas dudek antaŭ la tria matene. Li malŝaltas la komputilon kaj enlitiĝas. Kvankam li apenaŭ kredas, ke li sukcesos endormiĝi, tio okazas preskaŭ tuj.

Antaŭtagmeze li matenmanĝas, faras rapidan promenon tra la urba parko kaj plu laŭlonge de la rivero. Ĉe la iamaj fabrikoj de Drags li restas dum kelka tempo rigardante la falantan akvon. Poste li sidiĝas sur la ligna platformo ĉe la riverbordo kaj rigardas kelkajn studentojn, kiuj ĵus komencis sian aŭtunan semestron.

Li pluiras ĝis la kafejo Solsidan. Kiam li sidas tie kun glaso da biero, la afero subite aperas al li evidenta. La romano ne pretiĝos. Ĝi jam definitive ŝiprompiĝis. La manko de plano kaj celo estas kronika. Komprenebla tio signifas tre gravan krizon. Pli ol duonjaro da laboro estas vana. Li havas amason da teksto, kiu servas al nenio valora. Sed li povas nenion fari pri tio. Nun li jam komprenas tion. Simple remaĉi malnovajn memorojn valoras nenion per si mem.

Komprenebla li devos sciigi tion al la eldonejo. Oni ne ĝojos. Nu, cetere, eble oni ja ĝuste ĝojos. Li ne ricevis veran mendon de ĉi tiu membiografia romano. Ne flanke de la eldonejo. Nek de iu alia, krom de si mem.

En la eldonejo oni komprenebla ege preferus, ke li daŭrigu pri la krima ĝenro. Li diris, ke li finis pri ĝi. La deko da krimromanoj el Kalmar estas lia kontribuo sur tiu kampo. Sed aliflanke, pri kio li ekde nun okupiĝu? Kaj per kio li vivtenu sin?

Li rigardas al la akvo preterfluanta en sia vojo al la golfo Bråviken kaj la Balta Maro. Efektive ne estas ekstreme malfacile. Li povus tre bone komenci novan serion da murdenigmoj, sed ĉi-foje lokitaj ĉi tie, ĉe la bordoj de la rivero Motala Ström. Norrköping kun ĉirkaŭaĵo estus same bona krimscenejo kiel iu ajn alia urbo. Parto de la materialo, kiun li verkis por sia romano, post kelkaj retuŝoj estos uzebla por rakonta fono kaj rolantoj. Povos esti politikaj murdoj, dramoj pro ĵaluzo aŭ familiaj vendetoj kun radikoj en la sepdekaj jaroj. Liaj memoroj certe estas replanteblaj en nova loko. Komprenebla ne ĉio konvenos, sed li ĉiuokaze neniam pensis, ke lia tuta materialo estos uzebla.

Li aĉetas plian bieron kaj klinas sin dorsen en la agrabla ombro sub la arboj. Kun la eldonejo li ne havos problemon. Li faros planon pri dek krimromanoj, iom pli detale specifan koncerne la du komencajn librojn de la serio, kaj tiun li prezentos al la eldonistoj. Sendube ili ĝoje surpriziĝos. La krima merkato ne estas satigebla. Eble li eĉ povos prinegoci iom pli bonajn kondiĉojn ol por la antaŭa serio.

Monique telefonas. Li estas okupata skizi murdintrigon kun aro da suspektatoj, tamen li tenas la telefonon ŝaltita por la okazo ke venos vivsigno de Johanna.

"Ŝi restas en Bangkoko, kaj tie ŝi mem trovis nenion novan. Sed anstataŭe alvenis nova letero de la Ministrejo por eksteraj aferoj, kiun mi malfermis. Ŝajne oni ne ŝatas retpoŝton tiuloke. Nu, tie legeblas, ke la sveda ambasado en Bangkoko eldonis novan pasporton al Edvin, transdonitan al li per la konsulo en Vjentjano. Do en Laoso, tute laŭplane."

"Mi komprenas. Tio ja estas bona. Ĉu Johanna scias tion?"

"Jes, kompreneble. Mi parolis kun ŝi. Ŝi revenos hejmen kiel eble plej rapide."

"Bone. Do, kie nun estas Edvin?"

"Mi ne scias. Ni aŭdis nenion pri tio. La plej malfrua informo estas, ke antaŭ semajno li estis en Laoso."

"Strange, ke tiu advokato, kiu devis aranĝi la tuton, sciis nenion."

"Hanna pensas, ke Edvin ne fidis lin."

"Pri tio li pravis. Kredeble Edvin havis proprajn kontaktojn, kaj eble kaŝitan monon."

"Ni sendube ekscios pli multe, kiam Hanna revenos hejmen kaj ankaŭ li alvenos en Svedion."

Ili finas. Iom malfacilas al li reveni al sia sinoptiko. La historio de Edvin vere estas stranga. Krom se ĉio estas ankoraŭ unu blufo flanke de Johanna kaj Monique. Ne, li mem ja vidis la unuan leteron de la Ministrejo, kaj ĝi devas esti aŭtenta.

Li ekemas uzi la historion en unu el la novaj krimromanoj. Sed tio devos esti en iu el la lastaj, se entute, pro respekto al la knabo kaj Johanna. Sendube li farus plej bone resti ĉe la sepdekaj jaroj, se li volos prunti epizodojn el la realo por siaj murdintrigoj.

Nek Emil nek Daniel povos partopreni en la entombigo de sia avino. La muzikgrupo de Daniel ludos vendrede vespere, kaj ne eblos al li vojaĝi de Örebro al Virserum frue sabate matene. Kaj Emil denove transloĝiĝos. Li kaj Vilma sukcesis sublui duĉambran apartamenton en Kungsängen, kaj ŝia patro helpos ilin pri la transporto. Kial ili devos transloĝiĝi meze de monato, ne estas tute klare.

Roger ekhavas impulson telefoni al Annika por demandi, ĉu ŝi tamen volos veni. Ŝi renkontis lian panjon unufoje en la demenculejo. Sed ne, certe estas pli bone atendi. Unue li devos interkonsenti kun ŝi, kiel ili estonte interrilatos. Se ili entute daŭrigos la rilaton, kaj se jes, laŭ kiuj kondiĉoj. Sed estos pli prudente zorgi pri tio pli malfrue, kiam ĉio normaliĝos.

Ĵaŭde vespere li ankoraŭ nenion pluan aŭdis de Johanna, do li klavas ŝian numeron.

"Jes, mi jam revenis hejmen", ŝi diras. "Mi ne uzis ĉion, do vi tuj rericevos iom da mono. Do, unuan amortizon."

"Bone, sed kiel vi fartas? Kaj ĉu la knabo jam revenis al Svedio?"

Ŝi ridas iom seke. Tio sonas strange. Ŝi ne estas homo ridanta senkiale.

"Ĉi-momente li estas en Hongkongo."

"Kio?"

"Li retmesaĝis al mi kaj dankis pro la kaŭcio. Li menciis nenion pri ia intenco vojaĝi al Svedio. Male li skribis, ke li volas klopodi por veni en Aŭstralion."

"Ĉu vere? Nu, plej bone tamen estas, ke li eskapis el la tajlanda malliberejo, ĉu ne?"

"Jes, tio plej gravas. Sed mi timas, ke li daŭrigos same kiel antaŭe."

"Mi komprenas tion."

"Ĉiuokaze, evidente estis lia propra ideo atingi Laoson. Tute ne la advokato, sed li mem konis tiun eblon. La advokato nur pluinformis min pri tio."

"Bone. Do li uzis la okazon por gajni ekstran monon de vi kaj mi. Tio estas, la advokato. Sed Johanna, kiel vi mem fartas?"

"Bone. Estis malfacila tempo, sed nun estas bone. Mi simple devas akcepti tion, ke Edvin ne revenos en Svedion. Inter li kaj mi ne estas alie."

Dum momento Roger silentiĝas. Li pensas pri tio, kiel estas inter ŝi kaj li mem. Nu, tio ne estas komparebla. Ili ne havis komplikan komunan vivon. Ili havis nenian ajn komunan vivon.

"Ĉiuokaze estas bone, ke ĉio jam pasis", li diras. "Sed mi devas mencii ion alian. Mia patrino mortis antaŭ du semajnoj. Tuj post kiam mi vizitis vin, fakte."

"Jes, Monique rakontis al mi. Mi bedaŭras tion."

"Ŝi estis demenca kaj okdeknaŭjara, tamen mi ja malĝojas. Nun ni entombigos ŝin sabate en Virserum. Supozeble vi ne sentas, ke tio iel tuŝas vin, tamen mi volas sciigi tion al vi."

"Ĉu nun postmorgaŭ?"

"Precize."

"Bone. Ne, mi ne havos forton partopreni."

"Mi komprenas. Ĉiuokaze, mi ĝojas aŭdi ke vi estas en ordo. Do ni reaŭdos nin iam estonte, ĉu ne?"

"Certe."

"Do fartu bone. Se vi aŭdos ion novan de Edvin, vi povos informi min."

La kapelo ne estas granda, tamen la homoj en ĝi ŝajnas maldensa areto. Tie estas kantorino ĉe piano, kaj plue Gunilla kaj ŝiaj du plenkreskaj filinoj, unu flegistino el la demenculejo Dackegården, kaj krome Margit, pli ol okdekjara kuzino de Panjo, kiun Roger neniam antaŭe renkontis. Margit loĝas en Stenberga iom okcidente de Virserum.

Willy ne ĉeestas. Vendrede lia malbona genuo tute ĉesis funkcii, kaj pro tio estis tro malfacile al li sidiĝi en aŭton. Roger iom scivolas, ĉu misfunkcias nur la genuo, aŭ ĉu Gunilla kaj li eble lastatempe spertas geedzan krizon. Ili estas paro de kiam ŝi aĝis dek ok kaj li dudek. Tio estas absolute neimagebla, laŭ Roger, sed jen la vero. Li scivolas, ĉu ili vere tenadis sin unu al la alia dum pli-malpli duono de jarcento. Ĉi-aŭtune ŝi estos sesdekkvinjara, kaj ekde jus ŝi laboras nur duontempe. Willy jam de pluraj jaroj havas fruan pension pro la genuo, sed nun li komprenable estas ordinara pensiulo. Povas esti, ke tro da libera tempo kune elprovas la paciencon.

Kaj li mem post monato iĝos sesdekjara. Jam urĝas plani, kiel li volos celebri tion. Se li volos celebri. Granda Kanario estus bona alternativo. Li povus sidadi apud tiu grandega naĝbaseno, verkante krimromanojn pri narkotulo en Norrköping. Eble renkonti novajn geedzojn alvenintajn por solvi sian geedzan krizon. Cetere li estus sola tie. Ĉiuokaze li ne petus, ke Annika akompanu lin tien. Vojaĝi sola estus plej bona, ĉiuokaze por la krimromanoj.

La sepulta ceremonio sendube estas mallonga kaj efika, ĉar kiam li atingas tien en la pensoj, jam tempas alpaŝi por meti rozon sur la ĉerkon. Li haltas dum kelkaj sekundoj antaŭ ol lasi ĝin. Estas neeble imagi, ke Panjo kuŝas tie en absurda skatolo. Kaj verdire ŝi ne estas tie. Panjo ne plu ekzistas. Li demandas sin, kiom el Panjo plu ekzistis dum la lasta jaro.

Ĉe la posta kafumado li devas raporti, pri kio okupiĝas la filoj, kaj ke ili ankoraŭ ne donis al li nepojn. Plej multe parolas Gunilla kaj ŝiaj filinoj pri la genepoj, kiuj aĝas inter unu kaj kvar jarojn. Tilda, Agnes kaj Oskar. Li ne certe scias, kiuj estas de Sandra kaj kiu de Cecilia. Johanna ne estas menciata, kaj Edvin restas ankoraŭ nekonata al la parencoj. Ĉi tio ne estas bona okazo por paroli pri ili. Ĉio estas iomete tro komplika.

Se temas pri Göran, Gunilla skribis al lia lasta adreso, sed tie li ne plu loĝas, kaj neniu nova adreso estis trovebla. Li restas registrita ĉe la malnova adreso, sed neniu tie scias, kien li malaperis. Plej kredeble li estas senloĝeja kaj dormas alterne ĉe konatoj. Ankaŭ telefonnumeron ŝi komprenble ne sukcesis trovi.

"Estas terure pensi, ke li eĉ ne scias, ke Panjo mortis", diras Gunilla.

"Jes, estas malĝojige. Mi demandas min, kiel okazos pri la inventaro kaj divido de la heredaĵo kaj ĉio tia, se ni ne retrovos lin."

"Nu, kredeble ni devos prokrasti tion. Mi kontaktos la socialan servon de Botkyrka por demandi, ĉu oni scias ion pri li."

La rezulto de la parlamenta elekto estas ŝoko. Li tute ne estis preparita por tia triumfo de malhumana vidpunkto al aliaj homoj. Li memoras la elektovesperon en 1976 kun Marianne Eriksson. Tiam estis kvin partioj en la parlamento; nun jam ok, kaj kun naŭa partio aspiranta ekhavi lokon. Kaj la ŝminkitaj nazioj jam estas la tria laŭ grandeco. La situacio en la parlamento ŝajne estos komplika. Ĉi tio eble estos pli aĉa kaĉo ol la lota parlamento en la sepdekaj jaroj.

Li scivolas, kion ŝi nun faras, lia adolta amikino, se ŝi plu vivas. Komprenble ŝi jam delonge estas emerito, jam pli ol sepdekjara. Nun ŝi ne plu devus manipuli pri la edzina ringo. Kial ŝi faris tion? Ĉu por veki lian intereson? Ĉu ŝi efektive estis allogata de li kaj volis enlitigi lin? Tiuepoke li ne povis vere imagi tion – ŝi ja estis ege pli aĝa ol li. Nun li jam trovas tion tute kredinda. Sed eble li memoras, kion li volas memori. Iel li bedaŭras, ke li ne lasis sin alhoki. De tiam jam pasis tuta vivo, kaj unu afero estas certa – nun jam ne tro malfruas ŝanĝi tion, kio okazis aŭ ne okazis antaŭ tiel longe.

Li decidas rezervi du semajnojn en Playa del Inglés ĉirkaŭ sia naskiĝtago. Kun iom da bonŝanco li ricevos ĉambron en la sama hotelego kiel lastfoje. Tie formiĝos la ĉefaj trajtoj de la unua krimromano el la serio lokita en Norrköping. Estos serio da murdoj, kie la indicoj gvidas retroen al iama dramo pro ĵaluzo inter junaj porvjetnamaj aktivuloj en la sepdekaj jaroj. La murdoj estos malfrua venĝo kontraŭ tiuj, kiuj pelis junulinon al morto. La murdanto estos eksa drogulo, kiu pasigis jarojn en malliberejoj kaj narkota nebulo, planante la venĝon. Nun li finfine estas sendroga, kvankam stampita de onta morto pro ia malsano, kiun eblos gugli, kaj antaŭ ol morti li faros justecon. Tiel kreiĝos bestia murdanto, kiu tamen vekos simpation ĉe la legantoj. En la eldonejo oni sendube estos kontenta.

Poste, kiam li jam eniĝos en la verkadon kaj revenos hejmen de Granda Kanario, li denove kontaktos Annika-n. Pensante pri la pasintaj du jaroj, li devas konstati, ke ili havis bonegan kunestadon. Troviĝas neniu prudenta motivo, kial tio estu definitive finita. Li tutsimple devas striktigi sian konduton kaj igi la komunikadon pli klara. Tio ja ne maleblas, ĉu? Li tute certe denove telefonos al ŝi. Aŭ ĉu estus pli bone simple viziti ŝin senaverte? Ne, tiam ŝi sentus surprizon kaj subitan premon. Telefono estos preferinda. Kaj li demandos, ĉu ŝi eble volus viziti lian hejmon por vespermanĝo. Ŝi kredeble rifuzos, sed se li tamen plu babilos pri tio kaj nenio, ili interkonsentos anstataŭe renkontiĝi ĉe ŝi. Nu, tio kaj nenio ne estas lia plej forta flanko, sed li povus paroli pri la lastaj novaĵoj de Johanna kaj Edvin. Aŭ pri la transloĝiĝadaj problemoj de Emil.

Enpense li plurfoje ripetas la interparolon. Plej malfacile estos komenci. Li devos sentigi al ŝi, ke ŝi estas bezonata. Ke ŝi gravas al li. Ke li tute ne estas indiferenta, eĉ male. Ŝi signifas amason por li, sed kiel li povos formuli tion?

Aŭ ĉu li male atentu plej multe ŝiajn bezonojn? Komprenigi al ŝi, ke ŝi bezonas lin? Ke li ĉiuokaze volas ludi rolon en ŝia vivo. Sed kiu rolo estos tiu?

Kiam ŝi petis lin pri io, li memkompreneble faris klopodon. Komprenble, eĉ se ne ĉiam tutkore. Sed verŝajne la problemo estas, ke ŝi volas ne peti. Li mem devus scii sen ŝia peto, kion ŝi volas kaj ke ŝi bezonas lin. Tio ne ĉiam facilas. Al li tio neniam venis per si mem. Kun neniu tio facilis al li.

Enpense li elprovas diraĵon post diraĵo. Mi volas pardonpeti. Mi proponas ke ni renkontiĝu por interparoli. Jen kiel mi imagas la aferon. Mi povas ĉion klarigi. Ĉu vi ne povus veni al mi? Ĉu ni ne povus refoje provi? Li imagas ŝiajn respondojn, eĉ sciante, ke tio estas idiota. La sola certaĵo estas, ke ŝi respondos ne tiel, kiel li imagas. Eble ŝi tute ne respondos, vidante ke telefonas li. Ne tre logas lin paroli kun ŝia respondilo.

Li prokrastas la aferon ankoraŭ kelkajn tagojn. Ĉu li prefere atendu, ĝis li ekscios iom pli pri Edvin? Ne, tio estus malbona. Eble li neniam plu sendos mesaĝon, aŭ almenaŭ Roger ne ekscios, kiel li prosperas.

Iutage li ekpensas, ke pli bone estus rakonti al Annika pri Veronika. Li jam menciis al ŝi la jarojn de sia junaĝo, la porvjetnaman grupon, la leterportistan laboron, la gepatrojn, la fratinon kiu fariĝis instruisto de popola altlernejo post multjara laboro kiel komizino, la fraton kiu pli kaj pli kadukiĝis. Kaj nun ŝi eksciis ankaŭ pri Johanna. Rakontante pri ŝi, li komprenebte menciis ankaŭ Carina-n, sed li ne donis detalojn pri ilia interrilato. Ĝi ne estas tre facile klarigebla, kaj cetere Annika ne faris demandojn pri ŝi.

Sed li neniam diris ion ajn pri Veronika. Se li farus tion, eble Annika komprenus lin pli bone. Iel li sentas ke ŝi gravas, sed aliflanke la tempo kun ŝi estas tiu parto de lia vivo, pri kiu plej malfacilas paroli. Li nun memoras, ke li iam menciis ŝin kaj ŝian memmortigon al Sanna en la komenco de ilia amafero, sed tiam li sukcesis iel bagateligi ĝin. Kredeble li diris, ke ili ne plu estis koramikoj, kiam ŝi mortigis sin, kio ja iasence estas vera. Sanna nenion plian demandis pri ŝi, kaj la temo neniam plu reaperis inter ili. Baldaŭ ili estis plene okupataj de siaj propraj vivoj kun studoj, laboroj kaj poste la du filoj, kiuj aperis kun dujara intertempo.

Sed kial do la sorto de Veronika interesus Annika-n? Ĉu ĝi estas iaspeca ŝlosilo al lia interno? Ne, tio estas nur vana ideo. Ĉio tia situas tro longe for en la pasinteco. Ĝi troviĝas en ombro, en la ombro de tempo pasinta. Jen kial li neniam antaŭe menciis Johanna-n. Li ne pensis pri tio, ke ŝi apartenas ankaŭ al la nuno. Tio estis stulta, sed li estis plene okupata de aferoj pli proksimaj.

Kun Annika la ĉiutagaj interparoloj grandparte temis pri ŝiaj gefiloj. La filoj de Roger jam plenkreskis kaj transloĝiĝis for de la gepatroj, kaj lia rilato al Sanna jam delonge estas finita kaj sendrama. Ŝi restas enurbe, sed li ne plu havas kialon renkonti ŝin. Se Emil aŭ Daniel estus trafita de ia severa problemo, certe povus esti necese kontakti ŝin kaj ŝian novan viron. Aliokaze ne. Sed la rilatoj de la junaĝo venis en profundan ombron de ĉio pli proksima kaj pli forte lumigata en lia memoro. Kaj precipe tio validas pri Veronika, kiu jam de jardekoj kuŝas en la tero.

Cetere ankaŭ Annika ne rakontis pri la koramikoj kaj aliaj rilatoj de sia junaĝo. Nur iom pri siaj gepatroj kaj la fratino, pri la avino en Skanio, pri la lernejo kaj la skoltoj. Jes ja, krome pri la plej bona amikino Britt-Marie, kiu volis ludi teatraĵojn kaj nun efektive estas aktoro; pri ŝi Annika multe parolis. Kiom ŝi admiras ŝian kuraĝon kaj volas viziti ŝin en Gävle, kvankam tio ĉiam iĝis nur longaj telefonaj interparoloj semajnfine. Sed kredeble troviĝas aferoj ankaŭ en la vivo de Annika, kiujn ŝi neniam menciis. Aŭ eble ne. Li ne scias, kion pensi kaj kredi. Ĉu ŝia vivo estas tute prilumata de klara lumo, ĉu nur li lasas partojn de la vivo resti en ombro kaj evitas mencii aŭ eĉ pripensi ilin?

Malgraŭ ĉio, se li havos ŝancon eltiri ĉion el la ombro kaj rakonti al Annika precize kiel okazis, pri Carina kaj Johanna, pri Veronika kaj pri kiel li transloĝiĝis al Stokholmo, ŝanĝis sian familian nomon kaj kvazaŭ komencis novan vivon, eble tiuokaze ŝi povus akcepti lin, kia li estas, kompreni kial li entombigis tiun tempon profunde, kaj ke ne tre facilas al li reelfosi ĝin.

Johanna estas tiu, kiu subite aperis el la ombro, kunportante ĉion alian. Sed kompreneble ŝi ne spertis la aferon tiel. Sendube ŝi nur scivolis, kiel li aspektas, kaj kiel li reagos, la viro kiu estas ŝia patro, kiam li alfrontos ŝin. Ŝi ne povis eĉ scieti, kion tio alportos en lian vivon, nek en la ŝian. Tio tutsimple okazis. Ĉio farata, kaj ĉio nefarata, havas konsekvencojn, kiujn ne eblas antaŭvidi.

Li sidas antaŭ la komputilo plu laborante pri sia sinoptiko de la unua romano en la nova serio. Okazos murdo surstrate, la ĵurnaloj spekulativos pri disputo inter krimaj bandoj aŭ ago de frenezulo, kaj en sociaj komunikiloj furoros onidiroj pri brunhaŭta murdinto, sed la vera klarigo estos alia, kaŝita en la pasinteco. Iama maljustaĵo finfine ĝustigita.

Tiam la poŝtelefono ekvibras, kaj sonas la tonoj de Smoke on the Water. Li forgesis alĝustigi ĝin sensone. Cetere li devus finfine ŝanĝi signalon. La ekrano diras 'Carina', kaj li rememoras, ke li enmetis ŝian numeron dum la lasta vizito ĉe Johanna kaj Monique.

Dum momento li sentas impulson rifuzi la alvokon, sed ne, tion li tamen ne povas fari.

"Nu, saluton, Carina!"

"Saluton."

Silentiĝas. Li sentas ian premon, kvankam lin alvokis ŝi. Aŭ eble ĝuste pro tio.

"Mi efektive pripensis telefoni al vi", li diras.

"Ĉu vere? Kial do?"

Strange. La voĉo ne estas tute sama kiel iam, sed ŝia tono kaj la loka akĉento restas samaj. Sed tiam ŝi ja ne parolis ĉi tiel mallonge kaj bruske, ĉu?

"Nu... pro la afero de Edvin. Kaj Johanna. Cetere, kiel vi fartas? Vi restas en Kalmar, mi eksciis."

"Jes. Aŭskultu, mi volas danki vin. Pro tio ke vi helpis ŝin. Tio estas, pri la mono. Mi mem ne povas kontribui per tre multe."

"Tio ja estas natura."

"Kaj pro tio ke vi entute zorgis pri la afero."

Li cerbumas. Ĉu li entute faris decidon? Ĉu li povus elekti ne zorgi? Li komprenas tion kiel tre malproksiman opcion.

"Pli bone malfrue ol neniam", li diras kaj tuj pripentas la diron. Diabla kliŝo!

Carina murmuras ion konsentan.

"Aŭskultu, Carina", li diras, tirante la vortojn. "Se mi iam denove vojaĝos al Johanna, eble ankaŭ vi kaj mi povus renkontiĝi?"

"Certe. Absolute."

Ŝi respondis fulmrapide, kaj li demandas sin, ĉu tio signifas ke ŝi mem jam pensis la samon, aŭ male ke ŝi volas eviti la paroltemon. Ĉiuokaze denove sekvas paŭzo.

"Ĉu vi aŭdis ion novan de Edvin?" li diras post kelka tempo.

"Ne. Laŭ mia scio ne. Vi ne sciis ke li ekzistas, ĉu?"

"Ne."

"Supozeble mi devus aranĝi, ke Hanna havu ian kontakton kun vi. Kiam ŝi estis juna, mi volas diri. Sed ankaŭ vi mem povus fari tion."

"Mi scias. Mi estis idioto."

"La plej multaj estis idiotoj."

Li ekridas, kaj post kelka tempo ŝi kunridas. Nun li jam rekonas ŝin. Ŝi definitive estas Carina.

"Feliĉe do, ke oni saĝiĝas kun la paso de tempo", li diras.

Kia stranga interparolo estas ĉi tio? Li ne sentas sin tre saĝa.

"Do, kial vi ne faris tion?" ŝi demandas.

"Faris kion?"

"Kontaktis Hanna-n."

La komuna rido jam ĉesis, tamen ŝia voĉo estas ne akuza, sed eble scivola. Li hezitas, kiel klarigi tion, kion li mem malbone komprenas.

"Nu... jam delonge tio ŝajnis tre fora. Mi eĉ ne sciis, kie vi kaj ŝi loĝas. Kiam ŝi estis eta, mi ja iom klopodis, sed mi komprenis ke vi ne tre volas tion."

"Vi ja tute ne volis, ke ŝi ekzistu."

"Kion? Vi fantazias! Laŭ mia memoro mi trovis ŝin tre ĉarma."

"Sed vi volis ke mi abortigu ŝin. Jen la unua afero, kiun vi diris pri ŝi."

"Ĉu? Tio temis ne pri Johanna. Tiam ŝi ankoraŭ ne ekzistis, aŭ... mi volas diri... ni ne konis ŝin. Estis nur akcidenta gravediĝo, ĉu ne? Mi supozis ke vi ne volas infanon. Ni estis tre junaj. Ankaŭ vi konsideris abortigon, ĉu ne? Tio signifas tute nenion por mia rilato al Johanna."

"Ĉu nenion?"

"Nenion! Tio entute ne rilatas al ĝi. Kiam ŝi jam naskiĝis, mi neniam plu pensis pri tio."

"Sed mi pensis pri tio."

Estiĝas paŭzo. Li gapas al la komputila ekrano antaŭ si, nenion vidante. Lia dekstra mano tenanta la poŝtelefonon iĝis tute ŝvita. Li ŝanĝas la manon kaj sekigas ĝin kontraŭ la pantalona krurumo.

"Mi bedaŭras", li diras. "Tamen tio estis antaŭ eterno, kaj ni estis tre junaj, kiel mi diris. Poste la vivo plu daŭris, okazis amaso da aferoj, kaj ne eblas ŝanĝi la pasintecon. Nur la estontecon, kaj eĉ tio ne facilas. Ĉiuokaze mi ĝojas, ke Johanna kontaktis min okaze de mia aŭtora vizito tie. Mi pensas ke vi atentigis ŝin pri tiu evento, ĉu ne?"

"Nu, mi vidis afiŝon pri ĝi, kiam mi pruntis librojn en la biblioteko."

"Do, bonŝanca hazardo."

"Eble jes. Nu... pli bone malfrue ol neniam, kiel vi diris. Ĉiuokaze, mi telefonis nur por diri dankon pro via helpo al ŝi. Vi ankoraŭ restas bona kamarado."

'Bona kamarado.' Nun ŝi sonas kiel antaŭ kvardek jaroj, aŭ kiom ajn jam pasis. Li sentas, ke larĝa rideto revenas al lia vizaĝo.

"Bone. Se denove okazos urĝaj veturoj, eble al Hongkongo aŭ ien ajn, mi volonte partoprenos", li diras. "Aŭ se Edvin revenos en Svedion."

"Nu. Ni esperu ke li trankviliĝos."

Tion ja faris ni, li pensas, sed la diferenco estas iom tro granda. Li mem apenaŭ faris tre gravajn krimojn. Ĉiuokaze ne tiajn, kiuj inkludis drogojn.

Li demandas sin kiel estus renkonti Edvin-on. Li sentas malreale havi plenkreskan nepon. Pensante pri li, aperas en lia imago Göran, kiam li elvenis el la malliberejo kaj ŝtelis la muzikinstalaĵon. Kredeble

Edvin plenumis siajn negocojn sur iom pli alta nivelo. Sed kia li estas kiel homo? Ne eblas imagi tion. Li kaj volas kaj ne volas ekscii.

"Ni ja povas kontaktiĝi denove, se vi venos ĉi tien", diras Carina.

"Jes ja. Bone ke vi decidis telefoni."

"Jes. Ĝis revido."

"Ĝis."

Li iras alporti bieron el la fridujo. Pri la krimromana laboro li povos daŭrigi iom pli malfrue. Post kelkaj tagoj li ekiros al Granda Kanario por labori diligente pri ĝi. Ĉi-momente li sentas kvazaŭ io iel solviĝis. Bedaŭrinde li mem ne sukcesis ekigi sin por telefoni al ŝi, sed tio ne plu tre gravas. Nun li demandas sin, ĉu tuj reveni al la romano, aŭ uzi la ricevitan energion por kontakti Annika-n. Ne, prefere li atendu por plani tiun interparolon pli zorge. La problemo estas, ke li ne povas decidi kiel ĝi prosperos, kiel en la romano. De tiu historio li aŭtoros nur la duonon, kaj eĉ apenaŭ tiom.

Surprizas lin ke la aŭtuno alvenis, dum li restadis en Granda Kanario. Flavaj folioj dancadas en la strataj defluejoj, en la parkoj odoras je malseka humo, kaj jam frue vespere mallumiĝas. Pretas kruda manuskripto de la unua libro de la nova serio. Li kontentas pri ĝi, kaj sendube ankaŭ la eldonejo kontentos, post kiam li iom poluros kaj pufigos ĝin kaj forigos lozajn fadenojn de la intrigo.

Ĝuste pri tiaj aferoj li faras notojn iuvespere, kiam oni sonorigas ĉe la pordo. Li saltetas; li apenaŭ eĉ rekonas la sonon de sia porda sonorilo, ĉar la enirejo de la domo ĉiam estas ŝlosita, do necesas alvoki poŝtelefone, kiam alvenas iu rara vizitanto. Kaj Annika havas propran ŝlosilon. Eble li devus peti rericevi ĝin, sed tio sendube estus tro definitiva. Almenaŭ ŝi certe interpretus la peton tiel.

Li malfermas kaj estas tute konsternita. Jen staras Viktoria. Lia koro saltas enbruste. Dum vertiĝa momento li ekhavas la penson, ke Annika mortis.

"Kio do okazis? Ĉu temas pri Annika?"

Li sentas la buŝon tute seka, kaj la tempo ŝajnas al li halti.

"Saluton, Roger. Trankviliĝu, nenio okazis. Ĉu mi povas eniri?"

Li enlasas ŝin kaj brakumas ŝin iom embarasite. Ŝi demetas la ŝuojn kaj jakon, kaj ili sidiĝas en la kuirejo.

"Kiel vi povis eniri?"

"Nu, iu eliris, kaj mi rapidis enŝteliĝi."

"Ĉu vi volas kafon?"

"Jes, mi petas. Nu, cetere... ĉu vi eble havas bieron?"

"Nur malfortan."

"Tio estas en ordo."

Li surtabligas glasojn kaj du dosojn da biero.

"Ĉu vi venas de Annika?"

Ŝi verŝas bieron tiel ke la ŝaŭmo superfluas. Li iras alporti viŝtukon.

"Mi vizitis ŝin, sed ŝi ne scias, ke mi estas ĉi tie."

Ŝi provas trinki sed evidente sukcesas enbuŝigi nur ŝaŭmon, kiu krome ornamas ŝian supran lipon.

"Aŭskultu, Roger, pri kio vi du efektive okupiĝas?"

Li rigardas ŝiajn lipharojn el ŝaŭmo kaj rezistas impulson forviŝi ĝin perfingre. Anstataŭe li verŝas bieron al si mem.

"Laŭ mia scio ni absolute neniel okupiĝas", li diras klinante la glason por eviti troan ŝaŭmon.

"Precize. Kaj kial do, se mi rajtas demandi? Vi paŭtas ĉiu en sia angulo kiel du infanetoj."

"Miaflanke, mi estadis plene okupata. Mi ĵus revenis en Svedion."

"Vi babilas fekaĵon! Vi evitas ŝin. Kaj la fakto, ke ŝi same stultumas, ne pravigas vin. Ĉu vi ne komprenas ke mia patrino bezonas vin?"

Ŝi levas la glason kvazaŭ halteron, kiun ŝi svingas por ekzerci la brakojn, kaj finfine sukcesas gluti buŝplenon da biero. Li povas nenion respondi, ĉar neo ja ne estas respondo, ĉu? Nun ŝi mem viŝas la lipon perfingre, ĝuste kiel li ĵus volis fari, kaj tusetas.

"Ĉu mi devas kapti vin ambaŭ ĉe la nuko por kunpuŝi vin?"

Li ridetas pri la aperanta bildo de decidmiena Viktoria kun po unu katido reziste baraktanta en ĉiu mano. Ŝi siaflanke tute ne ridetas sed ŝajnas ege indigna.

"Kio?" ŝi diras, gapante al li.

"Viktoria, mi ne certas ĉu vi plene konscias, kia estas la nuna rilato inter Annika kaj mi. Ŝi opinias, ke mi tro malmulte engaĝas min, aŭ eble pli ĝuste ke mi tro malmulte envolvas ŝin en mian vivon, aŭ ion similan. Ĉiuokaze ŝi forpelis min. Ŝi ne plu volas vidi min."

"Denove vi babilas fekaĵon! Vi rezonas kiel kvarjarulo!"

"Mi pensas ke ne."

Ŝi klinas sin dorsen kaj rigardas lin rekte dum kelka tempo. Li renkontas ŝian cerbuman rigardon, sed post iom li elektas preni grandan gluton da malforta biero.

"Kiel vi do rilatas al Felix?" ŝi diras. "Ĉu vi demandis, ĉu li plu volas vidi vin? Aŭ ĉu *mi* volas tion? Kaj kion vi mem volas, je dudek damnitaj diabloj?"

Li refoje ridetas, ĉi-foje pro ŝia maniero sakri.

"Sciu, mi trovas bedaŭrinde, ke mi ne plu renkontas Felix-on kaj vin, sed kion fari? Mi ne estas via patro, por citi Felix-on. Kaj vi mem cetere ja ne plu loĝas ĉe via panjo. Tamen, mi ĉiuokaze planas denove kontakti Annika-n por klopodi malimpliki la tuton."

"Kaj kiam vi planas fari tion? Ĉu kiam vi iĝos sepdekjara? Ĉar vian sesdekan naskiĝtagon vi tute ne trovis iel ajn grava por ni, ĉu?"

Nun li sentas pikon pro malbona konscienco. Koncerne sian datrevenon, li volis nur eviti eventualan tohuvabohuon, aŭ eble li timis, ke mankos ĉia tohuvabohuo. Li neniam pensis, ke tio povus vundi aliajn homojn.

"Mi pasigis du semajnojn sur kanaria insulo, intense verkante, do mi ne havis okazon celebri iel ajn."

Ŝi trinkas pli da biero kaj mienas decideme. Dum kelka tempo regas silento. Li aŭdas venton ekpuŝi eksterdome, kaj kelkaj pluvgutoj trafas la kuirejan fenestron.

"Roger", ŝi diras. "Kial vi lasas mian patrinon perdiĝi? Kial vi ne fikstenas ŝin?"

Li ridetas amare.

"Ne eblas fiksteni alian homon. Sendube vi mem iam elreviĝos, se vi kredas tion ebla."

"Sed eblas almenaŭ klopodi! Kial vi faras nenion por savi la rilaton?"

"Mi ja faris. Mi senĉese strebadis. La somera libertempo, ekzemple. Mi faris ĉion laŭ ŝia deziro, tamen ŝi ne kontentiĝis."

"Eble ne estis la ĝusta solvo fari ĉion laŭ ŝia deziro."

"Evidente ne."

Ŝi rigardas lin kritike, ŝajnas al li. Kion ŝi celas? Kio do estus la solvo? Kaj kiel ĉio ĉi koncernas Viktoria-n? Ĉu Annika perdiĝis ne nur por li, sed ankaŭ por ŝi? Tio ja ne eblas.

Li demandas sin ĉu eblas respondi la demandon de Viktoria. Kial li permesis al Annika perdiĝi? Ĉu li entute lasis tion okazi? Ŝi forpuŝis lin, kaj li akceptis tion. Kial? Eble por ne mem perdiĝi.

Li trinkas bieron kaj vidas ŝin same trinki. La ŝaŭmo jam preskaŭ neniiĝis en ambaŭ glasoj.

"Tamen vi bone faras, venante ĉi tien por instigi min", li diras post iom. "Mi fakte aprezas tion. Kaj kiel dirite, mi intencas paroli kun ŝi."

Ŝajnas, ke ŝi iomete elsnufas.

"Vi neniam vidis ŝin antaŭ ol ŝi renkontis vin."

Li ekridas.

"Ĉu vi lernas logikon en la sistemscienco?"

Ŝi paŭtas.

"Sciu, ke ŝi ekvivis kiam vi iĝis koramikoj. Ŝi ne plu restis same trista; ŝi ekhavis amason da planoj pri tio, kion vi faru kune. Kaj komence ŝajnis, ke ŝi sukcesis allogi ankaŭ vin al ili. Ŝi tutsimple fartis ege pli bone. Nun ŝajnas, ke ŝi revenis al la stato antaŭa."

"Eble ŝi havis iom tro altajn atendojn."

"Vi babilas fekaĵon", diras Viktoria triafoje. "Mi pensas ke ŝi atendis nenion ajn, sed vi igis ŝin ekflori kaj ĉesi ĉagreniĝi. Jam pasis... nu, kiom do, kvin aŭ ses jaroj post kiam Paĉjo foriris, kaj mi neniam rimarkis ke ŝi havas iun alian antaŭ vi. Se vi entute zorgas pri ŝi, vi devus kontakti ŝin por klopodi fliki la aferon. Mi dubas ĉu ŝi kontaktos vin."

"Kredeble ne."

"Kaj mi celas tion ne nur pro ŝi. Mi pensas ke ankaŭ ŝi estas bona por vi. Vi estas sufiĉe similaj. Same fekmorozaj. Kaj obstinaj."

Li rigardas ŝin. Se Annika estas obstina, sendube tion ŝi heredigis al la filino. Sed ĉu li kaj ŝi estas tre similaj? Ne, tion li ne povas vidi.

Li scivolas, kiel ĝuste nun fartas Annika. Ĉu ŝi estas malgaja? Ĉu ŝi atendas, ke li kontaktu ŝin? Kredeble ŝi ĉi-momente korektas skribajn taskojn de siaj lernantoj, aŭ preparas la morgaŭajn lecionojn. Sed kion ŝi do pensas pri li?

"Ĉu laŭ vi Annika estas deprimita?" li demandas.

Viktoria mienas surprizite.

"Ne, tute ne. Sed ŝi estas iel... ŝi atendas nenion kaj iel vivas per minimuma energio. Kiel oni diras... eble rezignacia."

"Mi kontaktos ŝin. Iumomente mi eĉ intencis fari kiel vi, do viziti ŝin senaverte, sed kredeble estos pli bone telefoni. Vi eble preferus ke mi telefonu nun, por ke vi povu kontroli tion?"

Nun ŝi elsnufas klare kaj aŭdeble.

"Ne babilu sensencaĵon", ŝi diras. "Bonvolu teni viajn embarasajn interparolojn private. Kion mi ne elportas, tio estas nur via damnita silentado."

"Bone, Viktoria. La sola afero, kiun mi ne komprenas, estas kial vi volas labori pri komputiloj. Vi devus fariĝi familia terapiisto."

Ŝi faras grimacon.

"Tute sufiĉas al mi la viraj problemoj de miaj amikinoj. Mi preferus eviti la implikitajn aferojn de Panjo kaj vi."

"Kiel do statas pri vi mem kaj la amo? Pri tio vi ĉiam restas same diskreta."

"Kaj pri tio vi devas damne fajfi. Tio neniel koncernas vin."

Li ridetas al ŝi kaj konstatas ke ankaŭ ŝi jam mienas malpli indigne. Li trovas tion bona signo.

Norrköping, Svedio, novembro 2014 ĝis septembro 2016

Ne-PIVaj vortoj kaj nomoj:

abituro ^{AC ACE LPD V}

abiturienta ekzameno

algoflorado ^V

amasa reproduktiĝo de algoj aŭ cianobakterioj en akvo

apo

poŝtelefona aplikaĵo aŭ programeto

aspergero ^V

sindromo de Asperger, psika misfunkcio aŭtismeca

bandio ^{AC BS EDK HV MG OA TM}

teama sporto de surglaciaj sketantoj, kiuj batas pilketon en golejon per kurba bastono (= glitpilkado ^{EV V})

brustnaĝi ^{EDK EV TIL TUN}

naĝi laŭ stilo kutime lernata unue, relative malrapida, ebliganta teni la kapon superakve

daĉo ^{AC ACE CM EDK EV HV}

kampara somerdomo

doso ^{AC EV HV KVE MG OA PBE}

cilindra ladskatolo, ekzemple por trinkaĵo aŭ manĝaĵo

Gotenburgo ^{ACN EDK EV JLG V}

(Göteborg) havenurbo en sudokcidenta Svedio

Gotlando ^{AC ACN EDK EV EW JLG V}

(Gotland) sveda insulo kaj provinco en la Balta Maro

gugli ^{BL}

serĉi en Interreto per Google aŭ alia serĉilo

Iraklio ^V

(Ηράκλειο), ĉefa urbo de Kreto

irlanda kafo

kafo, sukero kaj viskio sub kovraĵo el batita kremo

kmero ^{AC ACE EĈ EDK GW HL IS MM OJ PG V}

ano de la ĉefa gento en Kamboĝo (= ĥmero ^{NPIV})

lasanjo

plado el pastoplatoj (= lasanjoj ^{NPIV}), hakita viando kaj beŝamelo, bakita en forno (= lazanjo ^V)

maŭisto ^{EDK EV FD V}

ano de la ideologio de Mao Zedong

mekana ^{AC EDK EV HL}

mekanika

Meklenburgo [EDK V]	*(Mecklenburg)* regiono (iama grandduklando) de norda Germanio (= Meklenburgio [NPIV])
Oelando [EDK EV JLG V]	*(Öland)* insulo kaj provinco en sudorienta Svedio
pagterminalo	elektronika aparateto por pagi per karto
poŝmemorilo [V]	flanka memorileto de komputilo, memorbastoneto
radiografio [FD V]	diagnozado per iksradioj, tomografio k.s. (kp. radioskopio [NPIV])
radiologio [FD V]	medicina fako pri iksradioj, tomografio k.s.
rakio	Kreta vinfeĉa brando
raslilo [EV V]	instrumento aŭ ludilo kun objektetoj en ujo, kiu skuate produktas bruetan sonon
rulapogilo [V]	helpilo kun radoj por sekurigi piediradon
sancentro	loko de primara prizorgo kaj poliklinika flegado de malsanuloj
Skanio [AC ACN EDK EV JLG LF PN V]	*(Skåne)* la plej suda provinco de Svedio
Smolando [EDK EV JLG V]	*(Småland)* provinco en suda Svedio
telefon-zombio	piediranto plene profundiĝinta en sian poŝtelefonon (zombio [V] = vekita mortinto, vivanta homa kadavro)
tuŝtelefono	plurfunkcia poŝtelefono kun tuŝekrano, saĝtelefono [V]

Fontoj:

AC André Cherpillod: NePIVaj vortoj, 1988

ACE André Cherpillod: Konciza Etimologia Vortaro, 2003

ACN André Cherpillod: Etimologia Vortaro de la propraj nomoj, 2005

BL http://bonalingvo.net/index.php/Simplaj_samsignifaj_vortoj

BS Butin-Sommer: Esperanto-Germana Vortaro

CM Carlo Minnaja: Vocabolario italiano-esperanto, 1996.

EDK Erich-Dieter Krause: Großes Wörterbuch Esperanto-Deutsch, 1999

EV Ebbe Vilborg: Ordbok Svenska-Esperanto, 1992

EW E. Wüster: Esperanto-Germana Vortaro, 1920

EĈ Esperanto-ĉina Vortaro, Pekino 1990

FD Fernando de Diego: Gran Diccionario Español-Esperanto, 2003.

GW Gaston Waringhien: Grand Dictionnaire Espéranto-Français, 1955/76/94

HL Hajpin Li: Esperanto-Korea Vortaro, 1983

HV Henri Vatré: Neologisma glosaro, 1989

IS I. Sarafov: Esperanto-Bulgara Vortaro, 1963

JLG Sam Owen Jansson, Fritz Lindén, Birger Gerdman: Svensk-esperantisk ordbok, 1934

KVE Kreuz-Mazzolini: Komerca Vortaro en Esperanto, 1927

LF L. Friis: Esperanto-Dana Vortaro, 1969

LPD J. Le Puil, J.P. Danvy k.a.: Grand Dictionnaire Français-Espéranto, 1992.

MG Marinko Gjivoje: Esperanto-Serbokroata Vortaro, 1958

MM Miyamoto Masao: Japana-Esperanto Vortaro, 1982

NPIV   Nova Plena Ilustrita Vortaro, 2002

OA   O. Avsec: Esperanto-Slovena Vortaro, 1957

OJ   Okamoto Jośicugu: Nova Esperanto-Japana Vortaro, 1963

PBE   Praktika Bildvortaro de Esperanto, 1979

PG   Kalocsay-Waringhien: Parnasa Gvidlibro, 1968

PN   Paul Nylén: Esperanto-Sveda Vortaro, 1954

TIL   Terminaro por Infan-Ludoj, Internacia Esperanto-Ligo 1942

TM   T. Michalski: Esperanto-Pola Vortaro, 1959

TUN   Tibor Ujlaky-Nagy: La sporta lingvo en Esperanto, 1972

V   Vikipedio

Dankoj

Pro valoraj kritikoj kaj proponoj pri la teksto mi volas esprimi dankojn al Edmund Grimley Evans kaj Suso Moinhos.

www.ingramcontent.com/pod-product-compliance
Lightning Source LLC
Chambersburg PA
CBHW032147020726
47496CB00003B/757